Über die Autorin

Alex Wagner, geboren 1972, wohnt in Wien. Ursprünglich Betriebswirtin, aber immer schon selbst leidenschaftliche Leserin, war es ganz unvermeidlich, dass sie schließlich die Autorenlaufbahn einschlug.
Neben Krimis schreibt Alex Wagner auch Thriller, Romance und Sachbücher. Ein Titelverzeichnis finden Sie am Ende dieses Buches.
Besuchen Sie die Autorin auch im Internet oder auf Facebook!

www.alexwagner.at
www.facebook.com/AlexWagnerAuthor

APOSTEL MORD

ISBN: 9781692183851

Lektorat:
Bernhard Weninger

Umschlaggestaltung:
Estella Vukovic
unter Verwendung eines Fotos
von Fxquadro / Adobe Stock

www.alexwagner.at

2. Jahrhundert nach Christus, unter der Herrschaft von Kaiser Hadrian

Das Legionslager *Vindobona* liegt am Südufer des Danubius Flusses, als Teil des Limes, der die Grenzen des römischen Imperiums sichert. Es wird flankiert von zwei unbedeutenden zivilen Siedlungen und befindet sich an jener Stelle, wo in ferner Zukunft die Stadt Wien erblühen wird.

Die Einwohner sind Kelten, Germanen und römische Bürger. Die Soldaten des Legionslagers rekrutieren sich aus nahezu jedem Winkel des Imperiums.

Erst kürzlich fielen einige der angesehensten Bewohner der Stadt einer schrecklichen Mordserie zum Opfer. Nun aber braut sich über dem Haus des germanischen Händlers Thanar eine neue, noch viel schlimmere Bedrohung zusammen …

1.

Das Unheil nahm seinen Anfang an einem bitterkalten Abend kurz vor den Iden des zwölften Monats. Oder jedenfalls fand es zu diesem Zeitpunkt den Weg in mein Haus.

Die Nacht war mond- und sternenlos. So dunkel, wie man sich die tiefsten Abgründe der Unterwelt vorstellte. Vor den Fenstern fielen die ersten Schneeflocken.

Ich hatte es mir mit meinen beiden Gästen im behaglich beheizten Triclinium bequem gemacht, meinem Speisezimmer im römischen Stil. Tribun Titus Granius Marcellus lag mir gegenüber, und an seiner Seite hatte sich Layla ausgestreckt. So sehr ich mich auch mühte, ich konnte meine Augen nicht von ihr lassen. Bis vor wenigen Monaten war sie meine Sklavin gewesen. Und meine Geliebte.

Aber vielleicht sollte ich erst mich selbst vorstellen, bevor ich von meiner Geliebten erzähle. Mein Name ist Thanar, und ich denke, ich darf bei aller Bescheidenheit sagen, dass ich einer der angesehensten Händler in Vindobona bin. Meine Anfänge waren, nun ja, weniger ruhmreich, aber das spielt keine Rolle für den Bericht,

den ich hier geben will. Für meine Chronik jener schrecklichen Ereignisse, die sich mein Haus zum Schauplatz auserkoren haben.

Ich handle mit Bernstein, dem Gold des Nordens, mit Fellen, Silberwaren, Kleinodien und Kunstwerken und nahezu allen anderen Schätzen, die die Welt zu bieten hat.

Früher reiste ich viel, um mein Geschäft voranzutreiben. In letzter Zeit jedoch hatte ich diese mühseligen und gefährlichen Unterfangen in die Hände meiner Bediensteten gelegt, allen voran in diejenigen von Darius, meinem Leibdiener, dem ich bedingungslos vertraute. Er erledigte meine Geschäfte zu meiner vollsten Zufriedenheit und hatte in den letzten Monaten Profite erwirtschaftet, die meine gesamten früheren Einkünfte in den Schatten stellten. Es ging mir also ausgezeichnet – finanziell gesehen.

Das Anwesen, das ich mein Heim nenne, liegt nördlich des Danubius Flusses, der den Limes zum Römischen Imperium bildet – jene Grenze, die mit zahlreichen Legionslagern und Kastellen befestigt ist und für die Römer das nördliche Ende der zivilisierten Welt darstellt.

Ich gehöre einem jener Völker an, die von den Römern unter dem Begriff *Germanen* zusammengefasst werden. In Wahrheit sind wir eine Handvoll unabhängiger und teilweise durchaus verfeindeter Stämme, die gewisse Gemeinsamkeiten teilen. Genau wie unsere südlichen und westlichen Nachbarn, die von den Römern ebenso verallgemeinernd *Kelten* genannt werden. Diese schwammigen Sammelbegriffe genügen den denkfaulen Bürgern des

Imperium Romanum vollauf. Für den ungebildeten Römer sind wir und die Kelten überhaupt ein- und dasselbe: *Barbaren*.

Aber auch dies spielt keine Rolle für meinen Bericht. Ich sollte mich wirklich bemühen, nicht gleich zu Beginn in solcher Weise abzuschweifen.

Marcellus war also an jenem frostigen Winterabend unerwartet in mein Haus gekommen. Gemeinsam mit Layla, die nun seine Geliebte war und nicht mehr die meine. Ausgerechnet inmitten jener grausamen Mordserie, in die wir alle drei vor wenigen Monaten verstrickt gewesen waren, hatte er sich in meine schöne Sklavin verliebt. Und ich – der ich mich für einen intelligenten und weltgewandten Mann hielt – hatte bis zum Schluss nichts davon mitbekommen.

Nachdem ich Layla von der Sklavin zur *Liberta*, zur freien Frau, gemacht hatte, bat sie mich, weiterhin unter meinem Dach als Teil meiner Familia wohnen zu dürfen, wie es für Freigelassene durchaus üblich war. Ihr Zimmer, direkt neben dem meinen gelegen, stand seither zu jeder Zeit für sie bereit. Ja, ich hatte es noch schöner und luxuriöser ausgestattet, mit einer kunstvollen Elfenbeinliege, einem kostbaren Teppich und vielen weiteren Annehmlichkeiten.

Tatsächlich jedoch weilte Layla kaum mehr als ein paar Tage pro Monat unter meinem Dach. Die restliche Zeit verbrachte sie im Tribunenhaus des Marcellus, im Legionslager von Vindobona. Das heißt, in letzter Zeit im Legatenpalast des Marcellus, denn er hatte Karriere gemacht. In meinen Gedanken war er noch immer Tribun

Marcellus. Doch das war falsch. *Legat* Marcellus lautete nunmehr die korrekte Anrede. Die Legion X Gemina, die in Vindobona stationiert war, stand nun unter seinem Oberbefehl.

Nicht der Karriereschritt an sich überraschte mich. Marcellus war zwar jung, hatte kaum die Zwanzig überschritten, doch er war ein sehr fähiger und ehrgeiziger Mann. Und ein geborener Anführer. Darüber hinaus stammte er aus einer einflussreichen römischen Adelsfamilie.

Nein, was mich überraschte, war, dass er die Position des Legionskommandanten von Vindobona überhaupt angestrebt hatte. Die übliche Laufbahn für einen Mann seines Standes hätte ein oder zwei Jahre als Tribun in Vindobona vorgesehen. Gefolgt von einer neuen, ähnlichen Aufgabe an einem anderen Ort des Imperiums, und schließlich, so bald wie möglich, einer einflussreichen Position in Rom selbst. Oder wenigstens an einem bedeutenden Ort im Reich. Als solchen kann man Vindobona wahrlich nicht bezeichnen. Ich liebe meine Heimat, doch aus Sicht eines römischen Adligen ist sie bloß ein vergessenes Provinznest am Ende der Welt.

Ich wusste allerdings, was Marcellus in Vindobona hielt. Layla. Ihretwegen war er immer noch hier. Sie wollte die Stadt nicht verlassen, auch wenn ich nicht hätte sagen können, was sie hier hielt. War ich es, wie ich mir in meinen hoffnungsvollsten Momenten einredete?

Liebte Marcellus sie tatsächlich so sehr, dass er seine politische Karriere für sie hintenan stellte? Möglich war es, ich selbst hätte das Gleiche getan.

Ich darf Marcellus durchaus als guten Freund bezeichnen, auch wenn er mir die Frau ausgespannt hat. Ich schätze seine Klugheit, seinen Mut, mit dem er mir bereits einmal das Leben gerettet hat. Und ich muss wohl zugeben, dass er viel besser zu Layla passt als ich. Er ist ein attraktiver junger Mann - genau in Laylas Alter. Ich hingegen gehe bereits auf die Vierzig zu und halte mich zwar für vorzeigbar, doch ein solcher Schönling wie Marcellus bin ich nicht.

Wenn der junge Legat so neben Layla lag, wie jetzt gerade in meinem Speisezimmer, gaben sie ein wundervolles Bild ab. Beider Haar war nachtschwarz, ebenso wie ihre Augen. Beide waren sie von schlanker, sehr gefälliger Gestalt. Marcellus jedoch besaß die helle Hautfarbe eines Römers, während Layla aus Nubien stammte und dunkelhäutig war wie eine schwarze Sphinx.

Natürlich war es ausgeschlossen, dass der Spross einer angesehen römischen Adelsfamilie eine Freigelassene ehelichte, aber Marcellus schien Layla doch aufrichtig zu lieben. Sie hingegen verriet mir nie etwas über ihre Gefühle. Weder, was Marcellus anbelangte, noch darüber, ob und was sie noch für mich empfand. Sie schien jedenfalls keine Ambitionen zu hegen, Marcellus doch auf irgendeine Weise zu einer Eheschließung zu überreden. Was mich hoffen ließ. Ich hatte sie noch nicht aufgegeben, auch wenn ich keine Ahnung hatte, wie ich ihr Herz zurückerobern wollte.

II.

Während des Abendessens hatte Marcellus kein Wort darüber verlauten lassen, was ihn heute Nacht in mein Haus geführt hatte. Ich konnte ihm ansehen, dass ihm etwas auf dem Herzen lag, doch er hatte ungewöhnlich wortkarg gespeist.

Währenddessen war sich Layla in höflicher Konversation mit mir ergangen. Sie hatte die Behaglichkeit meines Speisezimmers gelobt, den vorzüglichen Geschmack der Speisen ... Jetzt gerade schwärmte sie mit großem Enthusiasmus von jener griechischen Statue, die seit kurzem den Raum zierte. Es war das lebensgroße Abbild einer Flötenspielerin, von Meisterhand aus feinstem Marmor gemeißelt. Ich schätzte das Alter der Skulptur auf über dreihundert Jahre. Von der einstigen, bestimmt herrlichen Bemalung waren nur noch winzige Reste in einigen Rillen erhalten geblieben, doch der blanke weiße Marmor gefiel mir. So hatte ich beschlossen, die Statue nicht restaurieren zu lassen.

Layla war heute Abend in einen wertvollen Pelz gehüllt in mein Haus gekommen. Darunter trug sie ein Gewand aus weißer Seide, in dem sie jetzt bei Tisch lag, und das einen wunderbaren Kontrast zu ihrer schwarzen Haut bildete. Ihr Haar war zu einer komplizierten Frisur aufgetürmt, und um Laylas Hals lag eine wunderschöne Perlenkette. Bestimmt handelte es sich bei all diesem Luxus um Geschenke des Marcellus. Layla sah aus wie eine Königin, nicht wie eine Freigelassene. Und doch hatte sich ihr Wesen kein bisschen verändert. Sie war noch die sanftmütige und bescheidene Frau, die ich kannte und liebte. Und der Verstand, der sich hinter ihrem bezaubernden Äußeren verbarg, war so scharf wie eh und je.

Marcellus reinigte seine Fingerspitzen in einer Wasserschale, die ihm einer meiner Diener reichte. Dann räusperte er sich und neigte sich vor. "Ich möchte deinen Rat, Thanar", begann er in bedächtigem Tonfall. Seine jugendliche Stirn lag in tiefen Falten, und seine Stimme klang, als gehöre sie einem Veteranen der Legion, der schon auf allzu vielen Schlachtfeldern gekämpft hatte.

"Gibt es wieder Probleme mit Paulus?", fragte ich aufs Geratewohl.

Marcellus nickte kaum merklich. "Das kann man sagen. Wenn es so weitergeht, steht ein Aufstand zu befürchten. Jeden Tag sprechen weitere einflussreiche Bürger der Stadt bei mir vor und flehen mich an, dem Frevel ein Ende zu bereiten. Sie fürchten die Rache der Götter – und das vermutlich nicht zu Unrecht."

Iulius Paulus war der Argentarius von Vindobona. Er wechselte Geld, verwahrte Silber und Gold gegen Gebühr und gewährte Kredite zu halbwegs akzeptablen Zinssätzen. Ich kannte ihn gut. In meiner Anfangszeit als Händler hatte ich des Öfteren Geld bei ihm geborgt, mittlerweile tauschte ich nur noch gelegentlich Münzen bei ihm.

Doch Paulus' Geschäfte als Argentarius waren in den Hintergrund getreten. In den letzten Monaten hatte er sich vom umtriebigen Geschäftsmann in einen Prediger und Propheten verwandelt, der den Einwohnern von Vindobona verkündete, dass das Ende nah war. Der Tag des Gerichts, wie er es nannte. Die Apokalypse. Gefolgt vom Königreich seines Gottes auf Erden. Paulus war ein fanatischer Anhänger jener Kultisten geworden, die sich *Christen* nannten. Er bezeichnete sich als Apostel – ein Gesandter Gottes, der den wahren Glauben verbreitete.

Paulus war ein paar Jahre älter als ich, stand aber noch in ausgezeichneter Gesundheit. Früher war er den Freuden der Luxuria durchaus zugetan gewesen. Er hatte einem spannenden Gladiatorenkampf im Amphitheater ebenso gern beigewohnt, wie er sich den Badefreuden in der Therme gewidmet hatte. Und er hatte niemals ein gutes Mahl verschmäht. Damit war es jetzt vorbei. Sein höchstes Streben galt nun dem Verzicht und der Askese.

Unter dem Namen Paulus war er schon als Argentarius bekannt gewesen, aber nun besaß dieser Name eine ganz neue Bedeutung für ihn. Es erfüllte ihn mit Stolz, dass er wie sein großes Vorbild hieß. Der Apostel Paulus von Tarsus, von dem er ständig sprach.

Wenn ich es richtig verstanden hatte, so war jener Mann einst ein erklärter Feind der Christen gewesen, dann aber hatte eine göttliche Vision ihn vom Pferd gerissen, auf der Straße nach Damaskus. Und Paulus von Tarsus war einer der wichtigsten Apostel des neuen Kultes geworden.

Ich war diesen sogenannten Christen schon auf der

einen oder anderen Handelsreise begegnet. Sie waren militante Atheisten, die sämtliche Götter mit Ausnahme des ihrigen verleugneten. Man erzählte sich schreckliche Dinge über sie. Dass sie Inzest trieben. Dass sie sich verdorbenen Ritualen hingaben, ja bei ihren geheimen Zusammenkünften sogar Säuglinge opferten. Und das Allerschlimmste: dass sie Kannibalen waren.

Und die Christen waren darauf aus, neue Anhänger für ihren Gott zu gewinnen. Dabei gingen sie stets nach dem gleichen Muster vor: Sie sprachen dich an, auf dem Marktplatz, auf dem Forum, ganz unverfänglich zunächst. So als wollten sie dein Freund sein. Doch dann begannen sie unvermittelt von ihrem seltsamen Gott zu erzählen, der der mächtigste, nein, der einzig wahre sei – der aber zugelassen hatte, dass die Römer seinen Sohn ans Kreuz schlugen. Was für die Christen kein Widerspruch zu sein schien. Jesus habe sich für uns Menschen geopfert, behaupteten sie. Was doch ganz falsch herum war, meiner bescheidenen Meinung nach. Die Menschen opferten den Göttern, nicht umgekehrt.

Noch dazu erzählte jeder dieser Fanatiker, dem ich auf meinen Reisen begegnete, eine etwas andere Geschichte über Jesus, seine Taten und seinen Tod. Die Christen stritten sich untereinander, was die wahre Lehre sei. Sie wussten wohl selbst nicht so recht, was sie glaubten. Und wollten doch andere bekehren.

Wo sie auftauchten, sorgten sie für böses Blut in der Bevölkerung. Sie bezeichneten alle Götter – mit Ausnahme des ihrigen – als falsche Idole oder gar Dämonen. Selbst den römischen Kaisern, die nach dem Tod in den

Götterhimmel aufgestiegen waren, verweigerten sie die Opfergaben.

Es erzürnte die Götter, wenn man ihnen nicht den nötigen Respekt entgegenbrachte. Aus diesem Grunde waren die Christen den Menschen verhasst, und man machte sie für sämtliche Übel verantwortlich, die eine Stadt befielen. Ich hatte allerdings auch den Eindruck, dass diese seltsamen Kultisten lieber starben, als ihrem Glauben abzuschwören. Ein Märtyrer zu werden, schien eines Christen höchstes Glück und Streben zu sein.

Andererseits taten die Anhänger von Jesus aber auch Gutes. Sie heilten Kranke, trieben Dämonen aus und sie konnten ihren Gott dazu bewegen, erstaunliche Wunder zu wirken. Vielleicht besaß er also doch große Macht, wie sie behaupteten?

Ich selbst hatte mir darüber noch kein Urteil gebildet. Bevor unser Argentarius in Vindobona zum Apostel des christlichen Gottes geworden war, hatte ich nicht wirklich über diesen neuen Kult nachgedacht.

Iulius Paulus hatte in Vindobona bereits Besessene geheilt und Sterbenskranke vor dem Tode bewahrt, wie es hieß. Außerdem war er ein angesehener – und ziemlich vermögender – römischer Bürger. Marcellus konnte ihn also nicht einfach der Stadt verweisen, auch wenn Paulus für wachsende Unruhe in Vindobona sorgte und den Zorn der Götter auf uns alle herabbeschwor.

"Denkst du, dass all die Scheußlichkeiten wahr sind, die man sich über diese Christen erzählt?", fragte ich Marcellus, während einer meiner Diener unsere Becher nachfüllte.

"Dass sie Inzest praktizieren?", fragte der Legat. "Und dass sie Menschen essen?"

Ich nickte.

Marcellus strich sich eine Strähne seines dunklen Haars aus dem Gesicht und seufzte. "Ich weiß es nicht. Jedenfalls war schon dieser Jesus, der Prophet, dem sie huldigen, ein Aufrührer. Ich habe Erkundigungen eingezogen. Wie kann man bloß einen Verbrecher, der schmachvoll am Kreuz starb, als Gott verehren?" Er schüttelte verständnislos den Kopf.

Dann griff er nach seinem frisch gefüllten Weinbecher und nahm einen großen Schluck. "Paulus ist aber nicht der Grund, warum ich dich aufsuche, mein Freund. Mit ihm komme ich schon allein klar, das schwöre ich dir."

Meine Neugier war erweckt.

"Die Angelegenheit, um die es geht –" Marcellus zögerte einen Augenblick, schien unschlüssig, wie er sich ausdrücken sollte. Ein sehr untypisches Verhalten für ihn. Er war ansonsten nicht der bedachte Typ, der seine Worte auf die Goldwaage legte. Im Allgemeinen sprach er seine Gedanken klar und direkt aus, selbst auf die Gefahr hin, seinem Gegenüber damit etwas zu nahe zu treten.

Er warf Layla einen Blick zu, den ich nicht deuten konnte. Dann fuhr er fort: "Ein Gast ist bei mir aufgetaucht, Thanar. Eine keltische Adelige. Divicia ist ihr Name, und der Grund ihres Besuchs –" Wieder verstummte er, rieb sich mit Daumen und Zeigefinger den Nasenrücken und trank einen weiteren Schluck Wein.

Dann sagte er: "Ihr Auftauchen kann ein Lichtblick sein, was Paulus anbelangt. Vielleicht verschärft es unsere

Probleme aber auch. Das kann ich noch nicht abschätzen."

Ich bedeutete ihm mit einer ungeduldigen Handbewegung, doch fortzufahren.

"Ich lernte Divicia kennen, kurz nachdem ich nach Vindobona kam. Im heurigen Frühjahr. Ich war mit ein paar Legionären auf den Straßen hier im Norden des Danubius unterwegs. Das Gebiet kennenlernen, du verstehst schon. Da kreuzte sie mit einer Gruppe keltischer Krieger meinen Weg. Ich erkannte gleich, dass Divicia dem Adel angehörte. Sie ist ... eine majestätische Frau. Ja, ich denke, das muss man so sagen."

Diesmal war Layla es, die ihm einen Blick zuwarf. Einen ihrer kryptischen Blicke, die ich nie zu deuten vermochte, und die sie aussehen ließen wie die berühmte Sphinx. Unergründlich und geheimnisvoll.

Marcellus schien es nicht zu bemerken. Er fuhr fort: "Wir trafen uns einige Male, Divicia und ich. Nach unserer ersten zufälligen Begegnung."

Ich ließ mir mein Erstaunen nicht anmerken. Wäre Layla nicht dabei gewesen, hätte ich bestimmt näher nachgefragt. *Sie trafen sich einige Male?* Ein römischer Feldherr und eine keltische Adelige? Was wollte Marcellus damit andeuten? Hatte er eine Liebschaft mit dieser Divicia gehabt? Nach einem politischen Austausch hörte sich sein Bericht jedenfalls nicht an.

"Danach verloren wir uns aus den Augen", fuhr er fort. "Divicia hatte von einer Reise nach Gallien gesprochen, die sie antreten musste. Dann war sie von einem Tag auf den nächsten verschwunden."

"Und nun ist sie wieder aufgetaucht? Bei dir im Lager?" Ich muss gestehen, dass mich ein Hoffnungsschimmer durchzuckte. War diese Divicia womöglich eine Konkurrentin für Layla? Würde ich dank ihr die Chance erhalten, meine geliebte Nubierin zurückzuerobern?

"Es ist kein privater Besuch", sagte Marcellus rasch. "Und sie kann unmöglich bei mir im Legatenpalast wohnen."

"Warum denn nicht?", fragte ich, obwohl ich die Antwort längst zu kennen glaubte. Ich schielte zu Layla hinüber, doch die schenkte mir ein Lächeln, das absolut nichts verriet. Das aber doch den Eindruck erweckte, als wüsste sie längst alles, was es zu wissen gab, über diese mysteriöse Keltin.

Layla wusste immer mehr. Bei der Mordserie, mit der wir es im Sommer zu tun bekommen hatten, war sie diejenige gewesen, die das Rätsel am Ende aufklären konnte.

War Layla gegen diese Frauenbekanntschaft ihres Geliebten? Ich sollte es nicht erfahren. Denn Marcellus' nächste Worte ließen mich jede Sorge um mein Liebesleben augenblicklich vergessen. Er holte mit einem tiefen Seufzer Atem und sagte: "Ich kann Divicia nicht meine Gastfreundschaft gewähren ... weil sie eine Druidin ist."

III.

Marcellus' Worte schlugen in meinen Kopf ein wie ein Blitz aus dem Götterhimmel.

"Eine *Druidin*?", wiederholte ich benommen.

"Ja, mein Freund."

"Aber das ist doch –" Diesmal war ich es, der um die passenden Worte rang.

Eine Druidin? Im Herzen Vindobonas, im Palast des Legaten? Diese Divicia musste ihres Lebens müde sein. Und Marcellus anscheinend auch, wenn er ihr Einlass ins Legionslager gewährt hatte.

Die Römer waren in religiösen Angelegenheiten überaus tolerant. Sie hießen jeden neuen, jeden noch so unbedeutenden Gott in ihrem Pantheon willkommen. Jeder Bürger des Imperiums konnte seinem eigenen, ganz persönlichen Kult frönen. Wie es ihm beliebte. In Vindobona opferte man nicht nur den römischen Göttern, sondern auch den keltischen, germanischen und zahlreichen anderen, aus allen Winkeln der bekannten Welt. Nicht einmal das Christentum war offiziell verboten – obwohl diese Extremisten sich weigerten, die Götter in der rechten Weise zu ehren.

Das Druidentum aber war bei Todesstrafe geächtet. Die Druiden flößten den sonst so furchtlosen Römern panische Angst ein. Was immer man sich von den Christen erzählen mochte – die Abscheulichkeiten, die über die Kelten und deren Priester kursierten, stellten das bei weitem in den Schatten. Die Druiden waren mächtige Zauberer und zierten ihre heiligen Haine mit den abgeschlagenen Köpfen ihrer Feinde. Sie folterten Menschen zu Tode, um sie ihren finsteren Göttern zu opfern, deren Blutdurst unstillbar schien.

Schon Kaiser Augustus hatte den römischen Bürgern untersagt, druidische Riten zu zelebrieren. Unter der Regierung des Tiberius hatte man ein Gesetz gegen Druiden, Wahrsager und Quacksalber erlassen, und Kaiser Claudius schließlich hatte alles Menschenmögliche unternommen, um das Druidentum endgültig auszumerzen.

Das lag nun gute achtzig Jahre zurück. Aber die Druiden waren hartnäckig, zumindest einige von ihnen. Manche waren zu römischen Priestern geworden, hatten ihre Heiligtümer romanisiert und verehrten ihre alten Götter nun unter neuen Namen. Andere jedoch waren in den Untergrund gegangen und wirkten im Verborgenen weiter. Sie hatten sich an die Grenzen der bekannten Welt zurückgezogen, in die äußersten Randgebiete Galliens oder nach Britannien. Doch sie lebten und wirkten auch noch immer mitten unter uns, in geheimen Heiligtümern, die tief in den Wäldern verborgen lagen, und somit selbst dem langen Arm des römischen Gesetzes entzogen blieben. Jedenfalls erzählte man sich das hinter vorgehaltener Hand.

Natürlich sah man einer keltischen Adeligen nicht an,

dass sie auch gleichzeitig eine Druidin war. Aber diese Divicia musste tollkühn – nein, lebensmüde! - sein, Marcellus ausgerechnet im Legionslager von Vindobona einen Besuch abzustatten. Ob sie nun seine Geliebte war oder nicht. Wenn durchsickerte, dass sie der druidischen Priesterschaft angehörte, musste der Legat mit ernsten Schwierigkeiten rechnen. Selbst ein Mann in seiner Position war nicht unangreifbar.

"Divicia ist nach Vindobona gekommen, um mir etwas anzubieten", riss Marcellus mich aus meinen Gedanken. "Etwas, das das Potenzial hat, die Welt zu verändern. Wenn sie die Wahrheit sagt. Und dabei könnte sie auch meine Karriere und den Ruf meiner Familie befördern", fügte er ohne Umschweife hinzu.

Marcellus verstand es, meine Neugier zu wecken. Nein, er spannte mich regelrecht auf die Folter, mit seinen rätselhaften Andeutungen.

"Vielleicht hat sie von Iulius Paulus gehört", fuhr er fort. "Von den Taten, die er im Namen seines Gottes vollbringt. Jedenfalls behauptet sie, ihre Götter hätten ihr einen Zauber geschenkt, der all die Wunder des Christen in den Schatten stellt!"

Ich konnte nicht länger an mich halten. "Nun sag schon, Marcellus! Was hat sie dir angeboten?"

Marcellus lächelte gönnerisch. Er genoss es sichtlich, mich hinzuhalten. Und er war zweifelsohne stolz darauf, dass diese Divicia sich ausgerechnet an ihn gewandt hatte, ganz ungeachtet der Gefahr, in die sie ihn brachte.

Nun endlich ließ er die Katze aus dem Sack: "Divicia behauptet, ihre Götter hätten ihr eine Medizin gegen die

Pest geschenkt."

Für einen Augenblick herrschte Totenstille in meinem Speisezimmer. Erst dachte ich, ich hätte mich verhört, doch das war nicht der Fall. Entsetzt fuhr ich von meinem Sofa hoch. "Der schwarze Tod?", krächzte ich, von plötzlicher Heiserkeit befallen.

Marcellus bestätigte es mit einem Kopfnicken. Das Lächeln, das um seine Mundwinkel spielte, schlug um in einen Ausdruck des Triumphs.

Layla musterte mich aus dunklen Augenschlitzen. Bestimmt wusste sie längst, was ihr Geliebter mir eben enthüllt hatte. Sie war keine Frau, der man irgendein Geheimnis vorenthalten konnte. Jedenfalls war mir das nie gelungen, und ich bezweifelte, ob es Marcellus diesbezüglich besser erging.

"Verstehst du die Tragweite?", fragte mich Marcellus. "Wenn Divicia die Wahrheit spricht ..."

"Aber wie könnte sie?", warf ich ein. "Ein Zaubermittel gegen die Pest? Wie kann es das geben?"

Wen der Gott Apollo mit seinen Pestpfeilen traf, der war des Todes. In neunundneunzig von hundert Fällen. Kaum einer überlebte diese schlimmste aller göttlichen Plagen.

"Nun, ich kann mir zwar nicht vorstellen, warum uns die Unsterblichen ausgerechnet in Vindobona ihre Macht demonstrieren wollen", sagte Marcellus, "aber anscheinend haben wir nicht nur die Aufmerksamkeit dieses Christengottes auf uns gezogen. Auch die Götter der Kelten möchten uns wohl gern auf ihrer Seite wissen. Divicia fordert nämlich einen hohen Preis für ihr Zaubermittel."

"Einen Preis?"

"Eine Gegenleistung, wenn du so möchtest. Sie verlangt, dass der Bann aufgehoben wird, mit dem das Druidentum im Imperium belegt ist. Sie will uns ihre Medizin zur Verfügung stellen, im Gegenzug für die Erlaubnis des Kaisers, ihren Kult wieder frei und ohne Verfolgung praktizieren zu dürfen. Im gesamten Reich."

Ein Laut des Erstaunens entfuhr meiner Kehle. Was für eine Kühnheit! Diese Divicia musste wirklich eine außergewöhnliche Frau sein. Oder eine Wahnsinnige. "Und du sollst für sie beim Imperator vorsprechen?", folgerte ich.

Marcellus nickte. Anscheinend war sein Selbstbewusstsein dafür groß genug. Er schien sich nicht zu sorgen, ob und wie er überhaupt eine persönliche Audienz bei Kaiser Hadrianus erwirken sollte.

"Ich habe bereits die Orakel befragt, wie ich mit Divicias Angebot verfahren soll", fuhr er fort. "Aber die Ergebnisse waren widersprüchlich. Wie so oft hüllen sich die Götter in Zweideutigkeiten. Deshalb habe ich beschlossen, Divicia und ihre Wundermedizin auf die Probe zu stellen."

Ich verstand erst nicht, was er damit meinte. Manchmal kann ich ganz schön schwer von Begriff sein.

"Marcellus will Divicia an einen Ort bringen, wo gerade die Pest wütet", erklärte mir Layla, die mir meine Verwirrung bestimmt ansah.

"So ist es", bestätigte der Legat. "Aber so eine Reise will gut vorbereitet sein", fügte er hinzu. "Ich bin noch sechs oder sieben Tage in Vindobona unabkömmlich, aber danach können wir aufbrechen. Und die Zeit bis dahin will ich nutzen, Boten in benachbarte Legionslager zu schicken. Irgendwo wütet die Pest immer. Wir müssen nur herausfinden, wo es gerade der Fall ist."

"Ich begleite dich auf dieser Reise", bot ich spontan an. Ich weiß nicht, was mich ritt, diesen Vorschlag auszusprechen. Ich glaubte wohl, dass ich nun begriffen hätte, warum Marcellus mit dieser Geschichte um die Druidin und ihren Zauber in mein Haus gekommen war. Worum er mich bitten wollte. Er konnte diese Reise nicht gut im Beisein seiner Legionäre antreten. Niemand durfte erfahren, dass er mit einer Druidin reiste, jedenfalls nicht, bevor ihr vorgeblicher Zauber seine Wirksamkeit unter Beweis gestellt hatte.

"Ich kenne mich gut aus", fügte ich hinzu, "in der nahen und weiteren Umgebung von Vindobona. Und einige meiner Männer können uns Geleitschutz geben." Um die Sicherheit meiner Handelstransporte zu gewährleisten, stand zu jeder Zeit ein gutes Dutzend kräftiger und kampferfahrener Männer in meinen Diensten.

Marcellus schwieg einen Augenblick. Vermutlich überschlug er im Kopf, was er mit diesem Vorhaben riskierte. Jedenfalls setzte er seine Karriere aufs Spiel. Und sein Leben, wenn er freiwillig in eine pestverseuchte Region reiste. Aber dazu war er augenscheinlich bereit.

"Ich möchte auch gern mitkommen", hörte ich Layla sagen. "Ich will von Divicia lernen. Ich kenne sie zwar erst seit kurzem, aber sie scheint mir eine wahrhaft weise Frau zu sein. Ich will die Zeit nutzen, die sie bei uns ist. Und reisen möchte ich ebenso. Endlich etwas sehen von der Welt!"

"Etwas sehen von der Welt?", entfuhr es mir. "Ich werde dich ganz bestimmt nicht an einen Ort bringen, wo gerade der Schwarze Tod wütet!" Für den Augenblick hatte ich ganz vergessen, dass ich nicht mehr Laylas Gebieter war. Dass sie jetzt eine Freigelassene war, die selbst entscheiden konnte, wohin sie ging.

Sie hatte mich bereits mehrfach gebeten, mich auf kleineren Handelsreisen begleiten zu dürfen, seit ich ihr die Freiheit geschenkt hatte. Sehr zu Marcellus´ Missfallen hatte ich sie in den letzten Monaten zu kürzeren Fahrten mitgenommen. Nach Carnuntum und den Danubius flussaufwärts, nach Lentia, Ovilava und nach Lauriacum. Doch Layla wollte mehr.

Aber eine Reise in ein Seuchengebiet? Marcellus protestierte noch heftiger als ich. "Das ist viel zu gefährlich", rief er voller Inbrunst. "Kommt gar nicht in Frage!"

Doch ich kannte Layla gut genug. Schlussendlich würde sie ihren Willen bekommen. Sie hatte die Gabe, sowohl Marcellus als auch mich um ihren Finger zu wickeln, wie es ihr beliebte. Am Ende gaben wir beide stets ihren Wünschen nach, so ausgefallen oder gar verrückt sie auch sein mochten. Keine Ahnung, wie sie das anstellte. Ihre Zauberkraft schien jener der Druiden nicht viel nachzustehen.

Marcellus wandte sich wieder mir zu. "Danke für dein Angebot, Thanar", sagte er, "ich freue mich, wenn du mir auf dieser Reise beistehen willst."

Er schwieg einen Moment lang. "Doch worum ich dich eigentlich bitten wollte, mein Freund ... würdest du Divicia und ihrem Gefolge unter deinem Dach Gastfreundschaft gewähren? Nur für ein paar Tage, bis wir aufbrechen können? Ich habe sie fürs Erste bei mir im

Legatenpalast aufgenommen, aber da können sie nicht bleiben, das verstehst du sicherlich. Früher oder später würde etwas durchsickern. Eher früher als später, du weißt ja, wie klatschsüchtig Sklaven sind. Und Legionäre."

Ich war wirklich schwer von Begriff. Aus diesem Grund also war Marcellus zu mir gekommen. Es ging ihm gar nicht um die Reise, die bevorstand.

"Ich verstehe", sagte ich langsam und mit mehr Bitterkeit, als ich beabsichtigt hatte. "Wenn du deinen druidischen Gast bei deinem barbarischen Freund außerhalb der Stadt unterbringst, so werden die Bürger Vindobonas dafür Verständnis aufbringen."

"Ich bitte dich, Thanar", erwiderte Marcellus. "Niemand wird erfahren, dass sie eine Druidin ist. Niemand wird überhaupt erfahren, dass du einen Gast beherbergst. Du stehst nicht wie ich im Zentrum der Aufmerksamkeit."

Das war auch nicht eben schmeichelhaft, aber zweifellos hatte Marcellus mit dieser Behauptung recht.

"Und du hast gute Männer, die für Divicias Sicherheit sorgen können", fügte er rasch hinzu. "Ich werde veranlassen, dass die Patrouillen an den Ufern des Danubius verstärkt werden. Aber ich denke, Divicia droht keine Gefahr, so lange niemand von ihrem Ansinnen erfährt."

"Ich könnte mich um sie kümmern, Thanar. Wenn du sie unter deinem Dach beherbergst", warf Layla ein. "Ihr soll es an nichts fehlen, und du würdest durch ihre Anwesenheit keine Umstände haben."

Ich versuchte, mir nichts anmerken zu lassen. Layla hatte es wieder einmal geschafft, mich mit wenigen

Worten umzustimmen. Für die Aussicht, sie ein paar Tage lang in meiner Nähe zu wissen, hätte ich vermutlich sogar Iulius Paulus mitsamt seinem seltsamen Gott Quartier gegeben! Und – so viel muss ich wohl zugeben – ein wenig neugierig war ich auch, auf diese geheimnisvolle Divicia, der es gelungen war, Layla so sehr für sich einzunehmen. Ich wollte sie kennenlernen, diese Druidin, die behauptete, das Unheilbare heilen zu können. Und die mit dem römischen Imperator höchstselbst einen Pakt zu verhandeln suchte.

Wen mag es also verwundern, dass ich Marcellus meine Zusage gab – nichtsahnend, auf welch tödliches Abenteuer ich mich damit einließ.

IV.

Schon am nächsten Nachmittag erwartete ich die Ankunft der Keltin und ihres Gefolges. Auf meinem Anwesen herrschte emsiges Treiben. Überall wurde gefegt und gewischt, in der Küche liefen Vorbereitungen, die angekündigten Gäste angemessen zu verpflegen, und ich selbst stand im Atrium meines Hauses und blickte zum Himmel hinauf. Dunkle Wolken ballten sich über meinem Kopf, und ein schneidend kalter Sturmwind blies mir um die Ohren. Ich zog meinen Pelz enger um meine frierenden Gliedmaßen.

Die Zeichen ließen sich wohl nicht mehr leugnen, dass die Bewohner Vindobonas die Götter erzürnt hatten. Auf die nicht enden wollenden Unwetter, die uns im Herbst geplagt und auf den Landgütern gut die Hälfte der Ernte zerstört hatten, war ein früher, unbarmherziger Wintereinbruch gefolgt. Aus den Wäldern drängten Wölfe und Bären in Siedlungen und Gehöfte. Sie rissen Pferde, Ziegen und Schafe – die traurigen Restbestände des Viehs, das nicht bereits erfroren war. Und ich hätte gar nicht mehr zu sagen gewusst, wie viele Häuser Vindobonas in den letzten Monaten einer Feuersbrunst oder einem sonstigen Unglück zum Opfer gefallen waren.

Erst vor ein paar Tagen hatte ich die Lagervorstadt

aufgesucht – und sie beinahe nicht wiedererkannt. Eine unheimliche Stille breitete sich in den Straßen aus, nur der Wind pfiff, kaum ein Lebender war zu sehen. Viele der einfachen Holzhäuser und Verschläge der Armen waren bereits durch die Stürme zerstört worden, und selbst die Bettler und Heimatlosen, die Ärmsten der Armen, hatten sich in irgendwelchen Löchern verkrochen, weil sie sonst unweigerlich erfroren wären.

Hartgefrorene Tierkadaver lagen in den Rinnsalen der Straßen. Immerhin ersparte die Eiseskälte den vorbeihastenden Passanten den bestialischen Gestank der Verwesung.

Es mehrten sich die Stimmen, dass es Iulius Paulus war, der Apostel dieses seltsamen Christengottes, der den Zorn der Unsterblichen auf Vindobona herabbeschwor. Die Strafe der Götter dafür, dass er und die wachsende Zahl der Anhänger, die sich um ihn scharten, Opfer und Gebete in den Tempeln verweigerten.

Und jetzt tauchte auch noch eine Druidin bei uns auf? Die behauptete, sie besäße einen Zauber gegen den Schwarzen Tod?

Stand uns wirklich die Apokalypse, das Ende der Welt bevor, wie Paulus predigte? Der Weltuntergang war eines seiner absoluten Lieblingsthemen. "Der Tag des Gerichts ist nah, Thanar!", hatte er mit verkündet, wann immer ich ihm in den letzten Wochen über den Weg gelaufen war. "Das Ende aller Zeiten, wenn Gott auf die Erde herabsteigen wird, um uns Menschen zu richten. Büße und bekenne dich zum wahren Glauben, bevor es zu spät ist."

Laut Paulus erwarteten die Christen die Apokalypse

bereits, seit ihr Anführer ans Kreuz geschlagen worden war. Also seit gut hundert Jahren. Aber Paulus war sich dennoch sicher, dass die Endzeit ausgerechnet jetzt unmittelbar bevorstand. Die Zeichen seien eindeutig, behauptete er.

Meine Gedanken kehrten zu Divicia zurück. Zu dem abscheulichsten aller Übel, das sie angeblich besiegen konnte.

Der *Schwarze Tod*. Diese beiden Worte weckten die schlimmsten Erinnerungen meines Lebens. Ich war ihr bereits persönlich begegnet, der Pest. Sie hatte mir meine Ehefrau gestohlen. Und auch wenn das ewig lange her war, verging kein Tag, an dem ich nicht meiner geliebten Iduna gedachte und sie schmerzlich vermisste.

Ein Windstoß, der mich beinahe von den Beinen riss, holte mich aus meinen düsteren Erinnerungen in die Gegenwart zurück. Wenn selbst hier, innerhalb der schützenden Mauern meines Atriums, der Sturm solch eine Kraft entwickeln konnte, wie mochte er erst draußen toben?

Würde Marcellus mit meinen keltischen Gästen überhaupt bis zu meinem Haus vordringen können? Die Wegstrecke vom Legionslager betrug keine zwei Meilen, aber selbst eine so kurze Reise konnte zum Überlebenskampf werden, wenn man in einen Orkan geriet. Würde der Nordwind die Reiter aus den Sätteln fegen? Würde die Brücke, die den Danubius überspannte, dem Zorn der Götter standhalten?

Erst als die Dämmerung hereinbrach, war endlich Hufgetrappel vor dem Tor zu vernehmen. Noch vor jenem

Sklaven, der Dienst an der Pforte versah, war ich selbst zur Stelle, um die Ankömmlinge zu empfangen.

Layla fiel mir zur Begrüßung um den Hals, was mein Herz mehr wärmte als jedes noch so schöne Feuer im Kamin.

Marcellus war ohne seine Legionäre unterwegs. Er stieg noch nicht einmal aus dem Sattel, sondern kehrte auf direktem Wege ins Legionslager zurück. Er brummte etwas von dringenden Angelegenheiten, die dort auf ihn warteten, dann war er fort.

Divicia, die Druidin, ritt in Begleitung zweier keltischer Krieger und einer wunderhübschen jungen Frau, die ähnlich wie sie selbst in weit fließende Gewänder gehüllt war. Eine ihrer Adeptinnen, vermutete ich. Zugleich Schülerin und Gehilfin. Es hieß, junge Anwärter mussten bis zu zwanzig Jahre im Gefolge eines erfahrenen Druiden studieren und praktizieren, bis sie selbst diesen ehrenvollen Titel beanspruchen durften.

Divicia glitt wie eine geübte Reiterin aus dem Sattel ihres stattlichen Pferdes und schritt wie eine Königin auf mich zu. Der Wind und die Kälte schienen ihr nichts anhaben zu können. Hieß es nicht, dass die Druiden selbst den Elementen ihren Willen aufzwingen konnten?

Rasch gab ich meinen Sklaven Anweisung, die Reittiere meiner Gäste zu versorgen, und geleitete Layla, Divicia und die anderen in mein Haus. Ich hielt warmen Wein für sie bereit, sprach die traditionellen Grußworte meines Volkes und hieß sie in meinem Heim willkommen.

Divicia setzte ein Lächeln auf, das fast so geheimnisvoll wie jenes wirkte, mit dem Layla mich so oft verzauberte, und dankte mir auf sehr herzliche Art für meine Gastfreundschaft.

Sie war eine beeindruckende Erscheinung, ganz so wie ich sie mir vorgestellt hatte. Obwohl sie bestimmt noch keine dreißig Jahre alt war, fiel ihr das Haar in schneeweißen Strähnen bis hinab auf die Hüften. Vielleicht hatte sie in ihren Visionen schon zu viel gesehen, war dem Reich der Götter zu nah gekommen und hatte vorzeitige Zeichen des Alters davongetragen. Ähnlich jenen Prophetinnen und Orakeln, die bei ihrer heiligen Pflicht oftmals sogar das Augenlicht einbüßten.

Um Divicias Hals lag ein prächtiger Torque aus Gold – einer jener Halsreifen, mit denen sich der keltische Adel so gern schmückte. Die Kelten hegten mehr als jedes andere Volk eine Leidenschaft für das edelste aller Metalle. Sie horteten Gold in ihren Tempeln, versenkten es in Seen und Teichen zum Ruhme ihrer Götter, und sie trugen es zur Schau in Form des herrlichen Schmucks, den ihre Kunstschmiede schufen.

Auch Divicias Adeptin, die Morann hieß, trug ihr Haar offen. Von den komplizierten Frisuren, die bei den Römerinnen so beliebt waren, schienen beide Frauen nichts zu halten. Morann war eine bildschöne junge Frau, aber so klein und zart gebaut, dass ihr etwas Kindliches anhaftete.

Die beiden Krieger hingegen, die die Frauen begleiteten, überragten selbst mich, der ich wahrlich kein Zwerg bin, um eine gute Handbreit. Auch sie trugen goldene Torques und unter ihren Umhängen blitzten kunstvoll gearbeitete Schwerter aus bestem keltischem Stahl.

Der Stahl der Kelten war im ganzen Imperium berühmt und gesucht. Selbst die römischen Legionen nutzten ihn gern für ihre Waffen.

Diese beiden Männer, die sich Granis und Cobanix nannten, waren keine einfachen Wächter von niedrigem Stand. Ihre Kleidung, ihr Auftreten und ihre Wortwahl machten deutlich, dass sie selbst dem Adel angehörten. Eine wahrhaft noble Eskorte. Divicia musste höchstes Ansehen genießen. Und die beiden Krieger waren wohl Zwillingsbrüder, denn sie sahen einander so ähnlich, dass man sie kaum unterscheiden konnte.

Ich gab den beiden Frauen zwei meiner behaglichsten Gästezimmer und brachte die beiden Krieger im Raum direkt daneben unter. Bestimmt würden Divicia und Morann sich am sichersten fühlen, wenn sie ihre Begleiter in unmittelbarer Nähe wussten. Obwohl ich zu diesem Zeitpunkt hätte schwören können, dass die Sicherheit meines Hauses ganz hervorragend war. Welch grobe Fehleinschätzung ...

Ich hatte mein Heim in den letzten Monaten nicht nur schöner und komfortabler ausgestattet, sondern den ungewöhnlich trockenen Sommer auch für umfassende Erweiterungsarbeiten genutzt. Insgeheim wusste ich, warum ich das tat: um mich davon abzulenken, dass ich Layla an Marcellus verloren hatte.

Nach dem Tod meiner Ehefrau vor vielen Jahren hatte ich mich in die Arbeit gestürzt. Hatte jahraus, jahrein Geschäftsreisen unternommen, bei denen ich kein Risiko scheute. Damals hatte ich den Grundstein dafür gelegt, dass ich mich heute wohlhabend nennen konnte. Aber nun, zwei Jahrzehnte später, war mein Herz so leer wie damals in jener dunkelsten Zeit meines Lebens.

Diesmal jedoch verspürte ich wenig Lust auf Handelsreisen. Meine Diener übernahmen das inzwischen für mich. Jedenfalls die längeren, beschwerlichen Fahrten. Also hatte ich mich in die Verschönerung meines Heims gestürzt.

Nun, wenigstens konnte ich den keltischen Adeligen eine Unterkunft bieten, die sie bestimmt ansprechend fanden. Ursprünglich hatte ich mein Haus im Stil meiner Vorfahren errichtet. Ein kleines germanisches Gehöft war es einst gewesen, aber nunmehr hatte ich es fast vollständig in eine luxuriöse römische Landvilla verwandelt. Nur noch wenige Räume erinnerten an mein barbarisches Erbe, wie Marcellus gern scherzte.

Für Layla hielt ich wie immer ihr gewohntes Zimmer bereit, direkt neben dem meinen gelegen. Im Sommer bot es einen wundervollen Blick über den Danubius, und was die Ausstattung betraf, so war es mittlerweile vermutlich der schönste Raum im ganzen Haus. Layla hatte neben dem neuen Bett mit seinen grazilen Elfenbeinschnitzereien eine geräumige Kleidertruhe mit Silberbeschlägen zu ihrer Verfügung. Neben dem Ausgang, der im Sommer auf die Terrasse führte, hatte ich eine Bronzestatue des göttlichen Merkur platziert.

Es sollte Layla an nichts fehlen, wenn sie bei mir war. Obwohl ich natürlich wusste, dass mein Haus nicht mit dem Legatenpalast konkurrieren konnte, den Marcellus neuerdings bewohnte. Gleichgültig, wieviel Mühe ich mir auch gab. Doch ich wusste auch, dass Layla zwar schöne

Dinge liebte, aber ihre wahre Leidenschaft ganz anderen Interessen galt. Meiner Büchersammlung zum Beispiel, die ich in meiner Bibliothek aus allen Winkeln des Imperiums zusammengetragen hatte. Zweitens dem Reisen, der Erkundung der Welt. Drittens einer für Frauen eigentlich gänzlich ungeeigneten Beschäftigung: der Untersuchung von Verbrechen, am liebsten Mord. Allerdings dachte ich zu diesem Zeitpunkt kaum noch an Laylas diesbezügliche Fähigkeiten.

V.

An jenem ersten Abend unterhielt ich meine keltischen Gäste mit einem opulenten Abendmahl, gefolgt von höflichem Geplauder in der Bibliothek. Divicia und ihr Gefolge waren allesamt hochgebildet und kunstverständig. Sie fanden Freude an meinen Büchern, bewunderten die Wandmalereien, Teppiche und Skulpturen.

Laylas dunkle Augen leuchteten wie zwei Sterne. Es war nicht zu übersehen, wie sehr sie die Gesellschaft der beiden Frauen genoss. Ich hatte keine Zweifel, dass sie schon innerhalb weniger Tage die besten Freundinnen werden würden.

Divicia blieb bewusst vage, wo sich ihre Heimstatt befand, obwohl Layla und auch ich uns während des Abendmahls mehrfach danach erkundigten. Als Priesterin einer verbotenen Religion lebte sie wohl nicht in einer der Siedlungen ihres Volkes, sondern an einem geheimen Ort, den nur Eingeweihte kannten.

Einigen Andeutungen, die sie dennoch fallen ließ, entnahm ich, dass ihr heiliger Hain zwei oder drei Tagereisen südlich von Vindobona liegen musste. Sie sprach von sieben Priesterinnen, die an diesem Ort lebten und studierten und die uralten Riten ihres Glaubens zelebrierten. Sie kurierten Kranke, heilten Besessene, sagten die

Zukunft voraus. Layla erzählte mir später sogar, dass Morann ihr hinter vorgehaltener Hand die unglaublichsten Geschichten über Divicia zugeflüstert hätte. Sie sei die mächtigste Druidin ihres Volkes, behauptete Morann. Angeblich könne sie sogar über Wasser und Feuer gebieten, sich in eine Bärin oder Wölfin verwandeln und mit Bäumen sprechen.

"Oh, ich wünschte, ich könnte bei Divicia studieren", rief Layla voller Inbrunst, nachdem sie mir diese fantastischen Geschichten weitererzählt hatte. So leidenschaftlich hatte ich sie noch selten über etwas sprechen gehört.

Ich stellte mir ein tief im Wald verstecktes Heiligtum vor, wo Divicia und ihre Anhänger die blutigen Riten ihres Glaubens vollzogen. Im nächsten Moment schalt ich mich einen Narren. War denn der Glaube der Druiden so anders als der meines eigenen Volkes? Auch bei unseren Stämmen gab es Seherinnen, weise Frauen, Heilerinnen. Und auch uns sagten die Römer alle möglichen Scheußlichkeiten nach – bis hin zu Menschenopfern.

Über das Heilmittel gegen die Pest, das die Götter ihr angeblich geschenkt hatten, gab Divicia sich noch verschlossener als über die Lage ihrer Heimstatt. Laylas Neugier war, was diese Medizin anbelangte, fast schon ein wenig zügellos, gegen die Gebote guter Gastfreundschaft verstoßend. Dennoch beantwortete die weißhaarige Priesterin jede ihrer Fragen geduldig mit einem geheimnisvollen Lächeln und ein paar Worten, die eines Orakels würdig gewesen wären. Das Seltsamste – und zugleich das Konkreteste – das sie uns über das Heilmittel verraten wollte, lautete folgendermaßen: *Die Götter zeigten mir in einer Vision, dass Nahrung, die wir für verdorben halten, die wundersamsten Heilkräfte entfalten kann.*

Das ergab nun gar keinen Sinn, wenn es nach mir ging. Divicia jedoch behauptete, dass sie mit der geheimnisvollen Medizin bereits innerhalb ihrer eigenen Stammesgemeinschaft, aber auch bei einer ganzen Anzahl befreundeter keltischer Stämme, wundersame Erfolge hatte erzielen können. In neun von zehn Fällen hätten die von ihr behandelten Pestkranken überlebt, behauptete sie.

Was einem Wunder gleichkam, denn normalerweise verhielt es sich genau umgekehrt. Neun von zehn ihrer Opfer raffte die Pest üblicherweise dahin. Der schwarze Tod entvölkerte regelmäßig ganze Dörfer, nicht nur im Imperium, sondern auch im fernen Asien. Jedenfalls hatte ich das aus glaubwürdigen Quellen gehört.

Ich konnte verstehen, dass Divicia uns ihre Geheimnisse nicht enthüllen wollte. Der Pestzauber konnte ihr Schlüssel für eine Zukunft in Freiheit sein. Wenn ihre Medizin wirklich wirksam war, so traute ich es Marcellus durchaus zu, beim Imperator persönlich vorzusprechen. Und vielleicht ließe Kaiser Hadrianus sich davon überzeugen, den Bann, der auf dem Druidentum lag, per imperialem Dekret aufzuheben.

VI.

In den nächsten beiden Tagen hörten und sahen wir nichts von Marcellus. Vermutlich vereinnahmten ihn seine dringenden Geschäfte im Legionslager, die er noch vor unserer Abreise zu erledigen hatte. Und er musste abwarten, von welchen Orten im näheren Umkreis seine Boten aktuelle Pesterkrankungen zu vermelden hatten. Ich sah dieser Reise, mit der Divicia und ihre Zaubermedizin auf die Probe gestellt werden sollten, mit sehr gemischten Gefühlen entgegen.

Das Wetter verschlechterte sich noch, obwohl das kaum möglich schien. Es blieb bitterkalt, nun aber fiel auch noch Schnee in dicken weißen Flocken vom Himmel und man sah kaum noch die eigene Hand vor Augen. Der Orkan ging nahtlos in einen Schneesturm über.

Wenn es so weiterging, würde die Witterung unsere geplante Reise unmöglich machen. Schon die Boten, die Marcellus ausgesandt hatte, würden es schwer haben, an ihr Ziel zu gelangen und wieder sicher nach Vindobona zurückzukehren.

Divicia und ihr Gefolge indes waren angenehme und sehr pflegeleichte Gäste. Sie verhielten sich stets höflich, zeigten große Dankbarkeit für jede Speise, jeden Becher Wein. Granis und Cobanix, die beiden Krieger, blieben unter sich und unterhielten sich meist in ihrer Sprache, die ich nicht verstand. Aber auch sie reagierten freundlich und in bester Manier, wenn man sie ansprach. Und sie schienen sich sicher zu fühlen in meiner Obhut. Divicia und Morann bewegten sich frei und unbeschwert im ganzen Haus, ohne dass die beiden Wächter das Bedürfnis zeigten, sie bei jedem Schritt beschützen zu müssen. Das gefiel mir. Es war mir wichtig, ein guter Gastgeber zu sein.

***

Als es plötzlich spätnachts, am dritten Tage nach Ankunft der Kelten, an meine Tür klopfte, sprang ich in freudiger Erwartung aus dem Bett. Ich lief zur Tür und erwartete Layla vor mir zu sehen, die womöglich nicht schlafen konnte und sich nach mir verzehrte.

Ich traf jedoch auf einen meiner Wächtersklaven, der in heller Aufregung war. "Legat Marcellus begehrt Einlass", brachen die Worte aus ihm hervor, noch bevor ich die Tür ganz geöffnet hatte.

"Um diese Zeit? Bei diesem Wetter?" Ich konnte hören, wie der Sturm ums Haus heulte, und als ich zu Bett gegangen war, hatte sich der Schnee bereits knietief vor den Mauern meines Hauses aufgetürmt.

Ich folgte meinem Sklaven durch die dunklen Gänge. Alles schlief bereits, nirgends war ein Licht zu sehen oder der kleinste Laut zu hören. "Wo ist Marcellus?", fragte ich den Burschen. "Du hast ihn doch hoffentlich nicht vor dem Tor warten lassen? Du weißt doch, dass er ein besonderer Freund des Hauses –"

Mein Sklave fiel mir ins Wort. Was sonst gar nicht seine Art war, aber die Aufregung ließ ihn anscheinend seine guten Umfangsformen vergessen. "Er ist nicht allein, Herr. Die –" Er biss sich auf die Lippen und blieb abrupt stehen, sodass ich beinahe in ihn hineinlief.

"So sprich doch, Mann", sagte ich, ein wenig erbost.

"Die Frevler, Herr! Der Legat hat sie mitgebracht."

Obwohl ich noch keinen Schlaf gefunden hatte, fühlte ich mich doch ein wenig benommen. Ich verstand nicht, wovon mein Sklave da sprach. Ungeduldig ließ ich ihn auf dem Gang stehen, durchquerte in raschen Schritten das Atrium und drängte weitere Sklaven beiseite, die sich ums Haustor versammelt hatten.

Das Tor stand offen, der Sturm blies Schnee herein und die Eiseskälte fuhr mir in die Knochen. Ich hatte mir nur eine schlichte Tunika übergestreift, als ich zur Tür meines Schlafzimmers geeilt war. In der sicheren Erwartung, mich dieses Gewandes gleich wieder zu entledigen, um mich den Liebesfreuden zu widmen. Doch daran war heute Nacht nicht mehr zu denken. Das erfasste ich mit einem Blick.

Marcellus drückte gerade die Zügel seines Pferdes einem meiner Burschen in die Hand. Neben ihm sprang ein Soldat aus dem Sattel, den ich schon früher in Marcellus´ Gefolge gesehen hatte. Er war kein einfacher Legionär, sondern ein Centurio namens Severus, wenn ich mich recht erinnerte. Ich schätzte ihn auf Mitte dreißig, auch wenn sein eckiger Schädel fast schon kahl war. Seine Nase sah aus, als wäre sie mehrfach gebrochen worden.

Dann jedoch fiel mein Blick auf den Wagen, der direkt hinter Marcellus zum Stehen gekommen war. Es war ein teurer Reisewagen, wie ihn sich nur wohlhabende Bürger leisten konnten. Die zwei schweren Rösser, die ihm vorgespannt waren, schnauften sich die Seele aus dem Leib. Ihre Körper dampften in der eisigen Winterluft. Es musste die Tiere enorme Anstrengung gekostet haben, das schwere Gefährt über die tiefverschneiten Straßen bis zu meinem Haus zu befördern.

Dieser Wagen gehörte nicht der Legion, das war mir sofort klar – doch zu weiteren Mutmaßungen kam ich nicht. Im vorderen Fenster des Gefährts erblickte ich in diesem Augenblick ein vertrautes Gesicht.

VII.

Ich trat einen Schritt weiter in die Kälte hinaus, die ich, gebannt vor Erstaunen, kaum noch wahrnahm, und kniff die Augen zusammen, um besser sehen zu können.

Nein, ich hatte mich nicht geirrt. In diesem Reisewagen, der mitten in der Nacht den tobenden Elementen getrotzt und mein Haus angesteuert hatte, saß Iulius Paulus. Der Argentarius von Vindobona. Oder besser gesagt, der Apostel des Christengottes. Er blickte mich ernst an und beeilte sich dann, aus dem Wagen zu klettern.

Marcellus schien in höchster Alarmbereitschaft. Er bellte Severus an, die Umgebung meines Hauses zu sichern, als erwarte er jeden Moment einen Angriff.

Hinter Severus, dem Centurio, tauchten zwei Legionäre aus dem Schneesturm auf, die wortlos gehorchten und sich verteilten. Dabei blickten sie drein, als zögen sie in eine Schlacht gegen die Heerscharen der Unterwelt. Und Severus warf Paulus Blicke zu, die keinen Zweifel daran ließen, wo er das Zentrum der Gefahr sah. In dem Atheisten, dem er bestimmt nur sehr widerwillig Geleitschutz zu meinem Haus gegeben hatte.

Gehorsam und Pflichterfüllung standen für jeden römischen Soldaten an erster Stelle. Wenn der Legat befahl, einen Christen zu schützen, so wurde dieser Befehl ausgeführt. Ohne Widerspruch, ohne Diskussion. Aber wenn es nach Severus gegangen wäre, so hätte er Paulus sichtlich lieber gesteinigt, als ihn zu eskortieren.

Marcellus blickte sich in alle Richtungen um und schien nicht ins Haus kommen zu wollen, bevor auch der letzte Passagier aus dem Reisewagen geklettert war. Er trat dicht zu mir heran und legte mir eine Hand auf die Schulter. "Ich weiß, es ist viel verlangt, mein Freund, aber könntest du noch ein paar weitere Gäste aufnehmen?"

Er wies mit der Hand auf Paulus, der gerade zwei Frauen dabei half, aus dem Wagen zu klettern. In einer der beiden erkannte ich Philomena, Paulus´ Gattin.

Früher, als ihr Mann bei den Bürgern Vindobonas noch in höchstem Ansehen gestanden hatte, war sie der Inbegriff einer römischen Matrone gewesen. Eine stolze Frau, die Wohlstand und Sittsamkeit verkörperte, die sich stets nach der neuesten Mode kleidete und jene Frisur trug, die die Gattin des Imperators in Rom vorgab.

Jetzt jedoch sah Philomena aus wie eine zerzauste Feldmaus auf der Flucht vor einem Raubvogel. Sie trug zwar einen teuren Pelzumhang, doch ihr Haar fiel ihr in wirren Strähnen ins Gesicht und in ihren ungeschminkten Augen war nackte Angst um ihr Leben zu lesen.

Auch die zweite Frau, die mit dem Ehepaar reiste, und sich nun ebenfalls aus dem Wagen wagte, war mir bekannt: Caecilia, eine Freigelassene des Paulus, die seit vielen Jahren in seinem Geschäft arbeitete und der ich daher schon oft begegnet war. Sie war Paulus so treu ergeben, dass manche Schwätzer munkelten, sie wäre mehr als nur seine Bedienstete.

Ob daran etwas Wahres war, kümmerte mich nicht. Sie war jung, ein wenig mager, aber sie hatte wunderschönes flachsblondes Haar und fast immer ein freundliches Lächeln auf den Lippen. Was ich aber mit Sicherheit wusste: Caecilia hatte sich in jüngster Zeit zu einer ebenso glühenden Anhängerin des Christentums gewandelt wie Paulus selbst.

Zum Abschluss kletterte noch ein Mann aus dem Reisewagen. Ein Hüne, den jedes Kind in Vindobona kannte. Sein Name war Flamma, und er war einst der berühmteste Gladiator der Provinz gewesen. Jetzt jedoch galt auch er als Anhänger des Paulus und dessen Gottes.

"Die Lage in Vindobona ist eskaliert", erklärte mir Marcellus. Er gab sich sichtlich Mühe, Ruhe und Besonnenheit auszustrahlen, ganz der Feldherr, den nichts erschüttern konnte. Doch mir entging nicht, dass seine Stimme bebte.

"Ich musste Paulus aus der Stadt schaffen", fuhr er fort, "sonst hätte ich für seine Sicherheit nicht mehr garantieren können. Ein Mob hat sich vor den Toren des Legionslagers zusammengerottet und seinen Kopf verlangt."

"Bei allen Göttern – wie kam es denn dazu?", fragte ich.

Marcellus machte eine abfällige Handbewegung. "Wölfe sind in die Stadt eingedrungen. Sie haben Vieh gerissen ... und einen Säugling getötet. Ein klares Zeichen, dass Vindobona die Gunst der Götter endgültig verwirkt hat. Das brachte das Fass zum Überlaufen. Schnell bildete sich eine Rotte, mit Knüppeln und Steinen bewaffnet, und zog vor das Haus des Christen. Wenn nicht gerade Flamma zum Abendessen bei Paulus geweilt hätte

–" Marcellus rollte dramatisch mit den Augen. "Dann hätten sie ihn an Ort und Stelle massakriert."

"Aber mit Flamma, dem legendären Schwertkämpfer wagte sich dann doch niemand anzulegen?" mutmaßte ich. "Nicht einmal eine wütende Meute."

"Viel hat trotzdem nicht gefehlt", sagte Marcellus. "Sie schlugen das Haustor ein. Die Dienstboten suchten das Weite. Paulus konnte gerade noch die beiden Frauen, sich selbst und ein paar Habseligkeiten in Sicherheit bringen. Mit dem Wagen flohen sie ins Legionslager und baten um Schutz. Flamma blieb treu an ihrer Seite."

"Schutz, den du ihnen nicht gewähren konntest, wenn du keinen Aufstand riskieren wolltest."

Marcellus nickte grimmig. "Innerhalb kurzer Zeit waren es um die fünfhundert, die sich vor dem Lagertor versammelten und lautstark die Hinrichtung der Christen forderten. *Vor die Löwen, vor die Löwen!*, riefen sie im Chor. *Mit ihnen allen!* Ich hätte diesen Aufstand natürlich mit Gewalt niederschlagen können, aber das hätte das Problem nicht gelöst. Paulus war seines Lebens in Vindobona nicht mehr sicher. Und die Mehrzahl der Legionäre erwartete ebenfalls ein Urteil von mir. Eines, das den Frieden mit den Göttern wiederherstellte."

Marcellus verzog missbilligend die Mundwinkel. "Ich musste handeln, mir blieb keine Wahl. Also habe ich verkündet, Paulus und seine Anhänger zu verbannen. Sie ins Exil zu schicken, noch heute Nacht. Um meine Worte zu unterstreichen, ritt ich sogleich persönlich mit ihnen los. Ich ließ den Pöbel in dem Glauben, dass ich die Christen über den Danubius bringen und hier ihrem Schicksal überlassen würde. Was den Blutdurst der Meute fürs Erste befriedigte."

VIII.

Der Legat klopfte sich den Schnee vom Mantel und sah sich nach seinen Männern um. Die waren jedoch längst in der Dunkelheit verschwunden. Dachten sie ernsthaft, jemand hätte sie von Vindobona bis hierher verfolgt? Dass jemand mein Haus angreifen würde?

"Severus ist vertrauenswürdig", sagte Marcellus. "Seine Legionäre ebenso. Auch wenn sie – wie jeder andere Mann im Lager – lieber eine Hinrichtung gesehen hätten. Sie gaben ihr Bestes, dass wir es überhaupt bis hierher schafften. Verflucht sei dieser Winter!"

"Es wundert mich, dass du dich so für Paulus einsetzt", sagte ich.

"Von mir aus soll der Blitz ihn treffen! Aber ich dulde keine Aufstände in meiner Stadt. Keine Justiz der Meute!"

"Und was soll jetzt aus ihm werden?", fragte ich. "Hast du darüber schon nachgedacht?"

Die Vorstellung, diese Christen, die den Zorn der Götter entfesselt hatten, ausgerechnet in meinem Haus willkommen zu heißen, erfüllte mich mit Angst und Schrecken. Warum es leugnen? Stand ich deswegen noch immer hier draußen in der Kälte und fragte Marcellus Löcher in den Bauch?

Die Christen allerdings schienen ähnliche Vorbehalte

zu hegen. Sie drängten sich im Windschatten ihres Reisewagens dicht aneinander und diskutierten in erregtem Flüsterton. Beratschlagten sie gerade, ob sie um Zuflucht im Haus eines Heiden bitten sollten? War ihnen nicht klar, dass ihnen bei dieser Witterung gar keine andere Wahl blieb?

Ich jedenfalls ergab mich seufzend in mein Schicksal. Ich wusste, dass ich sie nicht abweisen durfte, so gern ich es auch getan hätte.

"Es tut mir leid, Thanar", sagte Marcellus, der genau zu wissen schien, was in mir vorging. "Ich sah keinen anderen Ausweg. Paulus muss erst einmal für ein paar Tage untertauchen. Danach werde ich mich darum kümmern, dass seine Habe verladen wird – was davon noch übrig ist. Vermutlich wird in diesem Augenblick schon geplündert. Ich werde zusehen, dass er einen guten Preis für sein Haus bekommt und sich ein neues Leben anderswo aufbauen kann. Alles ohne großes Aufsehen."

Ich nickte. Marcellus hatte inmitten der Krise wohlüberlegt gehandelt, wie es sich für einen guten Anführer geziemte.

"Aber erst einmal brauchen er und seine Anhänger ein Dach über dem Kopf. Nur für ein paar Tage. Ich habe keine andere Wahl, als noch einmal auf deine Gastfreundschaft zu hoffen, Thanar. Ich hoffe, du nimmst es mir nicht übel." Marcellus starrte düster in den Himmel. "Gastfreundschaft für uns alle, fürchte ich", fügte er hinzu. "Ich glaube nicht, dass wir uns bei diesem Wetter heute Nacht noch zurück ins Lager durchschlagen können."

"Du bist mir immer willkommen", sagte ich. "Und das weißt du. Doch wen wirst du mir als Nächstes bringen? Erst Druiden, nun Christen ..."

Ich ließ den Satz unvollendet und versuchte stattdessen, ein tapferes Lächeln aufzusetzen. Was mir jedoch misslang. Meine Zähne schlugen aufeinander. Erst jetzt wurde mir bewusst, wie erbärmlich ich inzwischen fror, auch wenn ich nicht darauf geachtet hatte.

Ich lud die Christen in mein Haus – bemüht, meine Worte gastfreundlich klingen zu lassen, anstatt von Ängsten geplagt. Paulus dankte mir freundlich, dann setzten er und die Seinen sich rasch in Bewegung. Sie waren wohl zu dem Schluss gekommen, dass mein Dach heute Nacht ihre beste – nein, ihre einzige Hoffnung – war.

Ich gab meinen Sklaven Anordnung, den Wagen und die Pferde zu versorgen. Zwei meiner Diener luden sich das wenige Gepäck der Neuankömmlinge auf die Schultern, andere halfen ihnen, den Weg durch den Tiefschnee in mein Haus zu meistern. Einer meiner kräftigen Wächtersklaven trug Caecilia auf seinen Armen durch den Schnee. Flamma tat es ihm gleich und hob Philomena hoch, als wäre sie ein mageres Kind und nicht eine wohlgenährte römische Matrone.

Die Bürger von Vindobona sind eigentlich ein recht friedliebendes Völkchen. Dass sie sich in blutrünstige Bestien verwandelt hatten, die den Tod mehrerer Menschen forderten, zeigte nur, wie verzweifelt sie sein mussten. Den Zorn der Götter fürchtete man mehr als alles andere, nicht nur unter dem einfachen Volk. Würde ich die

Rache der Unsterblichen nun auf mein Heim herabbeschwören, wenn ich Paulus und die anderen Atheisten bei mir aufnahm?

Fürs gastliche Leben hegt kein anderes Volk so unbeschränkte Leidenschaft, schrieb schon Tacitus über uns Germanen. Schmeichelhafte Worte – doch um meine Gastfreundschaft war es in dieser Nacht sehr schlecht bestellt. Zum Glück war mein Haus wenigstens geräumig genug, dass ich die Neuankömmlinge ohne Probleme unterbringen konnte.

Gerade jedoch, als ich das Tor wieder verriegeln lassen wollte, tauchte ein einzelner Reiter auf dem Vorplatz auf. Wie ein Geist erschien er aus der Dunkelheit.

Sein Pferd brach unter ihm zusammen, als er absaß, und der Mann selbst glich im wilden Treiben des Schnees einem Wesen aus einer anderen Welt. Doch dann, als er sich mit letzter Kraft zum Tor und damit in den Schein der Fackeln schleppte, erkannte ich ihn.

"Thessalos!", rief ich ungläubig und eilte ihm zur Hilfe, bevor er zu Fall kam. Marcellus reagierte ebenso schnell und sprang an die linke Seite des Mannes.

Der völlig erschöpfte Reiter war einer der Ärzte des Legionslagers. Ein junger Grieche und der beste Medicus von Vindobona, wenn es nach mir ging. Hatte er mir doch erst kürzlich das Leben gerettet.

Im Zuge der schrecklichen Mordserie, die erst wenige Monate zurücklag, wäre ich um ein Haar einem hinterhältigen Attentat zum Opfer gefallen. Nur der medizinischen Kunstfertigkeit dieses jungen Arztes hatte ich es zu verdanken, dass ich noch diesseits des Totenflusses weilte.

"Bist du von Sinnen?", richtete Marcellus unwirsch das Wort an den Mann. "Was tust du hier? Warum bist du uns gefolgt?"

"Ich dachte ... du würdest ...", keuchte Thessalos, doch dann versagten ihm die Worte.

Marcellus' jugendliche Züge verhärteten sich. Erzürnt starrte er den halb erfrorenen Medicus an. "Du dachtest, ich würde Paulus und die anderen in den Tod führen? Sie den Elementen preisgeben und erfrieren lassen?"

Thessalos nickte wortlos, während wir ihn ins Haus schleppten, damit ich endlich das Tor gegen Schnee und Kälte verriegeln lassen konnte.

"Du wolltest sie retten, diese Christen?", fragte Marcellus ungläubig. "Sag bloß nicht, du ... du bist doch keiner von ihnen, oder, Thessalos?"

Der Grieche rang nach Atem. Dankbar hüllte er sich in eine wollene Decke, die ein Diener rasch herbeischaffte. "Das nicht, Legat", sagte er, als er seine Sprache wiedergefunden hatte. "Aber Paulus ist ein großer Heiler, was immer man von seinem Gott halten mag. Er darf nicht sterben! Ich habe gesehen, wie er Besessene in Vindobona kuriert hat, wo unsere Heilkunst versagte. Wie er Blinde sehend machte und Lahme wieder gehen ließ. Er ließ sie genesen, mit nichts als der Macht seines Glaubens. Ich konnte doch nicht zulassen –"

Marcellus klopfte dem Mann auf die Schulter und unterbrach damit seinen plötzlichen Redeschwall. "Sei unbesorgt, Thessalos. Ich hatte niemals vor, die Christen den Elementen preiszugeben. Wie du siehst, sind sie wohlauf. In Sicherheit, hier unter Thanars Dach. Aber du musst deines Lebens müde sein, dass du in einer Nacht wie dieser unseren Spuren folgtest!"

Mit einem gequälten Seufzen, das an mich gerichtet war, fügte Marcellus hinzu: "Darf ich dich noch um ein weiteres Bett für diese Nacht bitten, Thanar?"

"Thessalos ist mir stets willkommen", erwiderte ich.

Der Arzt lächelte erschöpft. "Ich danke dir, alter Freund."

An Marcellus gewandt fuhr er fort: "Ich hätte nicht an dir zweifeln dürfen, Legat. Du bist kein Unmensch. Vergib mir bitte! Mir hätte klar sein müssen, dass du die Christen nicht in den sicheren Tod schicken würdest."

Marcellus nickte wohlwollend.

Ich führte meine Gästeschar in eines der Speisezimmer, das gut beheizt war, und wies meine Diener an, warmen Wein zu bringen, Brot und Käse und fette Würste, damit sich die Neuankömmlinge stärken konnten. Zwischenzeitlich ging ich in Gedanken durch, wen ich am besten wo einquartieren sollte. Mein Haus war zwar groß, aber kein Palast mit endloser Zimmerzahl.

Ich entschied mich dafür, Thessalos, den Arzt, mit Severus, dem Centurio, zu zweit in einem der noch verbliebenen Gästezimmer unterzubringen. Die beiden Legionäre ließ ich bei meinen Bediensteten im Gesindetrakt nächtigen. Einfache Soldaten waren durchaus nicht verwöhnt, was Unterkünfte anbelangte. Im Legionslager teilten sie enge Quartiere, mit Stockbetten und einer Kochstelle, zu acht oder zu zehnt.

Damit blieb ein geräumiges Zimmer für Paulus und

seine Gattin, sowie ein zusätzlicher Raum, um den mich die Christen wie aus einem Munde baten. Sie wollten sich dort für gemeinsame Gebete versammeln und ihrem Gott huldigen.

Für Flamma und Caecilia standen dann nur noch zwei kleinere Kammern zur Verfügung, doch sie bezogen sie jeweils mit Worten voller Dankbarkeit – an mich und an ihren Gott gerichtet, der sie in der Stunde höchster Not in eine sichere Herberge geführt hatte, wie Caecilia es formulierte.

"Der Herr geleitete uns, gleich Josef und Maria, in den sicheren Stall", fügte Paulus salbungsvoll hinzu.

Ich fand es zwar nicht gerade schmeichelhaft, dass er mein Haus mit einem Stall verglich, aber was verstand ich schon von den seltsamen Vorstellungen dieser Christen?

Den Gebetsraum, den ich ihm zur Verfügung stellte, schmückte Paulus mit einem Kreuz, einem Kelch und einer Schale aus seiner Reisetruhe. Anscheinend handelte es sich dabei um Utensilien, die bei den Ritualen seines Kultes eine wichtige Rolle spielten.

Alle vier Christen zogen sich alsbald in diesen Raum zurück, und man hörte noch sanftes Stimmengemurmel und Gesänge durch die Wände, als ich mich längst schlafen legte.

Marcellus schließlich wies ich ein Gemach zu, das durchaus eines Legaten würdig war, jedoch in maximal möglicher Distanz zu Laylas Zimmer lag. Vermutlich war das einfältig von mir, schließlich verbrachten die beiden die Mehrzahl ihrer Nächte gemeinsam – doch unter meinem Dach wollte ich sie mir nicht als Liebespaar vorstellen müssen.

Die wenigen Stunden bis zur Morgendämmerung verliefen ohne besondere Vorkommnisse. Es war die sprichwörtliche Ruhe vor dem Sturm, bevor die Katastrophe über uns hereinbrach.

IX.

Es gibt wohl kaum eine Gruppe von Menschen, unter denen sich Neuigkeiten – insbesondere solche, die man eigentlich geheim halten möchte – schneller verbreiten als unter Hausbediensteten.

Als Divicia und ihr Gefolge angereist waren, hatte ich gegenüber meiner Dienerschaft mit keinem Wort erwähnt, dass sie eine druidische Priesterin war. Dennoch setzte bereits wenige Stunden später das Geflüster ein, und ich bin mir sicher, dass am Folgetag selbst der Geringste meiner Knechte im Bilde war, wen ich da als Gast in mein Haus aufgenommen hatte.

Den Argentarius und seine Anhänger kannte man natürlich sowieso. Jedermann in Vindobona wusste, dass Iulius Paulus neuerdings ein Apostel des Herrn war, wie er das gern ausdrückte. Und was man in Vindobona wusste, das war innerhalb kürzester Zeit auch meinem Gesinde bekannt. Meine Diener und Sklaven verkehrten regelmäßig in der Stadt. Wenn sie den Markt aufsuchten, eine Taverne, die Tempel auf dem Forum oder das Amphitheater, so klatschten sie bei dieser Gelegenheit leidenschaftlich mit den Bediensteten anderer Familien. So waren sie in den meisten Fällen weit besser unterrichtet, als ich es jemals sein konnte.

Als ich Paulus und die Seinen am Morgen nach ihrer Ankunft mit Divicia und den Ihrigen bekannt machte, beschränkte ich mich auf eine namentliche Vorstellung. Mit keinem Wort erwähnte ich die jeweiligen Kulte, denen sie anhingen. Und doch waren – dank meiner geschwätzigen Sklaven – wiederum wenige Stunden später alle im Bilde, mit wem sie es zu tun hatten.

Wie ich es erwartet hatte, wurde diese Erkenntnis weder im druidischen noch im christlichen Lager mit Freude aufgenommen. Insbesondere Divicia und Paulus begegneten einander mit einer Kühle und Schroffheit, gegen die der Schneesturm, der noch immer um mein Haus tobte, mit einem Mal beinahe anheimelnd wirkte.

Beim Frühstück beäugten sie einander skeptisch – wohl noch nicht völlig im Bilde, mit wem sie es zu tun hatten. Beim Mittagessen fing ich einige der Blicke auf, die sie einander zuwarfen, und fühlte mich dabei an tödlich geschliffene Dolche erinnert.

Dennoch kam es zu keinem offenen Konflikt. Jeder der Beteiligten wusste, wie man sich als Gast in einem fremden Haus zu benehmen hatte. Wofür ich den Göttern dankte.

Als es schließlich doch zum Streit kam, waren es zu meiner Überraschung die Christen, die sich in die Haare kriegten. Konkret gesprochen wurde ich am Nachmittag unfreiwilliger Zeuge einer hitzigen Auseinandersetzung zwischen Paulus, seiner Gattin Philomena, sowie Caecilia, der Freigelassenen.

Ich konnte nicht hören, worüber sie stritten, ich sah sie nur heftig gestikulierend unter den Arkaden eines der

Wandelgänge beisammen stehen, die die Innenhöfe meines Hauses umgeben.

Ich war erstaunt, dass es sie bei diesem Wetter ins Freie zog. Auch wenn das Dach der Arkaden sie schützte, so lag im Innenhof der Schnee doch inzwischen brusthoch, und der Wind fuhr böig bis in den letzten Mauerwinkel. Vielleicht hatten sie sich bloß hierher zurückgezogen, um ungestört etwas besprechen zu können? In meinem Haus herrschte aufgrund der Vielzahl der Gäste den ganzen Tag über ein reges Treiben.

Natürlich wollte ich nicht lauschen, ich wunderte mich bloß über die Heftigkeit der Auseinandersetzung. Philomena schien anfangs entrüstet, doch anscheinend gelang es Paulus rasch, sie auf seine Seite zu ziehen. Caecilia hingegen schien regelrecht außer sich. Sie redete mit einer Heftigkeit auf ihren ehemaligen Herrn ein, wie es unter Freigelassenen keinesfalls üblich war.

Ich wunderte mich, aber ging doch so rasch wie möglich meiner Wege und hatte den Vorfall schon bald wieder vergessen. Denn etwas noch Seltsameres beanspruchte nur wenig später meine Aufmerksamkeit.

Im Verlauf des Nachmittags schienen Paulus und Divicia plötzlich Sympathie für einander zu fassen. Ich entdeckte die beiden im Atrium, wie sie sich höflich lächelnd unterhielten und später begegnete ich ihnen erneut. Diesmal in der Bibliothek, wo sie noch immer miteinander sprachen. Sie wirkten wie alte Freunde, die so viel auszutauschen hatten, dass ihre Zungen kaum zum Stillstand kamen.

Marcellus und seine Männer unternahmen erst gar

keinen Versuch, den Rückweg ins Legionslager anzutreten. Einerseits machte der anhaltende Schneesturm selbst eine so kurze Reise zu einer Expedition ins Ungewisse und womöglich in den Tod. Wollten die Götter Vindobona unter den weißen Massen begraben wie einst die schöne Stadt Pompeji unter der Asche des Vesuvs?

Andererseits plagte Marcellus sichtlich das schlechte Gewissen dafür, wie sehr er meine Gastfreundschaft strapazierte, in dem er die Atheisten bei mir einquartiert hatte. Noch dazu, wo ich bereits seine Druidin beherbergte. Ihm musste klar sein, dass wir damit nicht nur den Zorn der Götter herausforderten, sondern dass es bestimmt kein Rezept für ein gastliches Miteinander war, die beiden Kulte auf so engem Raum zusammentreffen zu lassen. Und so verschob Marcellus seine Rückkehr in den Legatenpalast wohl auch, um mir beizustehen, falls die Lage eskalieren sollte.

Zu meiner Freude war Marcellus des Morgens aus dem Zimmer getreten, das ich ihm in der Nacht zugewiesen hatte, während Layla ihrerseits ihr Schlafgemach neben dem meinen verließ. Wenigstens schien es keine gemeinsame Liebesnacht der beiden unter meinem Dach gegeben zu haben. Immerhin ein Trost.

Beim Abendessen setzte sich der freundschaftliche Dialog zwischen Paulus und Divicia fort. Insbesondere Paulus behandelte die Druidenpriesterin mit ausgesuchter Höflichkeit und pries ihre Weisheit und Gelehrtheit vor allen Anwesenden.

Was war geschehen? Wie hatten die beiden ihre Abneigung gegen den Kult des anderen so rasch überwinden können? Ich wusste es nicht und sollte es auch nicht erfahren. Ich schnappte lediglich ein paar Gesprächsfetzen ihrer Unterhaltung auf.

Anscheinend drehte sich der Dialog um die Verfolgung ihrer jeweiligen Kulte. Sie diskutierten die Gerüchte, nein, aus ihrer Sicht die schrecklichen Verleumdungen, die sowohl über die Druiden wie auch die Christen kursierten. Vielleicht gründete ihre so plötzlich für einander gewonnene Sympathie auf nichts weiter als geteiltem Leid?

Im Triclinium, meinem römischen Speisezimmer, war es wohlig warm. Draußen fiel unerbittlich der Schnee. In den umliegenden Wäldern heulten die Wölfe.

Ich musste an das beklagenswerte Kind denken, das diesen hungrigen Bestien zum Opfer gefallen war, und das mitten in Vindobona. Waren es wirklich die Götter, die diese Bestien gegen uns Menschen aufhetzten?

***

Nach dem Abendessen vertraute Marcellus mir an, dass Paulus ihn am Nachmittag um ein Gespräch gebeten hatte. "Paulus und sein Gefolge wollen uns begleiten", erklärte er mir. "Auf unserer Reise in Richtung Schwarzer Tod." Marcellus wählte nicht nur gern dramatische Worte, er verstand es auch, ihnen mit sonorer Stimme den nötigen Effekt zu verleihen. "Paulus will uns beweisen, dass sein Gott auch Pestkranke zu heilen vermag. Viel besser als die heidnischen Dämonen der Divicia, wie er es formuliert hat."

Ich schüttelte ungläubig den Kopf. "Ist er denn des Lebens müde?", fragte ich. "Und die beiden Frauen will er ebenfalls mitnehmen?"

Marcellus nickte. "Sie haben sogar selbst darauf bestanden. Caecilia jedenfalls verkündete mir in leidenschaftlicher Rede, dass sie den Tod nicht fürchte. Und Flamma schloss sich sogleich an. Wenn es Gottes Wille ist, so sind sie bereit, in den Tod zu gehen. Wie zahlreiche ihrer Brüder und Schwestern im Glauben vor ihnen. Der Märtyrertod, hast du davon gehört? Fast könnte man glauben, es wäre ihr höchstes Glück, so zu sterben wie ihr Gott. Auf möglichst schändliche und schmerzhafte Weise."

"Ich habe davon gelesen", sagte ich. "Dass manche Christen lieber den Tod am Kreuz oder in der Arena wählen, als den Göttern zu opfern."

Marcellus zog die Schultern hoch. "Würdest du sterben für Merkur oder Jupiter, oder wie immer dein Volk sie nennt, Thanar?"

Ich schüttelte den Kopf.

"Ich auch nicht. Aber ich denke, man muss diese Christen nicht verstehen. Jedenfalls habe ich Paulus meine Zustimmung gegeben. Wenn wir alle gemeinsam die Reise antreten, ist erst einmal die Frage gelöst, was nun aus ihm und den Seinen werden soll. Und wenn sein Gott sich tatsächlich als so mächtig erweist, dass er die Pest bezwingen kann – nun, dann will ich auch sein Fürsprecher sein. Genau wie für Divicia. Dann wird man Paulus in Vindobona womöglich auch wieder aufnehmen. Eine heikle Situation, die einiges an Fingerspitzengefühl erfordert –"

"Aber das besitzt du ja in reichlichem Maße", sagte ich

mit einem Lächeln und legte meinem Freund die Hand auf die Schulter.

Ich kann nicht behaupten, dass ich der Reise in Richtung Schwarzer Tod mit Freuden entgegensah – aber andererseits verspürte ich doch eine gewisse Neugier, welche Fingerzeige göttlicher Macht uns dort erwarteten.

***

Layla bekam ich den ganzen Tag über nicht zu Gesicht. Erst spät am Abend fand ich sie in der Bibliothek, wo sie mit einem schmalen Buch im Foliantenformat auf einer Liege ruhte. Sie war so sehr in ihre Lektüre vertieft, dass sie mich erst bemerkte, als ich mich über sie beugte und ihr einen Kuss auf den Scheitel hauchte. "Was liest du Schönes?", fragte ich sie.

Layla klappte das Buch zu und reichte es mir. "Caecilia hat es mir ausgeliehen", sagte sie. "Es enthält einige wichtige Schriften ihres Glaubens. Über das Leben von Jesus und über seine Taten."

"Und?", fragte ich, in bewusst unverfänglichem Plauderton, "was hältst du von den Christen? Findest du sie ebenso faszinierend wie unsere Druidenpriesterinnen?"

"Caecilia ist nett", sagte sie. "Eine Freigelassene wie ich. Auch sie lebt gern in der Familia ihres früheren Herrn."

Sie schenkte mir ein Lächeln, bei dem es mir warm ums Herz wurde. "Und dieser Jesus – ihr Gott, oder der Sohn ihres Gottes, oder beides auf einmal, das ist ein wenig verwirrend – auch ihn finde ich interessant. Er gab sich mit den Geringsten ab, mit Sklaven, Aussätzigen,

Prostituierten. Er erlitt sogar selbst den Verbrechertod am Kreuz."

"Findest du es nicht merkwürdig, dass er – oder sein göttlicher Vater – das zuließ, wenn sie doch so mächtige Götter sind?", warf ich ein. "Dass man ihn kreuzigte?"

"Caecilia sagt, er nahm den Tod auf sich, um die Menschen von ihrer Schuld zu erlösen."

"Welche Schuld denn?"

"Das habe ich auch nicht so genau begriffen. Ich glaube, sie meint, dass wir unter dem Einfluss des Bösen stehen, und dass ihr Gott uns durch seinen Tod davon befreien wollte. Aber es funktioniert nur, wenn wir an ihn glauben und allen anderen Göttern abschwören." Layla verstummte und blickte mich nachdenklich an.

"Was, wenn dieser Gott der Christen in Wahrheit ein Dämon ist?", sagte ich. "Der uns und die wahren Götter entzweien will? Sieht es für dich nicht danach aus?"

"Hm", sagte Layla, dann schien sie für den Augenblick genug vom Philosophieren zu haben. "Hast du bemerkt, dass Flamma und Morann sich angefreundet haben?", fragte sie mich. "Innerhalb eines einzigen Tages und trotz der so unterschiedlichen Kulte, denen sie anhängen? Ist das nicht bemerkenswert?"

"Angefreundet? Ist das dein Ernst?" Der christliche Ex-Gladiator und die druidische Adeptin? Konnte man sich ein ungleicheres Paar vorstellen als diese beiden?

Flamma war zu der Zeit, als er noch die Massen in der Arena begeistert hatte, durchaus ein Liebling der Frauen gewesen. Wie so viele andere berühmte Gladiatoren. In den letzten Monaten jedoch hatte man ihn nur noch in

Gesellschaft von Paulus und anderer Christen gesehen. Er hatte seinen Gladiatorennamen behalten, aber Flamma brannte jetzt nicht mehr für einen guten Kampf, sondern ausschließlich für seinen Gott.

Und ausgerechnet dieser Mann sollte sich mit einer Druidin anfreunden? Er musste sie doch unweigerlich als verblendete Heidin, wenn nicht gar als verderbte Zauberin betrachten!

Layla zog die Schultern hoch, als habe sie meine Gedanken gelesen. "Die beiden verbrachten jedenfalls den ganzen Tag miteinander. Ich traf sie mehrfach zusammen an, und dabei waren sie sichtlich auf der Suche nach einem stillen Plätzchen. Und sie schienen die Gesellschaft des anderen sehr zu genießen."

"Ich denke, das ist gut oder?", sagte ich. "Auch Paulus und Divicia scheinen ja ihre anfängliche Feindseligkeit überwunden zu haben. Hast du bemerkt, wie anregend sie sich beim Abendessen unterhalten haben? Als wären sie die besten Freunde."

Layla lächelte und nickte. "Es wird alles zu einem guten Ende kommen", sagte sie. "Für die Druiden, für die Christen und für uns alle in Vindobona. Jetzt müssen wir nur noch die Pest besiegen."

X.

Während der Sturm, der um mein Haus tobte, noch an Stärke zunahm und mit zornigem Heulen am Dachgebälk rüttelte, zogen sich meine Gäste einer nach dem anderen zur Nachtruhe zurück.

Nur Paulus und Divicia setzten ihr Gespräch fort. Dazu begaben sie sich in das Gemach, das Divicia bewohnte, ein schönes geräumiges Zimmer, in dem auch ein kleiner Tisch und zwei Stühle zum Verweilen einluden. Ich schickte einen Sklaven in den Keller, um den beiden eine ausgewählte Amphore Falerner Wein zu kredenzen.

Ich selbst hatte wohl beim Abendessen einen Becher zu viel getrunken, oder dem Wein zu wenig Wasser beigemischt. Ich wurde plötzlich von seltsamen Schwindelgefühlen geplagt, und meine Zunge klebte mir trocken am Gaumen.

Marcellus schien sich ähnlich unwohl zu fühlen. Er zog sich mit knappen Worten schon sehr früh in sein Zimmer zurück. Zu meinem Missfallen griff er nach Laylas Hand, küsste sie vor meinen Augen auf den Hals, und nahm sie mit sich. Üblicherweise war er mit den Bekundungen seiner Gefühle für Layla wesentlich zurückhaltender, jedenfalls in meinem Beisein.

Ich beschloss, mich ebenfalls schlafen zu legen. Mein

Schwindelgefühl hatte noch zugenommen, und nun versank ich zu allem Übel auch noch in Selbstmitleid. Ich war ein einsamer alter Mann, aller Freuden des Lebens beraubt. Marcellus war mir ein guter Freund, manchmal fast so etwas wie der Sohn, den mir die Götter nie geschenkt hatten. Doch manchmal wünschte ich auch, er hätte niemals seinen Fuß in mein Haus gesetzt. Dann wäre es nun an mir gewesen, Layla in mein Schlafzimmer zu führen. Und ihren Hals zu küssen.

Die Gänge meines Hauses lagen bereits dunkel und verlassen da, aber ich fand meinen Weg blind. Bildete ich mir das nur ein, oder waren die Pferde draußen in den Stallungen in hellem Aufruhr? Es klang fast, als würden sie schreien, nicht bloß wiehern.

Nun, vermutlich setzte ihnen das andauernde Pfeifen und Heulen des Schneesturms zu. Dazu die Eiseskälte, gegen die auch die solide gebauten Stallmauern nichts ausrichten konnten, und das Wolfsgeheul, das wieder eingesetzt hatte. Es war eine schreckliche Nacht. Und es sollte noch viel schlimmer kommen.

***

Ich weiß nicht, wie viele Stunden ich geschlafen hatte. Als ich plötzlich aus einem Traum hochfuhr, fühlte sich mein Kopf an, als hätte ich drei volle Festtage mit zu viel Wein und überreichlichem Essen hinter mir. Meine Bettstatt schien unter mir zu schwanken, als befände ich mich an Bord eines Schiffes, und auch die Wände, die mich umgaben, krümmten sich seltsam unter meinem schlaftrunkenen Blick.

Im nächsten Moment entfuhr mir ein Schrei. Am Fußende meiner Liege – da stand jemand!

Es war eine schlanke, zarte Gestalt mit langem Haar, das ihr wie gesponnene Goldfäden über die Schultern fiel. Ich hätte sie unter Tausenden erkannt: meine Ehefrau Iduna.

Aber sie ist doch tot, ermahnte ich mich, während ich aus dem Bett taumelte. *Dahingerafft vom Schwarzen Tod!*

Es musste ein Trugbild sein. Eine Chimäre aus dem Reich der Träume, in dem ich eben noch geweilt hatte. Oder gar noch weilte? Ich rieb mir die Augen. Nein, ich war bei wachem Sinn – und dennoch stand meine geliebte Frau vor mir, in all der Schönheit und Anmut, die sie zu Lebzeiten besessen hatte.

Sie begann zu sprechen, bevor ich sie erreichte. "Hör mich an, Thanar!" Ihr Tonfall war so ernst, ja fast gebieterisch, dass ich strauchelte und auf meine Bettliege zurücksank. Ich saß einfach nur da, konnte mich kaum aufrecht halten und starrte sie an. Als wäre ich gelähmt.

Der Boden schwankte jetzt noch heftiger unter meinen Füßen, und meine Eingeweide schienen sich im Kreise zu drehen, immer schneller und schneller.

"Du bist nicht real", flüsterte ich, doch Iduna ignorierte diesen Einwand. Ihre Augen, von so dunklem Grün wie die endlosen Wälder des Nordens, musterten mich, als könnten sie auf den Grund meiner Seele blicken. Wie sehr hatte ich sie geliebt, ja, liebte sie noch, auch wenn jetzt Layla den zentralen Platz in meinem Herz eingenommen hatte.

Die Worte, die Iduna sprach, ergaben nicht den

geringsten Sinn, obwohl ich sie klar und deutlich hörte. Es fühlte sich an, als fänden sie ihren Weg in meinen Kopf, ohne erst den üblichen Umweg über die Ohren nehmen zu müssen. "Setze alles daran, Laylas Herz zurückzuerobern", sagte Iduna. "Sie gehört zu dir. Sie liebt dich, wie einst ich dich liebte, auch wenn ihr das vielleicht noch nicht so richtig bewusst geworden ist. Warte nicht, bis es zu spät ist!"

Mit diesen Worten verschwand Iduna, oder besser gesagt ihr Trugbild. Dunkelheit und Stille breiteten sich im Raum aus, und mir wurde kalt ums Herz. Ich musste mir diese Begegnung eingebildet haben. Vor allem die Worte! Iduna, die mir dazu riet, Layla zurückzuerobern? Wollte sie auf diese Art aus dem Totenreich dafür sorgen, dass ich ein neues Glück fand? Iduna war die Art Mensch gewesen, die stets das Wohl der anderen über ihr eigenes stellte. Insbesondere mein Wohl. Aber das ging doch nun entschieden zu weit!

Was war es, das ich da gesehen und gehört hatte? Ich war doch ein vernunftbegabter Mann mit klarem Verstand! Ich neigte doch nicht zu Wahnvorstellungen!

XI.

Kurz darauf fiel ich in einen unruhigen Schlaf. Mehrmals schreckte ich hoch, bildete mir ein, Stimmen zu hören – doch der Platz am Fußende meines Bettes blieb leer. Iduna kehrte nicht zurück.

Manche Philosophen behaupten, dass in unseren Träumen die Götter zu uns sprechen. Oder gar, dass unsere Seelen hinaufsteigen zu den Unsterblichen. Ich hätte nicht sagen können, wohin sich meine Seele in dieser Nacht verirrte, aber der Götterhimmel war es ganz gewiss nicht.

Plötzlich war da ein Schrei, der die Dunkelheit durchdrang. Die Stimme einer Frau, die sich überschlug, halb wahnsinnig vor Angst. Im nächsten Moment ging dieser Laut des Entsetzens in ein Heulen und Wehklagen über, das nicht minder furchteinflößend klang.

Das war bestimmt keine Einbildung, dafür hätte ich meine Hand ins Feuer gelegt. Ich sprang aus dem Bett, taumelte, tastete nach meiner Tunica, die ich am Kopfende meiner Liege fand. Ich streifte sie mir über, dann musste ich einen Moment innehalten.

Ich klammerte mich am Rahmen der Liege fest, um mich aufrecht zu halten. Noch immer war ich von diesem scheußlichen Schwindel erfasst.

Nimm dich zusammen, befahl ich mir, und dann gehorchten mir meine Füße endlich, wenn auch mehr schlecht als recht. Unter Aufbietung all meiner Kräfte torkelte ich aus dem Zimmer.

Im Dunkel der Gänge huschten Sklaven an mir vorbei. Ich hörte ihre Stimmen, sah das gelegentliche Flackern einer Lampe, aber ich beachtete sie nicht. Ich folgte dem Wehklagen, das noch immer anhielt – und fand mich schließlich vor jenem Gemach wieder, das ich Divicia, der Druidin zugeteilt hatte.

In der offenstehenden Tür hatten sich bereits einige Sklaven versammelt, die es anscheinend nicht wagten, den Raum zu betreten, aber dennoch neugierig ihre Köpfe reckten. Sie stoben auseinander, als sie mich sahen. Ich trat – nein, ich torkelte – in den Raum und hätte beinahe endgültig die Kontrolle über meine Eingeweide verloren.

Rasch war ein Sklave an meiner Seite, der mich stützte. "Es geht schon", stöhnte ich, und machte mich energisch los. Aber das, was ich da vor mir sah, das konnte doch unmöglich real sein? Es musste ein weiteres Trugbild sein, eine Wahnvorstellung, wie die Erscheinung meiner Ehefrau – nur ungleich schrecklicher.

Es war dunkel im Raum, nur eine einzelne Öllampe flackerte auf einem Tischchen. Und dennoch sah ich Blut und Verderben, wohin ich mich auch wandte.

Auf der Bettliege zu meiner Rechten erkannte ich Divicias Gestalt, leblos hingestreckt, blutbesudelt wie ein Opfertier auf dem Altar. Ihre Augen starrten in den Raum, kalt und leblos wie zwei Eiskristalle.

Sie war tot, daran konnte es keinen Zweifel geben. Morann kniete neben ihr, hielt ihre Hand, murmelte abgehackte Worte in ihrer Sprache, die ich nicht verstand. Hinter ihr kauerten Granis und Cobanix, die beiden keltischen Krieger. Wie zwei Bronzestatuen knieten sie da, reglos, wortlos ... nur ihre Augen starrten auf Divicias hingemeuchelten Körper, als hielten sie bereits die Totenwache für ihre einstmalige Herrin.

Doch das war noch nicht alles. Wie in einem schrecklichen Dämonenspiegel erblickte ich zu meiner Linken ein fast identisches Bild des Grauens. Flamma stand dort. Er stützte Caecilia, die unkontrolliert schluchzte. Auf dem Fußboden, direkt neben ihnen, kniete Philomena – tief gebeugt über die Leiche ihres Mannes.

Iulius Paulus bot das genaue Spiegelbild Divicias, leblos hingestreckt auf dem Boden, sein Gewand über und über mit Blut besudelt.

Ich erkannte, dass es Philomena gewesen sein musste, deren Schreie mich aus dem Schlaf gerissen hatten. Sie heulte und klagte über der leblosen Gestalt ihres Gatten, und riss sich dabei an den Haaren, als könne sie nur auf diese Weise dem Schmerz in ihrem Herzen Luft machen.

Flamma war zum Glück in der Lage, mir eine halbwegs verständliche Schilderung der Ereignisse zu liefern. Jedenfalls unternahm er den Versuch. Während er Caecilia weiter fest in seinem Arm hielt, wandte er sich mir zu und begann stockend zu sprechen.

Ich muss gestehen, dass ich seinen Worten kaum zu folgen vermochte. Ich konnte einfach nicht begreifen, was ich hier vor mir sah. Während der Gladiator auf mich einredete, und mir klar wurde, dass das Blutbad vor meinen Augen kein Trugbild war, drängte sich mir ein Gedanke in den Kopf: *Das ist es also, das Ende der Welt*. Die Apokalypse. Das Jüngste Gericht, mit dem Paulus den Ungläubigen so gern gedroht hatte. Nur dass es der Apostel selbst war, den die Götter niedergestreckt hatten. Zusammen mit Divicia? Das ergab doch keinerlei Sinn!

"Wir hatten uns im Gebetsraum versammelt", sagte Flamma gerade, sichtlich bemüht, mir einen ruhigen und nüchternen Bericht zu geben. Seine Augen jedoch waren so geweitet, dass sie aus ihren Höhlen zu springen drohten. "Philomena, Caecilia und ich ... wir wurden von seltsamen Visionen verfolgt, schon seit Einbruch der Nacht. Deswegen kamen wir zusammen, um den Kräften der Finsternis Einhalt zu gebieten durch frommes Gebet. Als es spät geworden war, beschlossen wir, uns schlafen zu legen. Philomena machte sich auf, nach Paulus zu sehen. Wir wussten ihn hier bei der Druidin –"

Mit hasserfülltem Blick starrte Flamma zu den Kelten hinüber, die sich um die tote Divicia scharten. "Paulus hatte den Dialog mit ihr gesucht, er wollte zu ihr vom Herrn sprechen ... um ihre Seele zu retten. Um sie den Irrtum ihrer Wege erkennen zu lassen und sie hinzuführen zum wahren Glauben."

Ich atmete tief aus und mühte mich, einen klaren Kopf zu bekommen. Was ich hier vor mir sah – was sich unter meinem Dach zugetragen hatte! – das war kein göttliches Gericht. Paulus und Divicia mussten durch Menschenhand gestorben sein. Jemand hatte meine beiden Gäste niedergestochen!

Ich weiß nicht, welche Vorstellung schrecklicher war. Das Ende der Welt oder zwei Mordfälle unter meinem Dach. Schon wieder! Es war kaum ein paar Monate her, dass –

Nein, jetzt war nicht der Zeitpunkt an diese früheren Gräueltaten zurückzudenken. Jener Fall war abgeschlossen, vorüber. Der Mörder war gerichtet, die Opfer gerächt worden.

Aber das hier ... Ich zwang mich, mir die Toten näher zu besehen. Ich blinzelte erst zu Divicia hinüber, dann zu Paulus. Zu ihren blutbeschmierten Leichnamen. Das Licht war schwach, aber es widerstrebte mir, nach einem Sklaven mit einer Fackel zu rufen. Der Anblick war entsetzlich genug im Halbdunkel.

Divicias makellos weiße Arme waren von klaffenden Einschnitten übersät, und an Paulus′ kräftigen, stark behaarten Gliedmaßen konnte ich ähnliche Spuren eines Kampfes ausmachen. Jemand musste die beiden angegriffen haben, mit einem Schwert oder Dolch. Und diesem Jemand war es schließlich gelungen, beide seiner Opfer zu töten. Unbemerkt von allen Hausbewohnern!

Aus welchem Grund hatte der Angreifer einen solch tödlichen Hass auf die zwei in seiner Brust genährt? Divicia und Paulus hatten sich mit nichts als ihren blanken Armen verteidigen können, um die Messer- oder Schwerthiebe ihres Angreifers abzuwehren. Womit sie ihren Tod nur verzögert hatten.

XII.

Ich sah mich im Raum um, doch von der Waffe, die der Mörder benutzt hatte, war keine Spur zu entdecken.

Die beiden Toten konnte ich für den Augenblick nicht näher betrachten, denn um beide hatte sich der Kreis ihrer jeweiligen Anhänger jetzt enger gezogen. Fast so, als wollten die Überlebenden einen – viel zu späten – Versuch unternehmen, Paulus und Divicia vor ihrem grausamen Schicksal zu bewahren. Doch es blieb ihnen nichts mehr zu tun, als zu weinen und zu klagen, und – was Flamma anbelangte – mit geballter Faust demjenigen tödliche Rache zu schwören, der diese Bluttat begangen hatte.

Granis und Cobanix ließen es sich nicht nehmen, sogleich dem Mörder Divicias ein noch schlimmeres Schicksal anzudrohen.

"Es muss der gleiche Mann gewesen sein, der beide ermordete", fügte Granis zornentflammt hinzu. "Zwei Unbewaffnete, die sich nicht zur Wehr setzen konnten. Welch ein feige Bestie!"

Plötzlich spürte ich eine warme Hand auf meinem Arm und hörte eine vertraute Stimme. "Sieh mal, dort drüben im Kohlebecken", flüsterte sie.

Layla. Ich wusste, dass sie es war, noch bevor ich mich

zu ihr umwandte. Sie sah mich aus stark geweiteten Augen an, eingerahmt von dunklen Schatten. Sie wirkte aufgewühlt, aber nicht in Panik.

Mein Blick folgte ihrem ausgestreckten Zeigefinger, der auf das Kohlebecken wies. Nur noch eine schwache Glut war dort zu sehen. Ich begriff nicht, was Layla daran so interessant fand – in einem Raum, in dem zwei Leichen lagen!

"Die Scherben", flüsterte sie mir zu, "siehst du sie nicht? Jemand hat einen teuren Glasflakon zerbrochen."

Mit wenigen Schritten durchquerte sie den Raum, auf den kleinen Heizofen zu, und zog mich hinter sich her. Sie deutete auf eine große, ringförmige Glasscherbe, die zwischen den Kohlestücken steckte. "Hier, das war der Hals des Gefäßes, verschlossen mit einem Holzstöpsel und ursprünglich mit Wachs versiegelt. Es hat sich hier am Rand des Beckens durch die Glut der Kohlen verflüssigt."

Sie kniete nieder, fuhr mit den Fingerspitzen über den Fußboden unmittelbar unter dem Becken und zeigte mir dann Reste eines weißlichen Pulvers, die an ihrer Haut haften geblieben waren.

"Ja, und?", entfuhr es mir. Hatten wir denn gerade keine anderen Sorgen als irgendein zerbrochenes Gefäß – auch wenn es kostbar gewesen sein mochte?

"Divicia hat es mir einmal gezeigt, als es noch intakt war. Ich bat sie, ihre Zaubermedizin wenigstens einmal ansehen zu dürfen, wenn sie schon nichts Näheres darüber verraten wollte – und da zeigte sie mir dieses Fläschchen."

Layla erhob sich wieder und starrte in die von Scherben durchsetzte Glut. "Jemand hat es zerstört", sagte sie. "Und das geschah ganz bestimmt nicht unabsichtlich." Ihre Stimme klang verändert, wie von weit her. Sie sprach langsamer, schwerfälliger als sonst.

"Wo ist der Legat?", rief Granis mir in diesem Augenblick zu. "Er trägt die Verantwortung für diese Morde. Er schwor uns, Divicia würde sicher sein in deinem Haus!" Anklagend wies er mit der ausgestreckten Hand auf die leblose Gestalt der Druidin.

Marcellus war nicht unter uns. Hatte er den Aufruhr, der doch bis in die letzten Winkel meines Hauses zu hören gewesen sein musste, einfach verschlafen? Und das, obwohl Layla aus seinem Zimmer geschlüpft war? Sie hatte die Nacht ja bei ihm verbracht, soweit ich wusste.

Layla hatte einen sehr leichten Schlaf. Die geringste Bewegung, der geringste Laut weckten sie auf. Das war mir in Erinnerung geblieben aus unseren zahllosen gemeinsamen Nächten.

Ich gab einem der Sklaven, die sich noch immer in der Tür drängten, ein Zeichen, Marcellus zu wecken und zu uns zu bringen. Dienstbeflissen huschte er davon.

Natürlich teilte ich die Meinung des Keltenkriegers nicht, dass Marcellus für die schrecklichen Bluttaten irgendeine Verantwortung trug. Ich selbst hätte schwören können, dass sowohl die Kelten wie auch die Christen unter meinem Dach so sicher wären, wie man nur sein konnte.

Ich hatte mich geirrt. Und wie.

Im nächsten Moment drohte die Lage zu eskalieren.

Severus, der Centurio, tauchte im Türrahmen auf, gefolgt von seinen Legionären, die sich um ihn scharten, als wäre ihrer aller Leben in Gefahr.

Mit Händen und Ellenbogen drängte Severus meine Sklaven beiseite und stürmte in den Raum – wo er abrupt zum Stehen kam.

Mir war, als schwankte er einen Augenblick. Als wäre er vom gleichen Schwindel geplagt, der mich schon die ganze Nacht lang quälte. Vielleicht war es aber auch einfach dem Anblick des Grauens geschuldet, dass er sein Gleichgewicht verlor. Ich konnte es ihm nicht verdenken. Selbst für einen langgedienten Soldaten war ein solch schreckliches Blutbad unter Zivilisten kein alltäglicher Anblick.

Einen Augenblick wirkte Severus ratlos, dann jedoch verfinsterten sich seine Züge. "Die Götter haben Rache geübt!", verkündete er. Seine Stimme klang plötzlich wie die eines Aufrührers auf dem Forum. "Die Unsterblichen dulden nicht, dass man gegen sie frevelt!"

Zustimmung heischend blickte er sich nach seinen Legionären um. Die zwei Männer beeilten sich, ihm lautstark zuzustimmen. Beide waren noch junge Burschen, denen die nackte Angst ins Gesicht geschrieben stand.

Im nächsten Augenblick, bevor ich begriff, was geschah, hatte Flamma sich vor Severus aufgebaut. Der ehemalige Gladiator überragte den Centurio an Größe und Breite wie ein Bulle sein Kalb, und drohte ihm mit geballter Faust. "Du faselt vom Zorn der Götter? Dabei warst du es, der einen tödlichen Hass auf Paulus nährte! Und bestimmt auch auf die Druidin, nicht wahr?"

Anklagend wies Flamma mit der linken Hand auf die beiden Toten, während er die rechte noch mehr anspannte und die Faust gefährlich nah vor Severus′ Kinn schwang.

Der Centurio wich zwar nicht zurück, war jedoch sichtlich um eine Erwiderung verlegen. Er mochte sich auf dem Schlachtfeld ruhmreich geschlagen haben, aber im Zweikampf gegen Flamma hätte er den Kürzeren gezogen. Das wusste er selbst so gut wie jeder andere Mann im Raum.

Flamma ließ seinem Zorn jetzt freien Lauf. "Denkst du, ich habe nicht bemerkt, wie du Paulus angesehen hast?", fauchte er den Centurio an und bedrängte ihn noch weiter mit seiner Faust und seinem massigen Körper. "Denkst du, ich konnte nicht hören, was du zu deinen Legionären sagtest, hinter vorgehaltener Hand und dennoch laut genug, dass jeder deine Schmähungen vernehmen konnte? Wie du unseren Gott verhöhnt hast?"

Zur Ehre der Legionäre muss ich berichten, dass sie ihren Centurio nicht im Stich ließen. Sie scharten sich enger um ihn, wenn auch zögerlich. Auf wackligen Beinen standen sie da, als trotzten sie an Deck eines Schiffes dem Wüten des Meeresgottes. Sie stierten Flamma an, wollten ihm damit wohl ihre Kampfbereitschaft signalisieren, doch diesen schien das wenig zu beeindrucken. Ich zweifelte nicht daran, dass er zuschlagen würde, wenn Severus oder einer der Soldaten ihn auch nur im Geringsten provozierten.

XIII.

Ich durfte nicht zulassen, dass weiteres Blut vergossen wurde! Ich fasste mir ein Herz und trat zwischen die Streitenden – doch bevor ich die Männer zur Vernunft bringen konnte, schaltete einer der Keltenkrieger sich ein. Ich denke, es war Cobanix, doch sicher konnte man sich bei der Ähnlichkeit der beiden Zwillingsbrüder nie sein. "Der Centurio hat recht", wandte er sich in herausforderndem Tonfall an Flamma. "Paulus war es, der das Unheil über dieses Haus brachte. Ihr wisst so gut wie ich, dass unsere Druiden allen Göttern den nötigen Respekt zollen. Wir sind keine Atheisten!"

Sein Bruder trat neben ihn, um ihm Schützenhilfe zu leisten. Als er das Wort ergriff, galt sein Blick mir. "Verzeih, wenn ich das sage, Thanar, aber heute Abend dachte ich, dass dein Koch sein Handwerk nicht verstünde. Oder dass etwas mit dem Wein nicht in Ordnung wäre. Eine seltsame Übelkeit befiel meinen Bruder und mich und verwirrte unsere Sinne."

Er griff sich an den Kopf, wie um seinen Worten Nachdruck zu verleihen. "Doch ich war im Irrtum. Die Küchensklaven trifft keine Schuld. Es waren Dämonen, die uns verfolgten – dunkle Mächte, die dieser Apostel unter dein Dach brachte, Thanar! Sie haben unsere Sinne verhext, weil sie Divicia nach dem Leben trachteten!"

"Wie kannst du es wagen!", rief Flamma. "Ihr wart es, die unsere Sinne behexten! Eure Zauberin machte uns benommen und ließ uns Dinge sehen, die gar nicht existierten! Aber wir kamen im Gebet zusammen. Keiner von uns hatte Gelegenheit, eure Hexe zu ermorden!"

Granis und Cobanix stürmten wie ein Mann auf Flamma zu. Dass im nächsten Augenblick nicht ein Kampf auf Leben und Tod zwischen den drei Männern entbrannte, war nicht mein Verdienst. Das muss ich zu meiner Schande gestehen.

Ich war nicht mehr Herr meiner Sinne. Der böse Zauber, von dem sowohl die Kelten wie auch Flamma sprachen – auch ich war ihm erlegen! Heftiger Schwindel erfasste mich, mein Magen rebellierte, und meine Knie fühlten sich so weich an wie die eines Greises.

Morann war es, die unglaublichen Mut bewies, und sich beherzt zwischen die Männer warf. Sie sprang ihren Kriegern unmittelbar in den Weg und streckte Flamma ihre offenen Hände entgegen. Sie kamen auf seiner Brust zu liegen – wo sie sich so winzig ausmachten wie die Hände eines Kindes. Und doch schienen sie den Zorn des Gladiators auf der Stelle zu kühlen.

"Halt ein, Flamma, ich bitte dich!" Morann sprach sanft und ohne ein Zittern in der Stimme. Was ich nur bewundern konnte. "Es bringt doch nichts, wenn wir noch weiteres Blut vergießen!"

Flamma wirkte geradezu riesenhaft vor der zarten kleinen Frau. Dennoch berührten ihn ihre Worte. Er senkte die Fäuste, schnaubte etwas Unverständliches, ließ sich dann aber besänftigen, als Morann weiter auf ihn einsprach.

Ich konnte nicht verstehen, was sie zum ihm sagte, ihre Stimme hatte sich zu einem Flüstern gesenkt. Aber ich sah, dass in dem Blick, mit dem sie Flamma ansah, mehr lag als nur der Wunsch, Frieden zu stiften. Sie empfand Zärtlichkeit für den ehemaligen Gladiator, darauf hätte ich schwören können.

Die beiden Kelten missbilligten Moranns Einmischung. Das stand ihnen nur allzu deutlich ins Gesicht geschrieben. Dennoch gehorchten auch sie der jungen Frau. Dicht hinter ihr kamen sie zum Stehen und beschränkten sich darauf, ihren Gegner mit hasserfüllten Blicken zu strafen.

"Sie hat recht", schaltete Severus sich ein, plötzlich ganz die Stimme der Vernunft. Hatte er sich darauf besonnen, dass er in Marcellus´ Abwesenheit der ranghöchste römische Offizier im Raum war? Und dass es somit ihm zukam, Recht und Ordnung zu vertreten?

Wo aber blieb Marcellus, fragte ich mich bei dieser Gelegenheit. Der Sklave, den ich nach ihm ausgesandt hatte, war noch nicht zurückgekehrt.

"Es wird die Toten nicht wieder lebendig machen, wenn ihr euch, blind vor Rache, ebenfalls umbringt", sagte Severus. Es gelang ihm nicht ganz, den Blutdurst, der in seinen eigenen Augen glänzte, zu überspielen. Dennoch sprach er mit einiger Autorität. "Und beider Tod wurde bereits gerächt, wie es aussieht."

"Was soll das heißen, Römer?", fragten Granis und Cobanix, wie aus einem Munde.

Severus gefiel sich sichtlich in seiner neuen Rolle als Rechtssprecher. Er richtete sich zu seiner vollen Größe auf und verkündete: "Nun, ist das nicht offensichtlich? Wenn es nicht die Götter waren, die die beiden in heiligem Zorn niederstreckten, so haben sie sich bestimmt gegenseitig getötet! Sie gerieten wohl in Streit über ... was weiß ich, irgendein Detail eurer abscheulichen Kulte!"

"Entschuldige, Centurio, aber das ist unmöglich." Es war Layla, die das Wort ergriff.

"Unmöglich, sagst du?" In Severus´ Augen flammte neuer Zorn auf. Dass ausgerechnet eine Frau ihm widersprach, missfiel ihm deutlich.

Layla trat einen Schritt auf ihn zu und schenkte ihm ein versöhnliches Lächeln. "Wenn die beiden mit Waffengewalt aufeinander losgingen, und dann jeder von ihnen seinen Wunden erlag, so müsste sich hier im Raum doch ein Schwert finden, nicht wahr? Oder wenigstens ein Dolch. Etwas, womit sie dem Gegner die Wunden beibrachten. Kannst du eine solche Waffe entdecken, Severus?"

Der Blick des Centurio huschte über den Fußboden, aber er konnte nur bestätigen, was ich selbst schon festgestellt hatte. Weit und breit fand sich keine Waffe, nicht einmal das winzigste Messer.

Ich fing einen Blick von Granis auf. Der Kelte beäugte unverhohlen jenes Schwert, dass am Gürtel des Centurio hing. Auch die beiden Legionäre führten ihre Klingen bei sich.

Severus entging das nicht. Im Gegenteil, er fasste diesen demonstrativen Blick als neue Beleidigung auf. Er verzog die Mundwinkel. "Ein Soldat des Imperiums stellt seine Gegner im fairen Kampf. Mann gegen Mann. Wir sind keine feigen Meuchelmörder, die unbewaffnete Zivilisten töten."

So wie er das sagte, war klar, dass er den beiden keltischen Kriegern solch eine Tat durchaus zutraute.

Im Moment waren Granis und Cobanix unbewaffnet. Dennoch konnte ich mich noch gut erinnern, dass auch sie mit Schwertern in mein Haus gekommen waren. Tödliche Waffen aus bestem keltischem Stahl.

Ich selbst besaß ein umfangreiches Waffenarsenal, das ich innerhalb meines Hauses unversperrt aufbewahrte. Ein paar besonders schöne Stücke meiner Vorfahren zierten die Wände des Atriums, andere verwahrte ich in einer Kammer im Keller. Jedermann hätte sich frei bedienen können, wenn er nicht auf seine eigene Waffe zurückgreifen wollte.

Layla hatte recht, es musste eine dritte Person gewesen sein, die Divicia und Paulus ermordet hatte. Und dieser Mörder war einer von uns. Denn die Wetterverhältnisse machten es ganz und gar unmöglich, dass ein Außenstehender in mein Haus eingedrungen wäre.

Was hatte den Mörder angetrieben? Es lag an mir, das herauszufinden. Die Bluttat war unter meinem Dach verübt worden. Ich trat also vor, und versprach den Überlebenden, dass ich dieses Verbrechen aufklären würde. "Und Marcellus wird diese Bestie dann seiner gerechten Strafe zuführen!", fügte ich hinzu.

Die beiden Kelten schienen damit zufrieden. Flamma nickte ebenfalls. Severus zuckte mit den Schultern und blickte missbilligend drein. Aber das kümmerte mich nicht.

"Heute Nacht trauert um die Toten", fuhr ich fort. "Morgen werden wir uns daran machen, den oder die Schuldigen zu finden." *Wenn der Fluch dieser Nacht von uns genommen wurde, und wir hoffentlich alle wieder Herr unserer Sinne sind*, fügte ich in Gedanken hinzu.

Ich gab mir Mühe, zuversichtlich und entschlossen zu klingen – doch gleichzeitig weigerte sich ein Teil von mir, die bittere Wahrheit anzuerkennen. Ein Mörder war unter den Gästen meines Hauses. Schon wieder.

Erst wenige Monate waren verstrichen, seit ich das erste Mal damit konfrontiert gewesen war, eine Mordserie aufzuklären. Heimtückische Bluttaten, die ihren Höhepunkt unter meinem eigenen Dach gefunden hatten.

War ich verflucht? Hatte ich selbst die Götter auf irgendeine Weise gegen mich aufgebracht? Oder warum hatten sie erneut Tod und Verderben über mein Haus gebracht?

XIV.

Es fehlte mir die Kraft, noch heute Nacht über diese Frage nachzudenken. Es würde bis morgen warten müssen, genau wie die Ermittlungen, die ich anstellen musste. Mein Schädel dröhnte, und ich hätte an Ort und Stelle einschlafen können. Selbst im Stehen.

Caecilia und Philomena, die bis jetzt beim Leichnam des Christen gekniet und endlose Tränen vergossen hatten, erhoben sich wie auf einen stillen Befehl hin. "Wenn du erlaubst, Thanar", wandte Caecilia sich an mich, "so werden wir Paulus im Gebetsraum aufbahren. Er kann nicht hier bleiben."

Sie vermied es, irgendjemand anzusehen, doch ich wusste auch so, was sie damit sagen wollte: *Er kann nicht hier bleiben, im Zimmer der Druidin.*

Ich nickte, wandte mich um und schickte einen Diener los, Leinentücher zu holen, um die Toten zu bedecken.

So wie draußen der Schneesturm tobte, würden die beiden Toten nicht so schnell das ihnen zustehende Begräbnis erhalten. *Wie das wohl bei den Christen üblich ist,* ging es mir durch den Kopf. Auch die Riten der Druiden kannte ich nicht.

Die Kelten entschieden sich, Divicias Leichnam an Ort und Stelle zu belassen – auf der Liege, die ihr im Leben als Bettstatt gedient hatte.

Bei den Christen übernahm es Flamma, den Leichnam des Paulus vorsichtig hochzuheben und in seinen Armen aus dem Zimmer zu tragen.

Meine Diener waren zur Stelle, zu helfen, wo Hilfe gewünscht war. Ich selbst verließ zusammen mit Layla den Raum. Niemand achtete auf uns. Sowohl die Christen als auch die Kelten schienen erleichtert, nun endlich die jeweils anderen loszuwerden und sich der Trauer um ihre Verstorbenen hingeben zu können.

Zwei Männer waren bis jetzt nicht aufgetaucht: Thessalos, der Arzt – und vor allem Marcellus! Und das, obwohl ich schon vor einer ganzen Weile einen Sklaven zu ihm geschickt hatte.

"Wir sollten nach ihm sehen", wandte ich mich an Layla.

Sie stand gedankenverloren neben mir auf dem Flur und schien mich nicht gehört zu haben.

"Was ist?", fragte ich.

"Diese Morde ergeben keinen Sinn", sagte sie.

Eine Bemerkung, die wiederum für mich keinen Sinn ergab. Erwartete sie, dass der Wahnsinnige, der diese Bluttat begangen hatte, ein Mann der Vernunft war? Der logisch kalkuliert gehandelt hatte?

"Lass uns Marcellus finden", wiederholte ich. Inzwischen sorgte ich mich um meinen Freund.

"Marcellus", flüsterte sie. Es klang wie ein Echo meiner eigenen Worte.

"Stimmt etwas nicht mit ihm?", fragte ich alarmiert.

"Hm? Ich weiß nicht. Als ich ihn verließ, ging es ihm gut."

"Aber?"

"Er –" Sie zögerte. Sie schien erst nach den passenden Worten suchen zu müssen, was gänzlich untypisch für Layla war. "Er war nicht der Mann, den ich kenne, heute Nacht", flüsterte sie. "Und etwas Seltsames geschah, vorhin als wir beide schliefen."

"Du meinst noch seltsamer als dieser Doppelmord?", entfuhr es mir. Ich erschrak, wie bitter meine Stimme mir in den eigenen Ohren klang.

Doch Layla schien das gar nicht zu bemerken. "Da war jemand bei uns", fuhr sie fort. "Eine seltsame Gestalt. Sie tauchte aus dem Nichts auf. Und dann sprach sie zu Marcellus."

"Jemand ist in euer Schlafgemach eingedrungen?"

"Ja. Das heißt, nein. Ich glaube, er ... wie soll ich es sagen, er erschien einfach. An Ort und Stelle. Verstehst du?"

Ich verstand nicht. Was meinte sie mit: *Er erschien einfach*?

"Wer war es denn?", fragte ich. "Konntest du ihn nicht erkennen? War es ein Mann oder eine Frau? Denkst du es war derjenige, der Divicia und Paulus tötete?"

Ich konnte nicht vermeiden, dass meine Stimme plötzlich laut und voller Sorge war. Ein Eindringling in Laylas Zimmer? War sie ebenfalls in Gefahr, und das ausgerechnet in meinem Haus?

"Ich weiß es nicht. Ich kann nicht einmal beschwören, ob ich die Gestalt wirklich gesehen habe. Ob sie nicht bloß ein Trugbild war. Oh, Thanar, was ist bloß über uns gekommen? Hast du die anderen gehört? Auch sie klagten, dass etwas ihre Sinne verwirrte, nicht wahr? Es lag bestimmt nicht an deinem Essen, das weiß ich! Und Marcellus war ebenso betroffen. In einem Augenblick verspürte er starke Übelkeit, im nächsten ergriff ihn plötzlich –"

Sie stockte, wandte den Blick ab. "Er war mit einem Mal sehr leidenschaftlich." Sie sprach jetzt so leise, dass die Dunkelheit im Flur ihre Worte zu verschlingen schien.

Ich lachte – und mein Lachen klang hart und bitter, wie schon meine Worte zuvor. "Leidenschaftlich?", wiederholte ich. "Wen überrascht das?"

Sie hob den Blick und sah mich fragend an.

Ich widerstand dem Impuls, ihr eine dunkle Haarsträhne hinters Ohr zu streichen, die ihr ins Gesicht gefallen war. "Du musst mich nicht schonen", sagte ich. "Ich weiß, wie sehr Marcellus dich begehrt. Welcher Mann würde es nicht tun?"

Sie lächelte bescheiden. "Dennoch, heute Nacht war es anders", sagte sie. "Ganz anders als sonst. Jedenfalls kam es mir so vor."

Ihre Stimme verebbte. Doch gleich darauf fügte sie hinzu: "Auch ich war nicht ich selbst in den letzten Stunden. Mein Kopf schmerzt, mitsamt den Augen. Mir scheint, ich nehme alles deutlicher wahr als sonst. Als wären die Farben intensiver, die Schatten dunkler. Die Stimmen lauter. Schon am Abend, als ich Caecilias Buch las, war mir, als heule der Schneesturm mitten in meinem Kopf. Denkst du, die Götter haben uns verflucht, Thanar?"

"Die Frage habe ich mir auch schon gestellt", erwiderte

ich, bevor ich mich bremsen konnte. Ich wollte Layla nicht noch weiter beunruhigen. Sie war sonst in keiner Weise schreckhaft oder leicht aus der Ruhe zu bringen, aber jetzt wirkte sie verletzlich.

Dennoch wollte ich dem Vorfall in Marcellus' Schlafzimmer auf den Grund gehen. Ich musste wissen, wer es gewagt hatte, dort einzudringen und was er dort gewollt hatte.

"Ich denke nicht, dass er uns töten wollte", sagte Layla, als ich weiter nachfragte. "Es wäre ihm ein Leichtes gewesen, denn wir schliefen beide tief und fest. Sowohl Marcellus als auch ich. Doch plötzlich – mir schien, als schreckten wir beinahe zeitgleich hoch. Und dann stand er da. Zunächst konnte ich ihn gar nicht sehen. Ich hörte nur seine Stimme. Oder ihre. Sie klang nicht wie von dieser Welt, verstehst du? Und sie sagte, dass sie ein Bote Gottes sei. Des Christengottes."

Ich musste daran denken, dass auch ich eine Vision gehabt hatte. In meinem eigenen Schlafzimmer. Iduna, meine geliebte Ehefrau. Ich hatte nicht nur ihre Stimme zweifelsfrei erkannt, sondern sie auch deutlich vor mir gesehen. Doch das verriet ich Layla nicht. Stattdessen fragte ich: "Und was wollte diese Stimme dir mitteilen? Oder euch? Marcellus hörte sie ebenfalls, nehme ich an?"

Layla nickte. "Die Stimme sprach zu Marcellus. Sie sagte: Der Herr hat dich auserwählt, Legat."

"*Der Herr hat dich auserwählt*? Und weiter?"

"Das war alles. Ich sah noch das Flattern eines hellen Gewandes. Die Gestalt verschwand in der Dunkelheit, so unvermittelt, wie sie aufgetaucht war."

"Und Marcellus? Wie hat er es aufgenommen?"

"Er war wie gebannt. Jedenfalls sprach er kein Wort. Er griff nur nach meiner Hand und dann ... muss ich wohl wieder eingeschlafen sein."

Eine Weile standen wir beide ratlos schweigend auf dem Gang, dann gab ich mir einen Ruck. "Wir sollten nach ihm sehen, deinem Legaten", sagte ich. "Ich verstehe nicht, wo er bleibt."

XV.

Zu meiner großen Erleichterung war Marcellus wohlauf. Oder besser gesagt, er war am Leben und sichtlich unverletzt. Ansonsten schien er tatsächlich nicht er selbst zu sein. Der Sklave, den ich vor einer guten Weile losgeschickt hatte, ihn zu wecken, war gerade im Begriff, dem Legaten beim Ankleiden zu helfen. Als der junge Bursche mich erblickte, haspelte er eine Entschuldigung, dass er noch nicht zurückgekehrt war. Aber ein Blick auf Marcellus genügte, um zu wissen, dass es nicht die Schuld meines Sklaven war.

Ich erkannte meinen Freund beinahe nicht wieder. Seine Bewegungen zeugten normalerweise von großer Kraft und Körperbeherrschung. Jetzt jedoch stand Marcellus auf wackligen Beinen vor mir und schien größte Probleme damit zu haben, sich die Tunica über den Kopf zu ziehen. Seine Augen glänzten fiebrig. Auf seiner Stirn standen Schweißperlen.

"Thanar", brummte er, als er mich sah. "Sag mir, dass es nicht wahr ist, was dieser Bursche erzählt!" Er deutete mit dem Kopf auf meinen Sklaven, der sich halb verrenkte, um Marcellus in seine Tunica zu helfen. Der Junge musste ihn wie einen Greis mit beiden Armen abstützen, sonst hätte der Legat unweigerlich das Gleichgewicht verloren.

"Es ist leider wahr", sagte ich. "Zwei Morde ... ein schreckliches Blutbad. Aber was ist dir widerfahren, mein Freund?"

"Keine Ahnung", stöhnte Marcellus. "Mein Schädel fühlt sich an, als wolle er jeden Augenblick explodieren. Was für eine Nacht!" Er rieb sich die Schläfen und blickte Layla an, die ihn besorgt musterte.

"Divicia ist ... tot?", sagte er, nachdem seine Tunica endlich am rechten Fleck saß. Das Schicksal des Paulus schien ihn weit weniger zu kümmern.

Ich nickte. "Und ihre Begleiter machen dich für ihre Ermordung verantwortlich", fügte ich hinzu.

Meine Worte erzielten den gewünschten Effekt. Sie rüttelten meinen Freund auf. Marcellus blinzelte, schien dann aber seine Benommenheit abschütteln zu können. Zumindest teilweise.

Er sah mir prüfend ins Gesicht, und seine Augen wirkten mit einem Mal etwas klarer. Dennoch sagte er nichts, sondern brummte nur etwas, das sich nach einem Fluch anhörte.

"Die Schmach trifft uns alle", sagte ich. "Dich, der du Divicia und Paulus in Sicherheit wähntest, aber genauso Divicias Wächter, die selbst versagt haben, sie zu schützen und wohl deswegen so erzürnt sind. Und natürlich mich, als Hausherrn. Zwei Morde unter meinem Dach!"

Egal wie oft ich es wiederholte, ich konnte es noch immer nicht glauben.

Marcellus blickte düster drein. Er schien über etwas nachzudenken, aber gleichzeitig war großer Kummer in seinen sonst so gefälligen Gesichtszügen zu lesen.

Ich bedeutete dem Sklaven, uns allein zu lassen. Layla trat dicht neben Marcellus hin und berührte seine Schulter. "Divicia bedeutete dir sehr viel", sagte sie leise. Es war eine Feststellung, keine Frage. Und wenn sie hinsichtlich dieser Tatsache Eifersucht empfand, so verriet sie das mit keiner Miene.

Marcellus leugnete es nicht.

"Ich habe bemerkt, wie du sie ansahst", fuhr Layla fort. "Und sie dich ... Es mag eine Weile her sein, dass ihr euch nahe standet, aber sie begehrte dich noch. Und ich kann verstehen, dass du dich zu ihr hingezogen fühltest. Sie war eine bemerkenswerte Frau. Wie gerne hätte ich von ihr gelernt, ihre Weisheit, ihre Künste ..."

"Haben sie sich gegenseitig getötet?", fragte Marcellus unwirsch.

"Nein", sagte ich. "Wir haben keine Waffe im Raum gefunden. Das heißt, der Mörder ist noch unter uns."

"Wir müssen ihn zur Rechenschaft ziehen!" Erneut rieb Marcellus sich die Schläfen. Sein Schädel schien ebenso wund zu sein wie der meine. "Bei allen Göttern, was ist nur mit mir los!", brummte er.

"Es ist über uns alle gekommen", sagte ich. "Ein böser Zauber, ein Fluch der Götter, ich weiß es nicht. Manche traf es stärker, andere weniger. Hoffen wir, dass der Spuk vorüber ist, wenn der Morgen graut."

Marcellus steuerte unsicheren Schrittes auf die Tür zu, doch ich hielt ihn zurück. "Ruh dich aus, Freund. Heute Nacht können wir nichts mehr tun. Lassen wir unsere Gäste ihre Rituale vollziehen, um ihre Toten trauern ...

und wir sollten versuchen, etwas Schlaf zu finden. Morgen ziehen wir den Verantwortlichen zur Rechenschaft. Das schwöre ich dir!"

Layla legte Marcellus ihre Hand auf den Arm und geleitete ihn zurück in Richtung Bettstatt. Ich nahm meinen Abschied und zog mich in mein eigenes Zimmer zurück.

Ich fürchtete, dass ich keinen Schlaf finden würde, angesichts der schrecklichen Ereignisse der Nacht. Doch das genaue Gegenteil war der Fall. Ich verlor das Bewusstsein, kaum dass ich ins Bett gekrochen war. Die restlichen Stunden bis zum Morgengrauen schlief ich so tief und fest, dass keine zehn Männer mich hätten wecken können.

XVI.

Der neue Tag war noch kaum angebrochen, da erwachte ich schweißgebadet aus dem Schlaf. Ich wusste nicht, was mich geweckt hatte. Ein Geräusch? Ein böser Traum, aus dem ich hochgeschreckt war? Ich konnte mich an nichts erinnern. Mein Kopf schmerzte, das Herz hämmerte mir in der Brust.

Es fühlte sich an, als hätte ich die letzten Stunden nicht im Reich von Morpheus, dem Gott des Schlafes verbracht, sondern wäre in die Unterwelt hinabgestiegen. Dorthin, wo sonst nur die Toten ihren Weg fanden.

Meine Kehle war ausgedörrt. Ich leerte die Wasserkaraffe, die wie üblich gut gefüllt neben meinem Bett stand und dürstete nach mehr. Auch mein Magen rebellierte, als hätte ich tagelang nichts zu essen bekommen. Was immerhin ein gutes Zeichen war. Tote wurden nicht von Hunger geplagt.

Ich brauchte eine ganze Weile, um mich zu orientieren. Die Ereignisse der Nacht schienen mir so unwirklich. Nebelhafte Chimären im grauen Licht des Morgens. Dennoch wusste ich, dass ich sie nicht geträumt hatte.

Iduna, meine verstorbene Frau, die zu mir gesprochen hatte ... gefolgt von dem schrecklichen Doppelmord an Paulus und Divicia. Dazu der böse Zauber, der sich anscheinend über meine Gäste gelegt hatte. Und über mich selbst. Unser aller Sinne hatten verrückt gespielt.

Dann noch der Bote des Christengottes, der in Marcellus´ Zimmer aufgetaucht war und ihm verkündet hatte, dass er auserwählt war. Gab es einen Zusammenhang zwischen diesen Ereignissen? Oder straften uns lediglich die Götter, wie es ihnen beliebte?

Vorsichtig kletterte ich aus dem Bett. Ich wünschte, ich hätte sagen können, dass mit der Morgenröte wieder Vernunft und Klarheit die Oberhand in meinem Kopf gewonnen hätten. Doch noch immer rollte und schwankte der Boden unter meinen Füßen, als führe ich zur See.

Ich streifte mir ein Gewand über und trat auf den Gang hinaus. Mein erster Weg führte mich zum Zimmer des Marcellus, obwohl nicht er es war, den ich zu sehen begehrte. Ich musste mit Layla sprechen. Vielleicht wusste sie mehr als ich – wie es fast immer der Fall war. Vielleicht hatte sie im frühen Morgengrauen bereits erste Teile des Rätsels lösen können.

Ich klopfte an die Tür des Zimmers, doch nichts rührte sich. Also lugte ich vorsichtig hinein.

Marcellus schlief wie ein Toter.

Von Layla fehlte jede Spur.

Ich weckte den Legaten. Für Schlaf blieb jetzt keine Zeit mehr, wir hatten zwei Morde aufzuklären. Ich berührte Marcellus an der Schulter und sprach auf ihn ein, erst vorsichtig, dann lauter, und schließlich musste ich ihn fast anbrüllen, um ihn wachzubekommen.

"Wo ist Layla?", fragte ich ihn, kaum dass seine Lider sich einen Spalt breit geöffnet hatten.

Er sah sich um. "Keine Ahnung", brummte er benommen. Er rappelte sich auf den Ellenbogen hoch, sah sich erneut um, rieb sich die Schläfen. "Sind sie wirklich tot? Divicia und Paulus?", fragte er unvermittelt. "Sag mir, dass ich bloß einen schrecklichen Alptraum hatte!"

Ich schüttelte den Kopf. "Kein Alptraum."

Marcellus stöhnte. Seine Lider schlossen sich wieder. Ich dachte schon, er würde erneut vom Schlaf übermannt, doch im nächsten Moment sagte er: "Der Gott dieser Christen – er hat zu mir gesprochen, letzte Nacht."

"Ich weiß. Layla erzählte es mir."

"Ich soll auserwählt sein ..."

Der Besuch des geisterhaften Boten, wer immer er gewesen sein mochte, schien Marcellus tief beeindruckt zu haben.

Ich sann einen Augenblick nach, musste mir aber eingestehen, dass ich kaum etwas über den Götterglauben meines Freundes wusste. Natürlich nahm Marcellus als Legat der Legion an sämtlichen öffentlichen Festlichkeiten teil. Er opferte den Göttern, wie es der Brauch verlangte, sponserte selbst Feste und Spiele, aber ob er privat einem der zahlreichen Kulte anhing, die im Imperium und darüber hinaus verbreitet waren – darüber hatten wir nie gesprochen. Und jetzt sollte er plötzlich auserwählt sein? Als Christ?

Es ergab keinen Sinn. Aber die Launen der Götter waren für uns Menschen schon immer unergründlich gewesen.

In diesem Augenblick tauchte einer meiner Sklaven in der Tür auf. "Entschuldige, Herr", stieß er atemlos hervor, "Layla schickt mich, nach dir zu suchen."

Ich sprang von der Bettliege, auf deren Rand ich mich niedergelassen hatte. "Wo steckt Layla? Geht es ihr gut?"

Der Sklave nickte. "Sie ist drüben im –" Er stockte, schien nach den richtigen Worten zu suchen.

"Drüben? Wo drüben? So rede doch, Mann!"

"Im dem Raum, den du den Christen überlassen hast, Herr. Für ihre ... Rituale." So wie der Bursche bei diesen Worten dreinblickte, dachte er dabei an all die Scheußlichkeiten, die man sich über die Christen erzählte. Inzest, Kannibalismus, dunkle Zauber ...

"Ich gehe zu ihr", sagte ich, "du sorge bitte dafür, dass Marcellus zu sich kommt."

"Ich komme gleich nach", stöhnte Marcellus. Seine Augenlider waren noch immer geschlossen, doch er hielt jetzt seinen Kopf in den Händen, als litte er große Schmerzen.

Ich überließ ihn meinem Sklaven und eilte zum Gebetsraum der Christen. Ich traf Layla auf dem Flur, direkt vor der Tür – und war sofort in Alarmbereitschaft.

Sie hatte sich mit einer Hand an der Wand abgestützt und stand leicht vornübergebeugt da. Ihre Augenlider flimmerten.

Die Tür zum Gebetsraum der Christen stand offen. Einer meiner Sklaven war damit beschäftigt, den Fußboden aufzuwischen. Zwischen den Tonscherben einer zu Bruch gegangenen Amphore hatte sich eine gelbliche Flüssigkeit ausgebreitet, von der ein übler Geruch ausging. Wie von einer Latrine.

Layla kam unsicheren Schrittes auf mich zu und schenkte mir ein kurzes, scheues Lächeln. Sie wirkte erleichtert, mich zu sehen.

"Was ist passiert? Geht es dir gut?", fragte ich sie.

"Mir ist bloß ein bisschen schwindlig. Wenn ich meine Augen schließe, so tanzen Lichter hinter meinen Lidern. Wie schon in der Nacht."

Sie presste ihre Handballen gegen die Schläfen und atmete tief ein. "Nimmt dieser böse Zauber denn kein Ende, Thanar? Und warum sind deine Bediensteten eigentlich nicht davon betroffen?", fügte sie im nächsten Augenblick hinzu. Dabei wirkte sie schon weit weniger benommen, war beinahe wieder jene Layla, die ich so gut kannte. Die einen messerscharfen Verstand und eine hervorragende Beobachtungsgabe besaß – und damit Dinge wahrnahm, die anderen niemals aufgefallen wären.

Sie hatte Recht, bei keinem meiner Sklaven hatte ich die seltsame Benommenheit, den Schwindel oder die Übelkeit beobachtet, die mich und meine Gäste befallen hatten. Genau wie jener Bursche, der eben zu unseren Füßen flink und geschickt den Fußboden aufwischte, waren alle meine Dienstboten am gestrigen Abend und in der Nacht ihren Pflichten nachgekommen. Jedenfalls, soweit ich das beurteilen konnte. Ich war allerdings noch nicht munter genug, um mir einen Reim darauf zu machen, was das bedeuten mochte.

"Was wolltest du denn hier, so früh am Morgen?", wandte ich mich wieder Layla zu. "Konntest du keinen Schlaf mehr finden?"

Ihr Lächeln wurde breiter. "Doch, doch. Ich blieb noch in der Bibliothek, döste ein paar Stunden, doch dann gewann meine Neugier die Oberhand, fürchte ich. Ich beschloss also –"

"In der Bibliothek?", fiel ich ihr ins Wort, bevor sie weitererzählen konnte. "Was führte dich denn dorthin, mitten in der Nacht?"

Sie legte den Kopf schief und musterte mich erstaunt von der Seite. "Erinnerst du dich denn nicht, Thanar?"

XVII.

"Erinnern? Woran denn?" Ich kam mir ein wenig begriffsstutzig vor. Um meine geistige Klarheit war es wohl immer noch schlecht bestellt.

Layla wirkte enttäuscht. "Du kannst es doch nicht vergessen haben ..."

Mich fröstelte. Einem spontanen Impuls folgend, trat ich auf Layla zu und zog sie in meine Arme. Der Sturm heulte noch immer ums Haus, doch ihr Körper war weich und warm.

Sie hob den Kopf und sah mir in die Augen. "Also kannst du dich doch erinnern." Erneut spielte ein Lächeln um ihre Lippen.

Ich hatte nicht die geringste Ahnung, wovon sie sprach. Und ich kannte Layla gut genug, dass ich eines wusste: Ich konnte ihr nichts vormachen. Sie durchschaute mich ohne Fehl. So auch jetzt. Ich musste gar nichts sagen.

Sanft entglitt sie meinen Armen und trat einen Schritt zurück. Dabei ließ sie mich nicht aus den Augen. "Du konntest nicht schlafen", sagte sie, "nachdem wir uns in Marcellus' Zimmer getrennt hatten. Also gingst du in die Bibliothek. Und mir erging es ebenso. Ich kam auch nicht zur Ruhe, meine Gedanken liefen im Kreis. Ich stand auf und wandelte durchs Haus, dann ebenfalls in die

Bibliothek. Dort fand ich dich. Das kannst du doch nicht vergessen haben?"

Ich verzog das Gesicht. Meine Sinne waren vernebelt gewesen. Sie waren es noch. Ich hätte nicht sagen können, was sie mir letzte Nacht alles vorgegaukelt hatten – und was real gewesen war. Paulus und Divicia waren tot, dessen war ich mir sicher. Aber dass ich in den letzten Stunden der Nacht die Bibliothek aufgesucht haben sollte? Und dort Layla begegnet war? Daran fehlte mir jede Erinnerung.

Sie fuhr fort, mit leiserer Stimme, sichtlich verunsichert: "Wir waren beide in die Bibliothek gekommen, um uns mit etwas Lektüre abzulenken, doch dann ... Das musst du doch noch wissen, Liebster!", rief sie, von plötzlicher Leidenschaft erfasst. "Ich fand Schutz und Geborgenheit in deinen Armen. Danach sehnte ich mich sehr, nach allem, was geschehen war."

Sie hob den Blick und sah mir direkt in die Augen. Ihre Pupillen waren groß und schwarz wie die Nacht. "Wir haben uns geliebt ... wie früher, weißt du noch? Da bemerkte ich erst, dass ich dich vermisst hatte. Deine Nähe, deine Umarmungen."

"*Wir haben uns geliebt*?", wiederholte ich wie in Trance. Ich verspürte das dringende Bedürfnis, mich in den Arm zu kneifen. Träumte ich noch? Hielt der göttliche Morpheus meine Sinne gefangen?

Layla sah mich erwartungsvoll an, doch ich fand keine Worte. Eine Zeit lang – es erschien mir wie eine halbe Ewigkeit – standen wir einfach nur da, nur einen halben Schritt voneinander entfernt, und sahen uns an.

"Ich bereue nicht, was wir getan haben", sagte Layla schließlich. "Dennoch denke ich, es ist besser, wenn Marcellus nichts davon erfährt. Er würde es nicht verstehen."

Ich wusste nicht, was ich darauf sagen sollte. Ich hatte nicht den Hauch einer Erinnerung, Layla in meiner Bibliothek geliebt zu waren. Und das erst vor wenigen Stunden?

Offensichtlich hatten dunkle Mächte von meinem Haus Besitz ergriffen und letzte Nacht unser aller Sinne verwirrt. Aber an eine Liebesnacht mit Layla hätte ich mich doch wohl erinnern können! Nichts und niemand konnte mich so behexen, dass ich das vergaß!

In Laylas Augen lag eine Zärtlichkeit, die ich schmerzlich vermisst hatte. Seit Monaten hatte sie mich nicht mehr so angesehen. Anscheinend hatte ihr unser Liebesakt in der Bibliothek gefallen – auch wenn er nie stattgefunden hatte. Sie musste unsere Begegnung geträumt haben. Es war ein Trugbild, das sie für real hielt. Hatte sie mich mit Marcellus verwechselt? Oder sich alles von Anfang bis Ende bloß eingebildet?

Was sollte ich tun? Ich konnte doch Layla nicht in dem Glauben lassen, dass wir uns geliebt hätten. Oder doch? War das meine Chance, ihr Herz zurückzugewinnen?

Erneut musste ich an meine Frau denken, die in der Nacht leibhaftig vor mir gestanden hatte. Ein Besuch aus dem Totenreich. Ich hätte schwören können, dass sie aus Fleisch und Blut war. War es mein inneres Sehnen gewesen, dass ihr die seltsamen Worte in den Mund gelegt hatte? Dass ich Layla zurückerobern sollte?

Gehörte das alles zum grausamen Spiel der Götter? Hatten die Unsterblichen Layla ebenso übel mitgespielt wie mir? Aber das Trugbild, dem sie aufgesessen war, musste doch immerhin bedeuten, dass sie sich tief in ihrem Innersten nach mir sehnte. Oder nicht?

Ich entschloss mich, Layla nichts vorzumachen. Wenn eine Chance bestand, dass wir uns einander wieder annäherten, so wollte ich nicht, dass ihre Gefühle auf einer Illusion beruhten. Auf einer Lüge, wenn ich jetzt schwieg. Ich zog sie zurück in meine Arme, strich über ihr Haar ... und sagte ihr die Wahrheit.

"Nur ein Traum?", murmelte sie, als ich geendet hatte. Sieh sah mich seltsam an, was sie oft tat. Layla war eine Meisterin der kryptischen Blicke. Meine schwarze Sphinx nannte ich sie nicht umsonst. Mehr sagte sie aber nicht. Sie schien nur angestrengt vor sich hin zu grübeln.

"Es war eine sehr seltsame Nacht", sagte ich. "So etwas habe ich noch nie erlebt."

Sie nickte langsam. "Und es wird noch seltsamer. Komm mit, du musst dir etwas ansehen. Deswegen schickte ich vorhin den Sklaven aus, dich zu suchen. Es scheint, dass wir allesamt einer weiteren Illusion aufgesessen sind. Anders kann ich es mir nicht erklären."

XVIII.

Laylas Stimme hatte sich verändert. Fort war der zärtliche Unterton. Jetzt hatte ich Layla, die Rätsellöserin vor mir, die es kaum erwarten konnte, mir von einer neuen Entdeckung zu erzählen. Die darauf brannte, ein besonders kniffliges Problem mit mir durchzusprechen.

Sie führte mich über die Schwelle in den Raum, den ich den Christen für ihre Gebete überlassen hatte. Paulus′ Leichnam hatte man unweit des kleinen Altars aufgebahrt, den er selbst eingerichtet hatte. Er lag auf einer niederen Liege, verborgen unter einem der Leinentücher, die ich zur Verfügung gestellt hatte.

Der Sklave, der den Boden gesäubert hatte, vollendete seine Arbeit und verschwand. Ich hatte Layla noch gar nicht gefragt, welches Missgeschick hier geschehen war, und worum es sich bei dem stinkenden Inhalt der zerbrochenen Amphore gehandelt hatte. Doch dazu sollte ich auch jetzt nicht kommen.

Layla führte mich direkt vor den Leichnam des Paulus. Die Umrisse seines Körpers zeichneten sich unter dem Leichentuch ab, wie die Hügel einer im Schnee begrabenen Landschaft.

"Nach unserer, hm, Begegnung in der Bibliothek ... die ich wohl nur geträumt habe, wollte ich nicht mehr zurück ins Bett", sagte Layla. "Ich beschloss stattdessen, mich dem Rätsel zu widmen. Den Morden."

Vor ein paar Monaten hätte mich diese Aussage vielleicht überrascht. Doch inzwischen wusste ich, dass Layla eine geradezu morbide Vorliebe für Verbrechen hatte. Dass sie nichts so sehr genoss, wie einen Mordfall aufzuklären.

Kurz kam mir der Gedanke, dass wir es womöglich dieser seltsamen Leidenschaft verdankten, dass die Götter nun erneut Gewalt und Tod über mein Haus gebracht hatten. Doch weiter kam ich nicht mit dieser Betrachtung, denn Layla war bereits mitten in einer lebhaften Schilderung ihrer morgendlichen Ermittlungen. Sie schien sich jetzt wesentlich besser zu fühlen, nicht mehr so schwach und benommen, wie ich sie bei meinem Eintreffen vorgefunden hatte.

"Ich wollte mir die beiden Toten einmal näher ansehen", sagte sie gerade. "Dafür ging ich zunächst in Divicias Zimmer. Ich fand Morann, die neben der Liege ihrer Meisterin eingeschlafen sein musste. Sie schreckte hoch, als ich eintrat. Im Raum duftete es nach feinem Räucherwerk, und eine Unzahl von Kerzen umgab Divicias Leichnam. Ein paar davon brannten noch. Wie es aussah, hatte Morann allein die letzten Riten für Divicia vollzogen. Vielleicht darf nur eine Adeptin das tun, und die beiden Männer hatten deshalb keinen Zugang?" Layla sah mich fragend an.

Ich zuckte mit den Schultern. Ich kannte die genauen Bräuche und Riten der Druiden ebenso wenig wie sie selbst.

"Ich kam nicht auf die Idee, Morann danach zu fragen", sagte Layla in vorwurfsvollem Tonfall zu sich selbst. "Was ist nur mit mir los?"

Ich erwiderte nichts. Auf diese Frage – die uns alle betraf – gab es keine Antwort. Jedenfalls noch nicht. Ich hoffte inständig, dass wir bald herausfinden würden, wer oder was uns alle so verhext hatte. Und ich betete zu den Göttern, dass die Trugbilder und Chimären nicht wiederkehren würden, wenn die Nacht erneut hereinbrach.

"Morann wollte mir nicht erlauben, Divicias Leichnam zu berühren", fuhr Layla fort. "Sie sei bereits den Göttern geweiht und für die letzte Reise vorbereitet, sagte sie. Die Berührung einer Sterblichen würde das alles zunichte machen. Ich konnte sie aber wenigstens dazu bewegen, das Tuch, unter dem Divicia verborgen lag, ein wenig anzuheben. So konnte ich den Leichnam zumindest in Augenschein nehmen."

"Und? Konntest du etwas Auffälliges entdecken?"

"Ich zählte drei Messerstiche in Divicias Brust."

Ich nickte. Das war nun nichts, womit ich nicht gerechnet hätte.

"Die Attacken schienen mir wahllos ausgeführt", fügte Layla hinzu. "Es sah nicht nach dem Werk eines geübten Mörders aus, der genau weiß, welche Stellen er treffen muss, um zu töten."

"Und wie ist es um Paulus bestellt?", fragte ich, indem ich auf den Leichnam direkt neben uns wies. "Wurde er auf die gleiche Art getötet? Es muss doch derselbe Angreifer gewesen sein, nicht wahr?"

"Du wirst es mir nicht glauben", begann Layla,

verstummte dann aber und schien erst nach den richtigen Worten suchen zu müssen.

Ich bedrängte sie nicht. Im Stillen sagte ich mir, dass ich nach der Nacht, die hinter uns lag, bereit war, so gut wie alles zu glauben.

"Als ich von Divicias Zimmer hierherkam", fuhr Layla schließlich mit ihrem Bericht fort, da hörte ich auf halbem Weg ein lautes Klirren. Die Art von Geräusch, wenn Tongeschirr in die Brüche geht."

"Die zerbrochene Amphore?", fragte ich.

Layla nickte. "Ich beschleunigte meine Schritte – und fand Caecilia, die gerade aus dem Raum hier stolperte. Hinter ihr auf dem Fußboden sah ich die Scherben und die verschüttete Flüssigkeit."

"Caecilia? Was hat sie denn so in Aufruhr versetzt?"

"Ich hatte leider keine Gelegenheit, sie das zu fragen. Sie heulte, schlug sich die Hände vors Gesicht und schien mich gar nicht zu bemerken. Sie brach vor meinen Augen zusammen, krümmte sich auf dem Fußboden – und im nächsten Moment lief sie davon. Das zerbrochene Gefäß ließ sie zurück. Einer deiner Sklaven, der wenig später vorbeikam, erbot sich, die Scherben aufzuräumen und den Boden zu reinigen."

"Sehr merkwürdig. Was mag nur in Caecilia gefahren sein? Quälte auch sie eine dieser seltsamen Visionen, die so viele von uns letzte Nacht heimsuchten?"

Layla legte den Kopf schief. "Möglich. Ich denke aber eher, dass sie hier im Raum etwas entdeckt hat, das sie zu Tode erschreckte. Etwas, das kein Trugbild ist."

Mit diesen Worten zog sie das Leichentuch, das Paulus´

Körper bedeckte, hinab bis zu seinen Lenden und entblößte damit seinen Oberkörper. "Vielleicht war es das, was Caecilia so verstörte."

Layla wies mit dem Zeigefinger auf die entblößte Brust des toten Apostels. "Nachdem Caecilia geflohen war, beschloss ich, das zu tun, wozu ich gekommen war. Ich besah mir Paulus´ Leichnam. Und sieh, was ich entdeckte!"

Ich trat einen Schritt näher und blickte auf den Toten hinab. Erst wanderten meine schmerzenden Augen nur beiläufig über den Leichnam. Doch im nächsten Augenblick wurde mir klar, dass hier etwas ganz und gar nicht stimmte.

Paulus lag zusammengekrümmt da, halb auf dem Rücken, die Beine jedoch zur Seite gedreht. *Welch seltsame Art, einen Toten aufzubahren*, ging es mir durch den Kopf.

Sein Mund stand einen Spaltbreit offen. Die Lippen waren leicht bläulich gefärbt, und die Zunge lugte schlaff aber stark angeschwollen aus der Mundöffnung hervor. Die Brust des Toten jedoch – auf der meine Augen nach den Stichwunden der tödlichen Waffe suchten – war gänzlich unversehrt!

XIX.

Das konnte doch unmöglich sein! Ich schaute genauer hin, halb in der Erwartung, dass ich erneut mit offenen Augen geträumt hatte. Doch der Anblick, der sich mir bot, veränderte sich nicht.

"Keine Einstiche", sagte Layla, als wiederhole sie meine eigenen Gedanken.

"Aber das gibt´s doch nicht!", entfuhr es mir. "Der göttliche Merkur spielt eines seiner arglistigen Spiele mit uns!"

Laylas Stirn lag in tiefen Falten. "Er lenkte die Hand eines besonders heimtückischen Mörders! Ich denke, Paulus starb in Wahrheit durch Gift, nicht durch eine spitze Klinge", sagte sie. "Sieh dir seine Zunge an, Herr! Wie geschwollen sie ist. Und dann die verkrümmte Körperhaltung."

Sie klang jetzt wie ein Medicus, der fachmännisch eine Diagnose stellte. Nur gelegentlich nannte sie mich noch *Herr*, wie sie es früher getan hatte, als sie noch meine Sklavin gewesen war. Das passierte ihr nur, wenn sie sehr aufgeregt war und nicht auf ihre Worte achtete.

Sie beugte sich tief über den zusammengekrümmten Toten und schnupperte an seinen Lippen. "Da ist ein seltsamer Geruch, den er verströmt. Weist das nicht auch auf eine Vergiftung hin?"

Ich war noch lange nicht bereit, Laylas neuer Theorie zu folgen. *Vergiftet*? "Vielleicht wurde Paulus von hinten erstochen und nicht von vorn?", entfuhr es mir.

Das musste des Rätsels Lösung sein! "Bestimmt finden wir Wunden auf seinem Rücken", rief ich voller Zuversicht. Ich versuchte, mir den Anblick in Erinnerung zu rufen, der sich mir in der Nacht geboten hatte.

Der Raum hatte halb im Dunkeln gelegen, und ich war nicht Herr meiner Sinne gewesen. Außerdem muss ich zu meiner Schande gestehen, dass ich es vermieden hatte, mir die grausige Szene allzu genau anzusehen.

Dennoch hatte ich ein halbwegs klares Bild von Paulus′ Leichnam vor mir. Er hatte auf dem Rücken gelegen, und die Brust seiner Tunica war blutbesudelt gewesen. Genau wie bei Divicia. Also hatte ich einfach angenommen, dass er von vorn erstochen worden war.

Jetzt hatte man Paulus′ Leichnam gewaschen und mit duftendem Öl eingerieben, sodass seine Haut glänzte und kein Blut mehr zu sehen war. Der tote Apostel war lediglich in einen Lendenschurz gekleidet. Nur an seinen Armen konnte man die Einschnitte erkennen, die die Klinge des Angreifers hinterlassen hatte. Genau wie bei Divicia. Beide Opfer hatten sich gegen ihren Mörder zur Wehr gesetzt. Wenn auch vergeblich.

"Auf seinem Rücken finden sich auch keine Wunden", sagte Layla. "Ich habe bereits nachgesehen."

Ich ließ es mir nicht nehmen, das selbst nachzuprüfen. Keiner von uns konnte im Moment seinen Sinnen trauen.

Es fiel mir nicht schwer, Paulus an der Schulter etwas

hochzudrücken, da sein Unterkörper ohnedies bereits zur Seite verdreht da lag.

Natürlich hatte Layla wieder einmal Recht gehabt. Nicht der winzigste Kratzer verunzierte den Rücken des Toten. Doch bei dieser Gelegenheit wurde mir etwas anderes bewusst. "Warst du es, die seinen Leichnam so verdrehte, bei deiner Untersuchung vorhin?", wandte ich mich Layla zu.

Sie schüttelte den Kopf. "Nein, ich fand ihn genau in dieser Position."

Und schon sprach sie jenen Gedanken aus, der mir selbst eben gekommen war: "Das muss doch bedeuten, dass er sich noch bewegte, nachdem man ihn hier aufgebettet hat, nicht wahr?", sagte sie. "Nachdem er gewaschen und gesalbt wurde. Seine Anhänger haben ihn bestimmt nicht in solch eine verkrümmte Position gebracht. Sie hätten auch gewiss nicht seinen Mund so offenstehen lassen. Er kann zu diesem Zeitpunkt also noch nicht wirklich tot gewesen sein. Es sah wohl nur danach aus. Erst später in der Nacht erlag er dem Gift – oder was immer ihn tatsächlich getötet hat. Es ist vermutlich nur ein paar Stunden her. Sein Körper ist noch warm, fühl doch mal."

Sie blickte mich auffordernd an.

"Schon gut, ich glaube dir", sagte ich rasch.

"Er müsste kalt und klamm sein, wenn er schon gestern Abend verstorben wäre, oder? Leichen kühlen aus, werden starr. Nicht einmal deine vorzügliche Heizung hier im Haus hätte das verhindern können."

Manchmal war ihre Klugheit schon recht ernüchternd

für mich. Oder vielleicht war diese Schlussfolgerung auch offensichtlich, und es war bloß mein Verstand, der sich noch immer wie in dicken Nebel gepackt anfühlte.

Immerhin sprach Layla nicht mehr vom Zorn der Götter, der über mein Haus hereingebrochen war. Sie schien davon auszugehen, dass wir es mit einem irdischen Täter zu tun hatten. Mit einem Mordfall – den sie sichtlich zu lösen gedachte.

"Das heißt, Paulus wurde gar nicht erdolcht", sagte ich langsam.

"Ich denke nicht. Jemand muss ihn mit Blut übergossen haben, um den Anschein zu erwecken. Vielleicht mit Divicias Blut? So fanden wir zwei blutüberströmte Tote, beide mit Schnittwunden an den Armen – und fixierten uns auf die naheliegendste Schlussfolgerung. Dass beide auf die gleiche Weise ihr Ende gefunden hatten."

"Aber warum das vortäuschen?", warf ich ein. "Was wollte der Mörder denn damit bezwecken?

Layla antwortete mir nicht. Ihre Blicke huschten durch den Raum, wie um sicherzugehen, dass sie auch nicht den kleinsten Hinweis übersehen hatte.

"Vielleicht tat er es, damit er die Leiche der Druidin neben jene von Paulus legen konnte?", sagte sie schließlich. "Vielleicht *wollte* er den Anschein erwecken, dass beide dem gleichen Mörder zum Opfer gefallen waren. Und zur gleichen Zeit! Damit deutete er ein religiöses Motiv an, das vielleicht gar nicht vorhanden war. Denk doch an das Gefäß, das wir im Kohlebecken gefunden haben. Divicias Zaubermedizin gegen die Pest. Vielleicht ging es dem Mörder bloß darum, dieses Fläschchen zu zerstören?"

"Was aber erst recht nichts mit Paulus zu tun hat. Wozu ihn töten, wenn es dem Mörder bloß um die Medizin ging?"

Layla schüttelte frustriert den Kopf. "Du hast recht, das passt nicht. Aber dennoch, warum die Medizin zerstören?"

Ich zog die Schultern hoch. "Wenn ich das wüsste. Vielleicht hatte der Mörder etwas gegen Divicias Plan, das Druidentum vom kaiserlichen Bann zu befreien?"

"Hm." Layla war nicht überzeugt.

Ich im Grunde ja auch nicht. Mein überreiztes Gehirn spuckte nur die erstbesten Theorien aus, die es sich irgendwie zusammenreimen konnte. Jedenfalls fühlte es sich so an.

Fakt blieb aber, dass die beiden Religiosi getötet worden waren. Sowohl Divicia als auch Paulus waren Anführer von Kulten gewesen, die bei vielen Menschen auf nichts als Hass stießen. Paulus war ja schon beinahe in Vindobona einem wütenden Mob zum Opfer gefallen.

Layla versuchte sich an einer anderen Theorie. "Vielleicht fand jemand Paulus vergiftet vor. Er mochte im Sterben gelegen haben, und vielleicht hielt ihn derjenige auch verfrüht für tot. Dieser Unbekannte könnte das als Chance gesehen haben, auch Divicia zu töten und dann die Szene zu arrangieren, die wir zu Gesicht bekamen. Die Strafe der Götter, die anscheinend über dein Haus gekommen war, Thanar."

"Es gibt noch eine andere Möglichkeit", sagte ich, nachdem ich eine ganze Weile über Laylas Worte nachgedacht hatte.

"Ja, Herr?"

Da war sie wieder, diese längst unpassend gewordene Anrede. Laylas dunkle Augen blickten mich erwartungsvoll an. Ihre Miene verriet äußerste Spannung und Konzentration.

"Vielleicht hat Divicia Paulus vergiftet", schlug ich vor, "im Zuge des langen Gesprächs, das die zwei am Abend führten? Denk nur daran zurück, wie sie einander anfangs hassten. Als Paulus hier eintraf. Und schon am nächsten Tag waren sie die besten Freunde? Und so angeregt ins Gespräch vertieft, dass sie gar nicht mehr aufhören konnten? Was, wenn diese plötzliche Sympathie nur vorgetäuscht war? Wenn Divicia Paulus töten wollte, so brauchte sie ihm lediglich irgendein Gift in den Wein zu mischen. Als Druidin führte sie bestimmt einen Vorrat an Kräutern mit sich – darunter auch einige von der gefährlichen Sorte."

"Und einer von Paulus′ Anhängern rächte sich für diese Schandtat, indem er seinerseits die Druidin erstach?", fragte Layla. "Nachdem er den Apostel im Sterben liegend fand?"

"Genau. Das ergäbe zumindest Sinn, findest du nicht?"

"Schon ... nur wie genau soll sich das abgespielt haben?", wandte Layla ein. "Divicia vergiftete Paulus – und blieb dann gemeinsam mit ihm in ihrem Zimmer, bis er zusammenbrach? Bis einer seiner Anhänger auftauchte und ihn fand? Das wäre doch ein sehr törichtes Verhalten für eine Mörderin gewesen, nicht wahr? Ich an ihrer Stelle hätte Alarm geschlagen, zu jenem Zeitpunkt, als sie Paulus tot wähnte. Um mich dann zutiefst erschrocken und gänzlich ahnungslos über seinen Tod zu geben. Etwas in der Art."

"Vielleicht war er eben noch nicht tot", wandte ich ein. "Divicia mag die Dosis des tödlichen Gifts zu gering bemessen haben. Offensichtlich starb Paulus ja erst in den frühen Morgenstunden. Du hast doch selbst festgestellt, dass sein Körper noch warm ist. Divicia als Kräuterkundige und Heilerin hätte sicher erkennen können, dass er noch am Leben war, gestern Nacht in ihrem Zimmer. Vielleicht wollte sie deswegen noch abwarten, bevor sie Alarm schlug. Sie musste befürchten, dass er noch einmal zu sich kommen würde und sie dann anklagen konnte. Sie rechnete wohl nicht damit, dass einer von Paulus′ Anhängern bei ihr auftauchen würde. Aber dann geschah es doch, und derjenige rächte sogleich den Tod seines Apostels."

"Und welcher Anhänger soll das gewesen sein?", fragte Layla. "Der mit einem Messer bewaffnet nach Paulus sehen ging – und sich sofort, von Rachedurst geblendet, gegen Divicia wandte, als er den Apostel tot glaubte?"

"Hm. Eigentlich kommt dafür nur Flamma in Frage", musste ich einlenken. "Caecilia oder Philomena bestimmt nicht." Und selbst der ehemalige Gladiator war nicht so ein Hitzkopf, musste ich mir eingestehen. Einmal ganz abgesehen davon, dass Flamma keine Waffe mehr bei sich trug, seit er zum Christen geworden war.

"Ich fürchte, wir übersehen da etwas", sagte ich missmutig zu Layla.

Sie stimmte mir zu – aber dennoch hatte ich den Eindruck, dass es hinter ihrer schönen Stirn unablässig weiterarbeitete. Entwickelte sie eine andere Idee, die sie noch nicht mit mir teilen wollte?

Sie durchschritt noch einmal den Raum, lief zum Fenster und blickte durch die Glasscheibe hinaus, hinter der nur das eintönige Weiß des Wintertages zu erkennen war.

Einen Augenblick lang verharrte sie dort, tief in Gedanken versunken, wie mir schien. Dann wandte sie sich ruckartig um und kehrte zu jener Stelle zurück, an der vorhin der Sklave den Boden gereinigt hatte. "Warum kam Caecilia heute Morgen mit diesem Gefäß zu Paulus?", fragte sie mich. "Es muss ihren Händen entglitten sein, als sie die veränderte Lage des Leichnams bemerkte – was sie wohl zu Tode erschreckte. Was aber wollte sie damit? Ich denke, dass diese Amphore Urin enthielt. Oder etwas ähnlich Übelriechendes."

"Vielleicht gehört das zu einem dieser seltsamen Rituale, für die die Christen so berüchtigt sind", schlug ich vor. "Wir werden Caecilia später danach fragen, einverstanden? Und was Paulus´ Todesursache anbelangt – ich denke, Thessalos sollte sich seine Leiche näher ansehen. Als Medicus kann er uns vielleicht sagen, an welchem Gift der Christ wirklich starb."

"Wo steckt er eigentlich, unser Medicus?", erwiderte Layla. "Er tauchte gar nicht auf, gestern Nacht, als wir die Toten fanden, oder?"

Einen Moment lang schien sie verunsichert. Sie sprach es nicht aus, aber ich wusste auch so, was sie dachte. Was immer man in den letzten Stunden gesehen – oder eben nicht gesehen hatte – es konnte ein Trugbild gewesen sein. Genau wie unser vermeintlicher Liebesakt in der Bibliothek.

Ich nahm Layla an der Hand und führte sie aus dem Zimmer. Dem ersten Sklaven, dem wir begegneten, trug ich auf, sich auf die Suche nach Thessalos zu machen und den Arzt so rasch wie möglich zu mir zu bringen.

XX.

Der Sklave kehrte erst sehr viel später zurück. Ich hatte mich mit Layla in mein kleineres Speisezimmer zurückgezogen. Wir waren gerade dabei, uns mit Brot und Käse zu stärken, als er über die Schwelle gestolpert kam. "Thessalos ... wir haben ihn gefunden", keuchte er. "Komm schnell, Herr. Er ist mehr tot als lebendig!"

Layla und ich sprangen gleichzeitig auf – obwohl etwas in meinem Kopf sich weigerte, die Worte des Sklaven zur Kenntnis zu nehmen. *Nicht noch ein Todesfall*, war alles, was ich denken konnte. War mein Haus denn wirklich verflucht? Im nächsten Moment schämte ich mich für diese Selbstbezogenheit. Wie konnte ich nur an mich denken, wenn Thessalos – den ich als Freund betrachtete – offensichtlich in Not war.

Wir folgten meinem Sklaven durch die Arkaden eines Peristylgartens. In meinem Haus gab es mehrere solcher begrünter Innenhöfe im römischen Stil. Im Sommer genoss ich es, mir unter den schattigen Arkaden die Beine zu vertreten, mit Layla in ein Gespräch über Bücher, Philosophen oder ferne Länder vertieft, im Hintergrund das Plätschern der Brunnen ...

Jetzt jedoch durchquerten wir eine Eiswüste. Pflanzen, Brunnen, Statuen – alles lag unter einer dicken

Schneedecke begraben, und es war nur der Emsigkeit meiner Sklaven zu verdanken, dass man den Hof wenigstens noch im Schutz der Arkaden trockenen Fußes durchqueren konnte. Zwei meiner kräftigsten Burschen waren gerade damit beschäftigt, den Schneeverwehungen, die von den Arkadengängen Besitz zu ergreifen drohten, mit Schaufeln und Besen zu Leibe zu rücken. Indes fiel noch immer neuer Schnee vom Himmel.

Der Sklave, der uns führte, blieb unvermittelt stehen. "Wir fanden den Medicus dort drüben, Herr, am Fuß des Brunnens." Er wies mit seiner Hand mitten hinein in die Schneemassen, ins Zentrum des Gartens. "Dort lag er. Halb begraben vom Schnee – deswegen hätten wir ihn beinahe übersehen. Er muss die halbe Nacht hier draußen verbracht haben."

Bei dieser Witterung? Was war in den jungen Medicus gefahren?

"Ist er am Leben?", fragte ich. "Wo habt ihr ihn hingebracht?"

Der Sklave deutete mit dem Kopf auf den Durchgang, den wir gerade ansteuerten. "Ins Badhaus, Herr. Wir dachten, mit warmem Wasser könnten wir ihn am besten auftauen."

Ich nickte und beschleunigte meine Schritte. In meinem Badhaus gab es ein Tauchbecken, das sich herrlich beheizen ließ – so heiß, dass man sich verbrühen konnte, wenn man nicht aufpasste.

Unter den Männern meines Volkes gilt es als verweichlicht, sich zu oft den Badefreuden hinzugeben, doch ich muss gestehen, dass ich sehr oft dieser römischen Lust fröne.

Auf den Stufen des Beckens lag Thessalos, von drei Sklaven umringt, die ihn mit warmem Wasser übergossen, seine Gliedmaßen rieben und ihm gleichzeitig ein dampfendes Getränk einflößten. Dem Duft nach zu schließen, den es verströmte, handelte es sich um gut erhitzten Honigwein.

Thessalos war bei Bewusstsein, den Göttern sei´s gedankt! Die Augen des Medicus richteten sich auf mich, als ich mich neben ihm hinkniete, doch er schien geradewegs durch mich hindurch zu blicken. Ein seliges Lächeln spielte um seine Lippen. "Der Greif! Hast du ihn gesehen, Thanar? Ein wahrhaft königliches Exemplar! Oh, wie viele Jahre habe ich davon geträumt, einmal einen zu erblicken. Schon als kleiner Junge ..." Seine Worte verloren sich in einem unverständlichen Gebrabbel, als hätte er sich tatsächlich in ein Kleinkind verwandelt.

Ganz offensichtlich sprach Thessalos im Delirium. War er dem Tode nahe und daher nicht mehr Herr seiner Sinne? Oder war er ein weiteres Opfer jenes bösen Zaubers voller Trugbilder und Chimären geworden, der so viele von uns in der Nacht befallen hatte?

"Ich denke, er hat genug gebadet", sagte ich. "Trocknet ihn ab und hüllt ihn in warme Decken!"

Meine Diener taten, wie ihnen geheißen. Sie betteten Thessalos im Nachbarraum – der Wärmekammer, die bei den Römern Tepidarium hieß – auf eine der bequemen Liegen und deckten ihn von den Zehen bis zur Nasenspitze zu. Trotzdem waren die Lippen des Arztes noch bläulich gefärbt, ebenso wie seine Fingerspitzen und die

Füße. Aber er schien bei Kräften.

Er war ein gesunder Mann in der Blüte seiner Jahre. Er hatte sich ein paar üble Erfrierungen eingehandelt, aber er würde mir nicht wegsterben. Jedenfalls hoffte ich das inständig. Bloß, was hatte ihn dazu getrieben, während eines Schneesturms das Haus zu verlassen? Was hatte er mitten in der Nacht im Peristylgarten gewollt?

Im nächsten Augenblick schien er eingeschlafen zu sein. Seine Lider flimmerten, aber sein Atem ging regelmäßig. Er begann, leise zu schnarchen.

Nur wenige Momente später jedoch fuhr er mit einem spitzen Schrei von der Liege hoch. Sein Blick irrte herum. Als er mich entdeckte, fixierten sich seine Augen erneut auf die meinen. Er packte meinen Arm. Mit erstaunlicher Kraft schlossen sich seine Finger um mein Handgelenk. "Kykeon!", rief er, "das muss es sein. Hüte dich vor dem Totenkopf, Freund! Oder du bist verloren!"

Sein Atem ging heftig. Seine Augäpfel rollten nach hinten, dann schien ihn auch seine Halsmuskulatur im Stich zu lassen. Sein Kopf sank zurück auf die Liege, wie das leblose Haupt einer Puppe. Und im nächsten Moment schlief er bereits wieder.

Ich sah Layla an. "Bei allen Göttern ... hast du eine Ahnung, was er mir mitteilen wollte?"

Layla schien mich nicht gehört zu haben. Ihr Blick war auf die nun wieder friedlich schlummernde Gestalt des Arztes gerichtet. Sie sah aus, als wäre sie erneut in tiefe Grübelei versunken. Nur langsam hob sie den Kopf – dann schüttelte sie ihn. "Nicht die geringste Ahnung, Herr."

XXI.

Layla und ich wachten noch eine gute Stunde am Bett des Arztes, doch er schien in einen tiefen Schlaf gefallen zu sein.

Er atmete regelmäßig, und selbst seine Füße und Hände nahmen langsam wieder eine gesunde rosige Farbe an. In ein paar Stunden, so hoffte ich, würde er ansprechbar sein und alsbald eine Untersuchung an der Leiche des Paulus vornehmen können. Vielleicht würde uns sein Fachwissen über Gifte helfen, dem Mörder auf die Spur zu kommen.

In der Zwischenzeit beschloss ich, mit den Befragungen der Hausbewohner zu beginnen. Wenn wir feststellen konnten, wer sich zur Zeit der Morde wo und in wessen Gesellschaft aufgehalten hatte, so konnten wir die Zahl der Verdächtigen bestimmt ein wenig einschränken.

Als ersten Schritt versammelte ich meine Haussklaven und auch die Handelsgehilfen und Wächter, die gerade nicht auf Reisen waren, und befragte sie gemeinsam mit Layla.

Einige von ihnen waren bis in die frühen Morgenstunden auf den Beinen gewesen, um meine Gäste zu bedienen. Und Sklaven waren aufmerksame Zeitgenossen. Ihnen entging normalerweise kaum etwas. Einige schreckten auch nicht davor zurück, einmal einem Gespräch zu lauschen oder heimlich eine Szene zu beobachten, die ganz gewiss nicht für ihre Augen bestimmt war. Ich hatte also Hoffnung, aus dieser Quelle wertvolle Informationen zu erhalten, die nächtlichen Aktivitäten meiner Gäste betreffend.

Ich erfuhr Folgendes: Granis und Cobanix, die beiden Keltenkrieger, hatten bis spät in die Nacht hinein dem Würfelspiel gefrönt, zu zweit in ihrem Zimmer. Dabei hatten sie eine stattliche Anzahl Weinamphoren geleert, die ihnen meine Diener kredenzt hatten. "Wir hätten es bestimmt bemerkt, wenn einer der Herren den Raum für längere Zeit verlassen hätte", beteuerten mir die zuständigen Sklaven.

Die Christen hätten zu dritt in ihrem Gebetsraum beisammen gesessen, versicherte mir ein anderer Bursche. Flamma, Caecilia und Philomena hatten sich allerdings nicht den Freuden des Bacchus hingegeben, sondern sich frommen Gesängen, Anrufungen ihres Gottes und dem Studium einiger Schriftrollen und Codices gewidmet. Keiner der drei hätte den Raum für mehr als einen Gang zur Latrine verlassen, beteuerte der Sklave.

Severus, den Centurio, hatte man in verschiedenen Teilen des Hauses gesichtet, jedoch zu keiner Zeit in der Nähe von Divicias Zimmer. Er hatte nach seinen Legionären gesehen, die im Gesindetrakt untergekommen waren, und alle drei hatten anscheinend Rundgänge in und ums Haus unternommen. Damit waren sie wohl jenen Wachpflichten nachgekommen, die Marcellus ihnen auferlegt hatte.

Ohne Erfolg, dachte ich bitter. Den Mörder hatten sie jedenfalls nicht aufhalten können.

Ein weiterer Sklave wollte mir weismachen, dass er mehrere Stunden lang – bis hin zu dem Zeitpunkt, als man die beiden Ermordeten fand – den Gang vor Divicias Zimmer im Auge gehabt hätte. Er hätte sich in jenem Teil des Hauses Putzarbeiten gewidmet, die eigentlich schon während des Tages fällig gewesen wären. Er schwor mir bei allen Göttern, dass sich kein Mensch Divicias Zimmer genähert hatte. Abgesehen vom Hauspersonal, das die beiden Kultisten mit Getränken versorgte.

So wie er dabei dreinblickte, war mir klar, worauf er hinauswollte. *Kein Mensch*. Er schien davon überzeugt, dass Divicia und Paulus von Götterhand ums Leben gekommen waren. Oder durch einen bösen Zauber. Seine angsterfüllten Beteuerungen blieben diesbezüglich recht vage.

Vermutlich hatte er sich während der Erfüllung seiner Pflichten in einem stillen Winkel ein Schläfchen gegönnt, dachte ich mir. Ich unterließ es jedoch, ihm das auf den Kopf zuzusagen.

Layla hingegen schien ihn durchaus ernst zu nehmen. Sie stellte mehrere Zwischenfragen, während er sprach. Als er geendet hatte, saß sie in Gedanken verloren da und blickte wieder einmal so geheimnisvoll drein, wie nur sie es vermochte.

***

"Lass uns Marcellus finden", sagte ich zu Layla, nachdem wir die Sklavenverhöre beendet hatten. Bestimmt wollte der Legat sich aktiv an den Ermittlungen beteiligen. Er musste am frühen Morgen noch einmal eingeschlafen sein, statt wie versprochen zu uns zu stoßen. Hoffentlich war er inzwischen wieder vollständig Herr seiner Sinne.

Während wir die Gänge entlang zu seinem Zimmer liefen, musste ich mir allerdings eingestehen, dass es um meine eigenen Sinne noch längst nicht wieder zum Besten bestellt war. Mein Kopf schmerzte, und wenn ich zu schnell ausschritt, stellte sich wieder dieses scheußliche Wanken und Schwanken des Fußbodens ein, mit dem ich schon letzte Nacht zu kämpfen gehabt hatte. Doch wenigstens trat mir im hellen Lichte des Tages nicht noch einmal meine verstorbene Frau vor Augen.

Wir fanden Marcellus ins Gespräch mit Morann vertieft. An der Seite der jungen Druidin saßen die beiden Keltenkrieger, die Arme verschränkt und mit steinernen Mienen. Sie sahen wie zwei Wächter aus den alten Epen aus, die ich so gern las. Finster, feindselig und wild entschlossen, Morann nun um jeden Preis zu schützen. Was sie bei Divicia verabsäumt hatten.

"Wie gehen wir jetzt weiter vor?", sagte Marcellus gerade, als wir den Raum betraten. "Wirst du die Reise mit mir antreten und uns die Wirkung eures Pestzaubers unter Beweis stellen?"

Morann war im Begriff zu antworten, hielt jedoch inne, als sie Layla und mich erblickte.

"Du kannst frei vor ihnen sprechen", sagte Marcellus. "Beide genießen mein volles Vertrauen." Er nickte mir kurz zu, und ich atmete auf, ihn wieder im Vollbesitz seiner Kräfte zu sehen.

Einer der beiden Keltenkrieger verzog das Gesicht. Eine stumme, aber dennoch deutliche Botschaft, dass er bestimmt niemandem mehr vertrauen würde. Noch nicht einmal dem Hausherrn.

Morann jedoch schenkte mir ein zaghaftes Lächeln. Dann sagte sie: "Divicia vertraute mir das Geheimnis des Pestzaubers an. Ich kann neues Pulver herstellen, jedoch nicht hier. Nur in unserem Heiligtum finde ich die nötigen Zutaten und Gerätschaften. Außerdem muss erst der Rat befragt werden, ob nach Divicias Tod –" Sie zögerte.

"Sprich ganz offen, ich bitte dich", sagte Marcellus.

"Ob der Rat es für weise hält, dem Imperator noch einmal das Angebot zu unterbreiten, wie Divicia es beschlossen hatte. Nachdem ihre Mission auf so schreckliche Weise ein Ende fand."

"Wirst du Divicias Nachfolgerin sein?", fragte Marcellus sie geradeheraus.

"Ich bin keinesfalls würdig", sagte Morann. Ihre Antwort kam rasch, zu rasch. Anscheinend war es ihr wichtig, Demut und Bescheidenheit zu demonstrieren.

Nach einem Moment der Stille jedoch fügte sie hinzu: "Auch das ist eine Entscheidung des Rates. Ich muss leider sagen, dass es in unserem Heiligtum niemanden gibt, der annähernd weit wie Divicia in den Heiligen Künsten fortgeschritten ist."

"Du warst ihre wichtigste Schülerin ... und rechte Hand, nicht wahr?", sagte ich. "Es ist also durchaus wahrscheinlich, dass die Wahl des Rates auf dich fallen wird."

Morann senkte demütig den Kopf, sagte aber nichts mehr.

"Wir werden den Mord an Divicia aufklären. Und den Schuldigen hinrichten, darauf gebe ich dir mein Wort", sagte Marcellus – als wäre das nichts weiter als eine routinemäßige Amtshandlung für ihn. Ich kann nicht behaupten, dass ich diese Zuversichtlichkeit nachempfinden oder gar teilen konnte.

"Ich danke dir", erwiderte Morann mit einem weiteren Nicken ihres Kopfes. Ihr Tonfall war höflich und verriet nicht die geringste Emotion.

Sie wandte sich um und sprach mich an: "Dürfen wir unter deinem Dach verweilen, Thanar, bis der Schuldige gefunden ist?" fragte sie. "Wenn wir zu den Unsrigen zurückkehren, so möchten wir neben Divicias Leichnam wenigstens den Trost mitbringen können, dass die Freveltat gerächt wurde."

"Selbstverständlich", sagte ich rasch. "Und auch ich gebe dir mein Wort, dass wir den Mörder zur Rechenschaft ziehen werden. Divicia starb als Gast meines Hauses. Es ist mir eine heilige Pflicht, ihren Tod zu sühnen."

XXII.

Als Morann und ihre beiden Beschützer uns verlassen hatten, setzte ich Marcellus über die Ereignisse der Morgenstunden in Kenntnis.

So detailreich und strukturiert, wie ich es nur vermochte, schilderte ich ihm die Beobachtungen, die wir am Leichnam des Paulus gemacht hatten. Anschließend ging ich darauf ein, was Thessalos in der Nacht widerfahren war. "Wenn wir ihn nur ein wenig später gefunden hätten, müsstest du dich jetzt nach einem neuen Lagerarzt umsehen", schloss ich meinen Bericht.

"Denkst du, auch er wurde Opfer eines Anschlags?", fragte Marcellus.

"Ich denke, er wurde Opfer jenes dunklen Zaubers, der letzte Nacht von uns allen Besitz ergriff. Seine Sinne waren verwirrt, er sprach etwas von einem Greif, den er anscheinend gesehen hatte. Vielleicht folgte er diesem Trugbild in den Garten – und verlor dort die Besinnung? Er ist jedenfalls äußerlich unverletzt, und wir konnten auch keine Spuren eines Kampfes entdecken. Weder im Peristyl noch an seinem Körper."

"Ich begreife nicht, was über uns kam", sagte Marcellus düster. "Etwas so Seltsames ist mir noch niemals widerfahren. Wie soll ein Mann ankämpfen gegen einen Feind, der über solche Magie verfügt?"

Layla, die bisher im Zimmer auf- und abgegangen war und lediglich meinen Ausführungen gelauscht hatte, ließ sich neben Marcellus auf dem Sofa nieder und ergriff das Wort. "Thessalos sprach von einem Totenkopf – vor dem er uns eindringlich warnte – und er gebrauchte ein seltsames Wort. Kykeon. Kannst du damit etwas anfangen?"

"*Kykeon*?", fragte Marcellus ungläubig.

Hoffnung erfasste mich. "Ja! Sag bloß, du hast es schon einmal gehört?"

"Das habe ich in der Tat", erwiderte mein Freund. "Wenn auch in einem ganz anderen Zusammenhang. Es ist wahrlich nichts, was ich mit Christen oder Druiden in Verbindung bringen würde."

"Nun spann uns doch nicht so auf die Folter!", rief ich.

Marcellus zog die Stirn in Falten. "Kykeon ist ein heiliges Gebräu ... im Mysterienkult von Eleusis", sagte er. "Ich bin kein Eingeweihter. Ein Freund aus Jugendtagen erzählte mir davon. Nur sehr vage. Den Initianden ist es bei Todesstrafe verboten, über die Riten zu sprechen."

"Eleusis?", wiederholte ich. Dem Namen nach kannte wohl jedermann diesen Kult. Er stammte aus Griechenland – Eleusis lag unweit von Athen – hatte sich aber mittlerweile im gesamten Imperium verbreitet. Wenn auch vorwiegend im Osten.

Die Mysterien kreisten um die Göttin Demeter, sowie um Persephone, deren Tochter, die von Hades in die Unterwelt entführt worden war und dort die Hälfte jeden Jahres zubringen musste. Mehr wusste ich allerdings nicht über den Kult – genau wie Marcellus, wenn man seinen Worten Glauben schenken durfte.

"Bist du dir sicher?", fragte ich ihn. "Was dieses Kykeon anbelangt?"

Er nickte. "Es ist ein Trank mit streng geheimer Rezeptur, soviel weiß ich", sagte er. "Thessalos ist Grieche. Vielleicht ist er ein Eingeweihter der Mysterien und halluzinierte deshalb von diesem Gebräu?"

"Und der Totenkopf? Ist der ebenso ein Bestandteil der Rituale von Eleusis?", fragte ich.

Marcellus zuckte mit den Schultern. "Nicht, dass ich wüsste. Aber wie gesagt, ich kenne keine Details dieses Kultes."

"Vielleicht hingen die Trugbilder, die der Medicus sah, mit diesen Mysterien zusammen?", schlug Layla vor. "Der Greif, dem er hinterher jagte?"

Wir sahen uns ratlos an, dann sagte ich – bemüht, uns nicht alle in düsteres Grübeln versinken zu lassen: "Nun, wir werden es bald erfahren. Sobald Thessalos wieder zu sich kommt, kann er uns selbst erklären, was es mit dem Totenkopf und diesem Kykeon auf sich hat."

"Richtig", bekräftigte der Legat. "Nehmen wir uns inzwischen die Verdächtigen vor, mein Freund. Konntest du bereits in Erfahrung bringen, wer ein Alibi vorzuweisen hat und wer nicht?"

Ich gab ihm die Aussagen meiner Sklaven wieder, fügte aber hinzu, dass ich noch nicht selbst mit den Gästen meines Hauses – unseren nunmehrigen Mordverdächtigen – gesprochen hatte.

"Gut", sagte Marcellus, dem es wohl ganz selbstverständlich erschien, dass ich mit den Verhören auf ihn gewartet hatte. Voller Tatendrang sprang er auf und wollte aus dem Raum eilen.

Layla jedoch hielt ihn zurück, indem sie eine Hand auf seinen Arm legte. "Darf ich dabei sein?", bat sie. "Bei den Befragungen? Ich möchte helfen, diese Morde aufzuklären."

Marcellus und ich wechselten einen stummen Blick. Natürlich war das eine unverständliche Bitte für eine Frau. Doch wir beide wussten, dass Layla eben keine normale Frau war. Ob wir es uns eingestehen wollten oder nicht: Ihr messerscharfer Verstand würde uns eine große Hilfe sein. Denn auch der Mörder, den wir zur Strecke bringen mussten, war verdammt schlau – und darüber hinaus wohl mit dunklen Mächten im Bunde!

Wie aus einem Munde stimmten wir also zu, und Layla lächelte so zufrieden wie eine Katze, der wir ein Schälchen Milch hingeschoben hatten.

"Da ist etwas, das mir Sorge bereitet", nahm sie unser Gespräch wieder auf. "Wenn Morann das Geheimnis des Pestzaubers kennt, denkt ihr nicht, dass sie nun ebenfalls in Gefahr sein könnte? Vielleicht ging es bei dem Mord ja gar nicht um Divicia oder Paulus. Was, wenn der Mörder bloß etwas gegen Divicias Mission hatte? Wenn er verhindern wollte, dass sie ihre Medizin in den Dienst des Imperiums stellte?"

"Können wir denn sicher sein, dass dieses Zaubermittel wirklich zerstört wurde?", wandte Marcellus ein. "Ihr habt ein zerbrochenes Gefäß gefunden. Und etwas verstreutes Pulver. Aber wer sagt uns, worum es sich dabei wirklich handelte? Was, wenn jemand das Medikament stahl und ein anderes Gefäß mit einem Pulver darin zerstörte, um uns in die Irre zu führen? Vielleicht war Diebstahl das Motiv für den Mord an der Druidin?"

"Wie sinnvoll wäre es, das Zaubermittel zu stehlen, wenn man das Geheimnis seiner Rezeptur nicht kennt?", widersprach ich. "Divicia wollte uns kein Wort darüber verraten, wie man dieses Pulver zubereitet. Und wie genau man es bei den Pestkranken anwendet, wissen wir ebenso wenig. Ich denke nicht, dass sie dieses Wissen irgendeinem Außenstehenden verraten hätte."

"Hm", brummte Marcellus. "Nicht einmal, wenn er ihr Leben bedrohte?"

"Ich denke eher, dass der Christ das eigentliche Mordopfer war", sagte ich. "Jemand hat ihn vergiftet. Ich denke, so viel können wir sicher sagen, auch wenn Thessalos das noch bestätigen muss. Vielleicht wurde Paulus´ Mörder bloß von Divicia überrascht. Vielleicht wurde sie eine unfreiwillige Zeugin des Verbrechens?"

"Da aber am Ende beide starben", sagte Layla, "so ist wohl weder ein Christ noch ein Kelte unser Mörder. Nicht wahr?"

Was nur einen der Römer übrig ließ. Centurio Severus oder einen seiner Männer. Vielleicht alle drei gemeinsam. Vielleicht hatten sie gehandelt und die Frevler getötet, bevor der Zorn der Götter über Vindobona hereinbrach.

Ich scheute mich, diesen Gedanken offen vor Marcellus auszusprechen. So wie sich seine Gesichtszüge eben verdüsterten, schien er allerdings auch ohne mein Zutun auf diese Schlussfolgerung gekommen zu sein.

Die Vorstellung gefiel ihm nicht, das war klar. "Jemand

könnte Divicia aus Rache getötet haben", kam er uns prompt mit einer neuen Theorie.

Ich hatte längst den Überblick verloren, die wievielte es war. Und eine klang so unbefriedigend wie die nächste.

"Um den Tod des Paulus zu sühnen", fügte Marcellus hinzu. "Jemand aus dem christlichen Lager. Wohl am ehesten der Gladiator."

"Bloß, weil er ein kampferprobter Mann ist?", wandte ich ein. Wir alle wussten, dass Frauen ebenso heimtückische Mörderinnen sein konnten. Obwohl sie sich eher eines Gifttranks bedienten als einer scharfen Klinge. Normalerweise. Aber was war schon normal an einem so abscheulichen Doppelmord?

"Wenn Divicia aus Rache getötet wurde, so hieße das aber im Umkehrschluss, dass einer der Kelten Paulus ermordet haben muss", sagte Layla. Manchmal hörte sie sich schon wie ein Advokat oder Richter an.

Ich widersprach ihr. "Vielleicht nahmen die Christen bloß an, dass einer der Kelten der Schuldige war."

Was uns wieder zurück zu den Römern brachte. Zu Severus und seinen Legionären als wahrscheinlichste Täter. Der Kreis hatte sich geschlossen. Und wir waren keinen Schritt weitergekommen, schien es mir.

"Beginnen wir mit den Befragungen", sagte Marcellus. "Die Christen zuerst."

XXIII.

Wir wählten ein kleineres Speisezimmer als Ort für unser Tribunal. Ich ließ einige Häppchen anrichten, dazu warmen Wein. Der Nachmittag war bereits weit fortgeschritten, obwohl sich die Tageszeit kaum noch bestimmen ließ. Der Schneesturm hatte sich inzwischen zwar gelegt, doch mein Haus war unter den weißen Massen förmlich begraben, und nun hüllte uns auch noch dichter Nebel ein. Wie ein Leichentuch, das die Götter über mein Anwesen gebreitet hatten – als Zeichen, dass wir alle verdammt waren.

Mit ein paar kräftigen Schlucken Wein versuchte ich, diese morbiden Gedanken zu verdrängen. Ich richtete meine Aufmerksamkeit auf Caecilia, die Freigelassene des Paulus, die mir gegenüber Platz genommen hatte.

Marcellus hatte es sich, mit Layla an seiner Seite, zu meiner Rechten bequem gemacht. Caecilia war die erste, die wir verhörten. Wie ein zusammengesunkenes Häufchen Elend saß sie vor uns und hatte den Blick gesenkt.

Layla ergriff das Wort, während Marcellus sichtlich noch nachgrübelte, wie er wohl das Verhör beginnen sollte. "Du wirktest verstört, Caecilia", sagte sie geradeheraus. "Heute Morgen, als ich dich im Gebetsraum bei deinem toten Apostel traf."

Wenn sie es wollte, konnte Layla die einfühlsamste Frau der Welt sein. Doch ebenso verstand sie es, kurz und ohne Umschweife auf den Punkt zu kommen. Anscheinend sah sie einen Vorteil für das Gespräch darin. Oder besser gesagt für das Verhör. Nichts schien ihr wichtiger zu sein, als die Wahrheit herauszufinden.

Caecilia hob abrupt den Kopf und funkelte Layla böse an. Der Eindruck eines hoffnungslosen Häufchens Elend war mit einem Mal verflogen. Wie machten sie das bloß, die Frauen? War jede von ihnen mit den Eigenschaften eines Chamäleons gesegnet, das von einem Augenblick zum nächsten eine komplette Verwandlung durchmachen konnte?

"Ich wirkte verstört?", fauchte Caecilia. "Sollte ich vielleicht lachen und tanzen? Paulus ist tot! Er war ein Prophet, ein heiliger Mann, ein Apostel des Herrn. Und ich durfte ihm dienen. Wie soll ich diesen Verlust jemals verschmerzen?"

Layla wechselte in ihren sanfteren Modus. "Dein Schmerz tut mir leid, Caecilia. Und dein Verlust."

Marcellus und ich hatten noch kein Wort in diesem Verhör gesprochen, das *wir* doch hatten führen wollen. Und es sah nicht danach aus, als ob wir demnächst die Gelegenheit dazu bekämen.

Layla sprach bereits weiter: "Darf ich dich etwas fragen, Caecilia? Diese Amphore, mit der du heute Morgen zu Paulus wolltest – was enthielt sie? Sie verströmte einen, hm, etwas befremdlichen Geruch, wenn ich das sagen darf. Diente sie einem eurer christlichen Rituale?"

Etwas befremdlicher Geruch war eine sehr

beschönigende Formulierung. Was immer in der Amphore gewesen sein mochte – von den Resten, die sich über den Fußboden ergossen hatten, war mir der beißende Geruch einer schlecht gereinigten Latrine in die Nase gestiegen.

Caecilia schien erst nicht zu begreifen, wovon Layla sprach. Doch dann nickte sie. "Es ist eine Tinktur, die die bösen Geister fernhält, die sich ansonsten der Seele des Toten bemächtigen könnten. Ich gebe zu, das ist kein christlicher Brauch, sondern etwas, das ich von meiner eigenen Familie übernommen habe."

Mehr schien sie uns dazu nicht verraten zu wollen. Sie verlegte sich aufs Schweigen und sah Marcellus an.

Dieser hätte bestimmt auch einige Fragen an die Christin gehabt, doch Layla gab ihm keine Gelegenheit, sie zu stellen. Ihr eifriger Spürsinn ließ sie wohl alle Regeln der Höflichkeit vergessen. Marcellus wiederum, der sich gegen jeden Mann ohne Probleme durchgesetzt hätte – egal, ob verbal oder im physischen Zweikampf – ließ sie gewähren.

Layla fuhr fort: "Sag mir, Caecilia, hast du bemerkt, dass sich am Leichnam deines Propheten keinerlei Stichwunden fanden? Dass er also mit Sicherheit nicht erdolcht wurde? War es diese Entdeckung, die dir heute Morgen so einen Schock versetzte? Die dich wie von Sinnen aus dem Zimmer flüchten ließ?"

"Ein böser Zauber dieser Dämonenanbeterin war es, der Paulus das Leben nahm!", erwiderte Caecilia hitzig. "Ihr verschwendet hier nur eure Zeit, in dem ihr mich mit Fragen löchert."

Sie schnalzte missbilligend mit der Zunge. Mir war, als beobachtete ich einen Ringkampf zwischen ihr und Layla, diesen beiden ehemaligen Sklavinnen, die doch ansonsten nichts gemeinsam hatten.

"Keiner von uns hat den Dolch gegen diese Hexe geführt", sagte Caecilia mit scharfer Stimme. "Wir haben den ganzen Abend gemeinsam in frommer Andacht zugebracht. Philomena, Flamma und ich. Im Gebetsraum, wo jetzt Paulus′ kalter Leichnam ruht", fügte sie mit Bitterkeit hinzu. "Wir studierten die Heiligen Texte – ein wesentlicher Bestandteil unseres Glaubens. Und wir flehten unseren Gott an, uns vor dem Bösen zu schützen, das uns in Vindobona widerfahren ist."

"Da hat euer Gott euch wohl im Stich gelassen", warf ich ein. Ich konnte mir die bissige Bemerkung nicht verkneifen.

"Niemand vermag es, die Wege des Herrn zu ergründen. Er opferte seinen eigenen Sohn für die Sünden der Menschen", gab Caecilia zurück. Ihr Tonfall klang so salbungsvoll, dass ich mich provoziert fühlte.

Layla indessen ließ sich nicht beirren. Sie setzte ihre Befragung fort. "Flamma, Philomena und du – ihr wart also den ganzen Abend über zusammen? All die Stunden, die zwischen dem Abendessen und jenem Zeitpunkt lagen, als Philomena die Toten fand?"

"Das sagte ich doch bereits." Caecilia heftete ihren düsteren Blick auf mich. "Frag doch deine Sklaven, Thanar. Wenn mein Wort nichts gilt. Sie bedienten uns den ganzen Abend über. Sie brachten uns Wein und Brot, und Öl für die Lampen ... Immer war mindestens einer von ihnen zur Stelle, wenn wir etwas brauchten."

Ihre Stirn glättete sich. Die Angriffslustigkeit, mit der sie Layla begegnet war, schien für den Augenblick von ihr zu weichen. "Der Arbeitseifer deiner Bediensteten ist ganz ausgezeichnet, Thanar", fügte sie nach einer kurzen Pause hinzu.

Layla indes ließ nicht locker. "Bestimmt hat doch der eine oder andere von euch einmal die Latrine aufgesucht, nicht wahr, Caecilia? Und dafür kurz den Raum verlassen."

"Das ja. Natürlich. Jeder von uns ging zur Latrine an diesem Abend. Mindestens einmal. Aber ebenso rasch kehrten wir alle wieder zurück." Caecilia verstummte. Ihre Augen wanderten durch den Raum. Als müsse sie über etwas nachdenken, dass sie nicht begreifen konnte. "Philomena war auf dem Weg zur Latrine, als sie die Toten fand", fuhr sie schließlich fort. "Jedenfalls sagte sie, dass sie sich erleichtern wolle, als sie Flamma und mich verließ. Sie blieb recht lange fort, doch wir gaben natürlich nichts darauf. Wir konnten ja nicht ahnen ..."

"Dass sie zwei Tote finden würde?", sagte ich.

Caecilia nickte wortlos. Ihre Lider zuckten, als stünde sie kurz davor, in Tränen auszubrechen. Sie wirkte müde. Hoffnungslos besiegt. Als habe sie ihre Augen längst leergeweint.

Layla tauschte einen Blick mit Marcellus, den ich nicht zu deuten verstand.

XXIV.

Ich nutzte die Gelegenheit, das Gespräch mit Caecilia endlich selbst in die Hand zu nehmen. "Philomena hätte Divicia erdolchen können – bevor sie angeblich die Toten fand und Alarm schlug", sagte ich. "Statt die Latrine aufzusuchen, wie sie euch gegenüber behauptete, könnte sie in Wahrheit die Druidin überfallen haben. Für diesen Mord hätte sie genügend Zeit gehabt. Und Paulus wurde vergiftet – zumindest nehmen wir das an. Vielleicht schon längere Zeit, bevor Divicia starb. Thessalos wird uns in dieser Frage weiterhelfen, sobald er wieder bei Kräften ist. Er kann vermutlich –"

"Ist dem Medicus etwas zugestoßen?", fiel Caecilia mir ins Wort. Ihre Lippen bebten. Wusste sie mehr, als sie zugab?

"Thessalos erlitt bloß ein Missgeschick", sagte ich rasch. "Er verirrte sich im Schnee, erfror beinahe ... doch er ist schon wieder auf dem Weg der Besserung. Bald wird er ansprechbar sein, dessen bin ich mir sicher."

"Und Paulus soll vergiftet worden sein?", fragte Caecilia weiter.

"Vermutlich. Weißt du etwas darüber? Konntest du etwas Verdächtiges beobachten? Wer mag ihm einen Gifttrank oder eine tödliche Speise verabreicht haben?"

Als sie mir nicht antwortete, drängte ich sie: "Du darfst nicht schweigen, Caecilia! Du willst doch, dass Paulus´ Tod gerächt wird, nicht wahr?"

Sie blieb stumm, schien aber in tiefe Grübelei zu verfallen. Ich hätte schwören können, dass sie etwas wusste.

Layla war mit einem Mal ebenso schweigsam geworden. Was ich noch weniger begriff, wo sie sich doch anfangs so beherzt in dieses Verhör gestürzt hatte. Sie blickte drein, als hinge sie ihrerseits geheimen Gedanken nach, die sie nicht mit uns teilen wollte. Ihre Stirn lag in tiefen Falten, doch um ihre Lippen spielte ein leises Lächeln.

Genoss sie es, Mordverdächtige zu verhören? Zuzutrauen war es ihr. Dass sie es liebte, Rätsel zu lösen und Verbrechen aufzuklären, wusste ich ja bereits.

Marcellus indes schien den gleichen Eindruck gewonnen zu haben wie ich, was Caecilia betraf. Nämlich, dass sie mehr wusste, als sie zugab. Er eilte mir zur Hilfe. "Ich kann dir ansehen, dass dir etwas durch den Kopf geht, Caecilia", sagte er im gebieterischen Tonfall eines Feldherrn. "Was ist es?"

Die Christin warf ihm einen ehrfurchtsvollen Blick zu. Dann schüttelte sie den Kopf – um sich gleich darauf mit einem bejahenden Nicken zu widersprechen. Noch immer bebten ihre Lippen. "Es ist nur", begann sie zögerlich, sprach dann jedoch nicht weiter.

Marcellus beugte sich etwas vor, und ich tat es ihm gleich.

Caecilia sprach so leise, dass ich sie kaum verstehen konnte. "Philomena", sagte sie, nur um dann erneut zu verstummen. Sie senkte den Blick, verschlang die Hände im Schoß und begann, ihre Finger zu kneten wie einen Brotteig.

"Sprich weiter", forderte Marcellus. "Was ist mit Philomena?"

Caecilia schluckte. "Sie ... sie pflegte ihrem Gatten den Becher zu füllen. Und sie richtete stets seine Speisen an. Auch hier im Haus übernahm sie das. Er sollte nicht durch Sklaven bedient werden, sondern ausschließlich durch sie. Ein Liebesdienst – so hat sie es genannt. Wenn er wirklich durch Speise oder Trank vergiftet wurde, so hätte sie doch ..."

Wieder verstummte Caecilia – und schüttelte nun heftig den Kopf. "Aber nein!", rief sie, mit plötzlich weit kräftigerer Stimme. "Das ist undenkbar. Philomena würde doch niemals ihrem Gatten etwas antun!"

"Wie lief es denn mit der Ehe der beiden?", schaltete ich mich ein. "Waren sie glücklich zusammen?"

Ich kannte Paulus nicht besonders gut, aber in den Jahren, in denen ich Geschäfte mit ihm gemacht hatte, war seine Frau kaum je in Erscheinung getreten. Und er hatte auch nie von ihr gesprochen. Ich hatte den Eindruck gewonnen, dass die beiden zwar einen freundschaftlichen Umgang miteinander pflegten, dass jedoch jeder von ihnen ein eigenes Leben führte. Wie es in vielen – wenn nicht den meisten Ehen – üblich war.

Caecilia schien erst nicht antworten zu wollen. Der Gedanke, Philomena könne womöglich etwas mit Paulus′ Tod zu tun haben, schien sie zu ängstigen, nein, zu schockieren.

Schließlich sprach sie doch: "Ich denke, Philomena war

gern die Gemahlin des Argentarius. Aber nicht so sehr diejenige des christlichen Apostels. Die Schmähungen, die Paulus – und damit auch sie – in Vindobona erdulden musste, setzten ihr sehr zu. Philomena ist eine ehrbare Frau aus gutem Hause. Ihr Ansehen ist ihr sehr wichtig. Und ich glaube auch, dass ihr das karge Leben, das Paulus seit seiner Bekehrung führte, nicht gefiel."

"Litt denn sein Geschäft so sehr unter seiner Bekehrung zum Christentum, dass er sich einschränken musste?", fragte Marcellus erstaunt.

"Nein", erwiderte Caecilia, "aber unser Gott lobpreist die Armut."

Marcellus sah sie einen Augenblick schweigend an, dann schüttelte er verständnislos den Kopf. Ich konnte ihm nur beipflichten. Was war denn gut daran, Mangel zu leiden?

"Eine Frage noch", meldete Layla sich zu Wort. "Gestern Nachmittag wurde ich – ganz zufällig – Zeugin einer Auseinandersetzung. Zwischen dir, Paulus und Philomena. Das hat mich doch ein wenig erstaunt, wo ihr doch in eurem Glauben für Brüderlichkeit und Nächstenliebe einsteht."

Caecilia schien nicht zu begreifen – oder nicht begreifen zu wollen – wovon Layla sprach.

Doch meine schwarze Sphinx bohrte unerbittlich nach. "Ihr wart in dem Innenhof, gleich hinter euren Zimmern. Ein ungestörter Ort für ein Gespräch, denke ich mir. Wenn auch sehr ungemütlich zu dieser Jahreszeit. Ihr habt unter den Arkaden beisammen gestanden und euch ganz schön in die Haare gekriegt. Das hast du doch bestimmt nicht vergessen? Worum ging es also bei diesem Streit?"

"Ach das", sagte Caecilia abfällig und tat so, als habe sie sich just in diesem Augenblick an dieses unbedeutende Gespräch erinnert. "Es ging um die Reise. Mit der Hexe. Bei der sie ihren dunklen Zauber demonstrieren wollte. Paulus hatte ja beschlossen, dass wir mit euch kommen sollen, um die Macht *unseres* Gottes unter Beweis zu stellen. Des einzigen Gottes, der über Leben und Tod gebietet und –"

"Was gab es denn zu streiten über diese Reise?", fiel ich ihr ins Wort. Ich war nicht in der Stimmung, eine weitere religiöse Belehrung zu ertragen.

"Philomena und ich – wir hatten Angst", sagte Caecilia geradeheraus. "Wir wollten Paulus die Sache ausreden. Ich meine, der Pest entgegen zu reisen, das ist eine schreckliche Vorstellung. Aber Paulus hat uns erinnert, dass wir nicht zweifeln dürfen. Dass Gott über uns wacht und uns vor allem Übel beschützen wird. Was natürlich stimmt. Kein Streit also, nur eine ... Rüge, die Philomena und ich verdient hatten." Sie schlug, scheinbar beschämt, die Augen nieder.

Ich war mir nicht sicher, ob ich ihr diese Geschichte abkaufte. Marcellus jedoch schien sich mit der Erklärung zufrieden zu geben. Er entließ die Christin und entschied, mit den Befragungen nach dem Abendessen fortzufahren. Es war spät geworden. Die Dunkelheit der Nacht hatte sich längst über mein Haus gesenkt.

XXV.

"Denkt ihr, dass Philomena ihren Gatten vergiftet hat?", ergriff Marcellus das Wort, als wir uns um den reich gedeckten Tisch im Speiseraum versammelt hatten.

Noch war keiner der anderen Gäste aufgetaucht, sodass wir frei untereinander sprechen konnten. Mit dem Essen warteten wir allerdings nicht zu. Ich verspürte zehrenden Hunger, und meinen Freunden schien es ähnlich zu ergehen. Wir ließen uns die Becher füllen und taten uns an den Köstlichkeiten gütlich, die für uns bereit standen.

"Ich könnte mir Paulus´ Gemahlin schon als Mörderin vorstellen", sagte ich zu Marcellus, "nach dem, was Caecilia uns berichtet hat. Philomena hatte – als eine der wenigen, soweit ich es bis jetzt beurteilen kann – die Gelegenheit, beide Morde zu begehen. Und ein Motiv sehe ich auch. Ich kann mir gut vorstellen, dass sie nicht mit dem christlichen Prediger und Asketen verheiratet sein wollte, in den Paulus sich verwandelt hat. Die Gelegenheit war günstig, ihn hier unter meinem Dach zu töten. Sie konnte es auf die Kelten schieben, oder auf deine Männer, Marcellus. Jede Menge Auswahl."

"Das ist wahr", pflichtete mein Freund mir bei. Ein harter, grimmiger Ausdruck lag in seinem Blick.

"Es könnte sich folgendermaßen abgespielt haben", fuhr

ich fort. "Philomena vergiftete Speise oder Trank ihres Mannes. Dazu hatte sie reichlich Gelegenheit, wenn sie ihm stets das Essen anzurichten pflegte. Und Divicia beobachtete sie dabei. Ganz unabsichtlich, vermute ich. Ich denke nicht, dass sie Philomena hinterher spionierte. Warum auch? Aber Philomena könnte ihrerseits bemerkt haben, dass es eine Zeugin ihrer Schandtat gab. Dann blieb ihr nichts anderes übrig, als auch die Druidin zu ermorden. Sie kann sie zu dem Zeitpunkt erdolcht haben, als sie angeblich die Leichen fand. Vielleicht lag Paulus da schon im Sterben, und Divicia beschuldigte Philomena des Mordes."

"Woraufhin diese sie zum Schweigen brachte", ergänzte Marcellus. "Bloß woher hatte Philomena den Dolch?"

"Vielleicht rechnete sie damit, dass Divicia etwas gesehen haben könnte, und war einfach gut vorbereitet? Es ist nicht schwer, sich in meinem Haus eine Waffe zu besorgen."

Marcellus nickte langsam. "Möglich. So könnte es sich abgespielt haben.

"Die Zeit war aber sehr knapp", sagte Layla. "Nach dem, was Caecilia uns berichtete, verließ Philomena den Gebetsraum nur für kurze Zeit. Dann hörte man sie schreien, weil sie angeblich die Toten gefunden hatte. Wenn sie selbst es war, die Divicia erdolchte, hätte sie doch Blutspritzer abbekommen müssen, nicht wahr? Sie hätte aber niemals die Zeit gehabt, in ihr Zimmer zu laufen, um sich umzuziehen. Oder sehe ich das falsch?"

"Wir wissen nicht genau, wie lange sie wirklich allein war", sagte ich. "Caecilia kann die Zeitspanne falsch eingeschätzt haben."

Marcellus verzog angewidert das Gesicht. "Was für eine Vorstellung. Vergiftet von der eigenen Ehefrau! Eine Verräterin im Herzen der Familia!"

Bei diesen Worten blickte er Layla an, zärtlich allerdings. Bestimmt dachte er, dass sie ihm so etwas niemals antun würde. Was natürlich der Wahrheit entsprach. Dennoch empfand ich Eifersucht, bei der Art, wie er sie ansah.

"Wir sollten Philomena als Nächste befragen", sagte ich rasch, um mein Unbehagen zu überspielen. "Gleich nach dem Abendessen."

"Unbedingt", stimmte Marcellus mir zu.

Layla sagte: "Auch im Lager dieses Jesus hat es einen Verräter gegeben. So steht es in dem Buch der Christen, das Caecilia mir ausgeliehen hat. Einer seiner Jünger verriet den Propheten an die römischen Soldaten. Durch einen Kuss."

"Wie abscheulich", brummte Marcellus.

"Was für ein Gott", rief ich, "der nicht einmal die Verräter in den eigenen Reihen erkennt!"

Ich rechnete mit Zustimmung von Marcellus, doch der blieb stumm. Er schien sich in Gedanken zu verlieren. Dachte er an die Vision, die ihn letzte Nacht heimgesucht hatte? An den vermeintlichen Boten des christlichen Gottes, der ihm verkündete, dass er auserwählt sei?

Was hatte sich wirklich zugetragen, in Marcellus' Schlafgemach? Waren er und Layla einem Trugbild aufgesessen, wie auch ich selbst in dieser verfluchten Nacht?

Auserwählt. Konnte es überhaupt möglich sein?

Marcellus, ein römischer Legat – ein Erwählter des Christengottes? Und wenn ja, wozu genau hatte dieser seltsame Gott ihn auserkoren? Sollte Marcellus die Nachfolge des Paulus antreten? Hatte Gott die Bluttat bereits vorausgesehen und sich meinen Freund als neuen Apostel auserkoren?

Oder war Marcellus gar für noch Größeres bestimmt? So wie Divicia die größten Ambitionen für das Druidentum gehegt hatte ... Sollte der Legat gar Ähnliches für die Christen erwirken? Eine Anerkennung dieses Kultes im Römischen Imperium?

Mir schwirrte der Kopf. Zu den unfassbaren Ereignissen der letzten Nacht gesellten sich erneut der seltsame Schwindel und die Übelkeit, die einfach nicht von mir weichen wollten. Ich muss zu meiner Schande gestehen, dass mir in diesem Augenblick alles gänzlich ausweglos erschien. Bis Layla mich am Ärmel zupfte und mich mit einem aufmunternden Lächeln bedachte. Hatte sie wieder einmal meine Gedanken gelesen, wie sie es so oft tat?

"Ich denke, einige deiner Gäste werden heute vielleicht lieber auf ihrem Zimmer speisen wollen", sagte sie, während sie mit dem Kopf auf die leeren Speisesofas im Raum deutete. "Soll ich mich darum kümmern, dass ihnen etwas serviert wird?"

"Ich regle das schon, Li-"

Liebste, hatte ich sagen wollen. Aber das war höchst unpassend in Anwesenheit von Marcellus. Layla war jetzt *seine* Liebste, nicht mehr die meine.

"Layla," verbesserte ich mich rasch – was ihr nicht entging. Ich erntete ein Sphinx-Lächeln, während

Marcellus mit seinen eigenen Gedanken beschäftigt schien und offensichtlich nichts von meinem Versprecher mitbekommen hatte.

Ich atmete erleichtert auf. "Thessalos wird hoffentlich einen gesunden Appetit verspüren", sagte ich. Es war das Erstbeste, das mir einfiel.

Ich hatte mich so in den verzweifelten Versuch verstrickt, den Ereignissen der letzten Nacht irgendeinen Sinn zu entlocken, dass ich gar nicht mehr an den Medicus gedacht hatte. Dabei hatte ich eigentlich vorgehabt, noch vor dem Abendmahl nach ihm zu sehen.

Nun, ich würde ihm das Essen eben aufs Zimmer schicken und ihm dann später einen Besuch abstatten. Vermutlich hatte er den Nachmittag ohnedies verschlafen und hoffentlich in den Armen des Gottes Morpheus Stärkung gefunden.

Aus dem christlichen Lager tauchte niemand bei Tisch auf. Und auch die Kelten ließen sich nicht blicken. So schickte ich also insgesamt drei Sklaven los, meine Gäste mit Speise und Trank zu versorgen. Niemand sollte sich über mangelnde Gastfreundschaft meinerseits beklagen können – wenn man mein Haus schon als verflucht ansah.

Keiner meiner Bediensteten kehrte zurück. Stattdessen drang nur kurze Zeit später Geschrei und Gezeter durch die offene Tür des Speisezimmers an mein Ohr.

XXVI.

Layla, Marcellus und ich waren im gleichen Moment auf den Beinen. Was hatte dieser Aufruhr zu bedeuten?

Zu dritt liefen wir aus dem Speisezimmer. Oder besser gesagt, wir taumelten. Ich litt aufs Neue unter einem Schwindelanfall, so dass ich mich an den Wänden abstützten musste, um nicht das Gleichgewicht zu verlieren. Layla lief tapsig wie ein junger Hund neben mir her, und Marcellus kniff in höchster Konzentration die Augen zusammen, wohl ebenfalls in dem Versuch, sich halbwegs sicher auf den Beinen zu halten.

Meine Brust zog sich angstvoll zusammen. War der Fluch der letzten Nacht erneut über uns gekommen? Vergnügten sich die Götter im grausamen Spiel mit uns?

Wir folgten dem Geschrei, und nur ein paar Schritte später hatten wir die Ursache des Aufruhrs ausfindig gemacht. Einige Sklaven drängten sich vor dem Gebetsraum der Christen.

Eines meiner Küchenmädchen stand heulend neben den Überresten eines Bratens, den sie wohl samt Tablett und Teller hatte fallen lassen. Ein matschiger Brei aus zerbrochenem Geschirr, Fleisch und Gemüse hatte sich zu ihren Füßen ausgebreitet.

Neben ihr klammerte sich ein junger Sklave an den

Türstock. Sein Körper war steif vor Schock, nur seine Hände zitterten wie die eines zahnlosen Greises. Ich erkannte in ihm einen der drei Burschen, die ich losgeschickt hatte, sich um die Verpflegung meiner Gäste zu kümmern.

Marcellus schob die Sklaven ungeduldig beiseite und drängte sich in den Raum. Dort allerdings kam auch er abrupt zum Stehen. Ein Laut des Entsetzens entfuhr ihm.

Ich folgte ihm nach – und im nächsten Augenblick war mir klar, was den neuerlichen Aufruhr in meinem Haus verursacht hatte: Auf dem Fußboden, zwischen dem kleinen Altar der Christen und der Liege, wo der ermordete Apostel mahnend unter seinem Leichentuch ruhte, erblickte ich Thessalos, den Medicus. Er lag auf dem Rücken, die Arme weit vom Körper gestreckt. Aus seiner Brust ragte der Griff eines Dolches. Er war tot.

Einer meiner Sklaven, wohl der Furchtloseste unter den Anwesenden, drängte sich zu mir durch und flüsterte mir etwas zu: "Die Ehefrau des Paulus, Herr – sie wurde ebenfalls ermordet. Wir fanden sie nebenan, in ihrem Schlafgemach."

"Philomena?", entfuhr es mir. Der Boden schien unter meinen Füssen wegzubrechen. Ich bekam gerade noch den Arm meines Sklaven zu fassen, sonst wäre ich wohl zu Fall gekommen. Mir war, als könnte ich mein eigenes Blut in meinen Ohren rauschen hören.

Thessalos und Philomena – tot? Zwei weitere Morde?

Ich mühte mich, den Schwindel abzuschütteln und mich wieder in den Griff zu bekommen. Eben zuvor war Paulus´ Gattin noch unsere beste Verdächtige für die ersten beiden Morde gewesen. Und jetzt hatten wir plötzlich zwei weitere Leichen, einschließlich ihrer selbst?

Ich betete still zu den Göttern, beschwor sie, mich entrinnen zu lassen aus diesem unsäglichen Alptraum. *Bitte, lasst mich meine Augen öffnen, sicher und geborgen in meinem Bett, an einem sonnigen Frühlingstag*. Oder von mir aus auch im tiefsten Winter. Bloß ohne all die Leichen!

Doch nichts geschah.

Zu meinen Füßen lag Thessalos, den ich einen Freund genannt hatte. Dem ich mein Leben verdankte. Der liebenswürdige und so kunstfertige Arzt – hingemeuchelt von dieser mörderischen Bestie, deren höchstes Streben es anscheinend war, meine gesamte Gästeschar ums Leben zu bringen.

Wir eilten hinüber in das Zimmer, das direkt an den Gebetsraum der Christen angrenzte. Das großzügige Gemach, in dem ich Paulus und seine Gattin untergebracht hatte.

Ein Teil von mir hoffte noch immer, dass alles nur ein böser Traum war, ein weiteres Trugbild, dem diesmal auch meine Sklaven aufgesessen waren. Doch ich hatte kaum die Schwelle des Zimmers überschritten, als ich diese Hoffnung endgültig begraben musste.

Da lag Philomena, halb auf dem Rücken, halb zur Seite gedreht, auf dem Fußboden vor ihrem Schlafsofa. In ihrem Hals klaffte eine tödliche Wunde.

Ich sah mich um, konnte jedoch keine Waffe entdecken. Sie hatte sich also nicht selbst gerichtet, nachdem sie Thessalos ermordet hatte. Sie war nicht unsere Mörderin

– nur ein weiteres Opfer. Genau wie der beklagenswerte Medicus.

Direkt neben mir schrie Layla plötzlich auf.

Im nächsten Augenblick lag sie in meinen Armen, den Kopf an meine Brust gedrückt, den Blick abgewandt von Philomenas totem Körper.

Eine seltsame Gefühlsaufwallung ergriff von mir Besitz. Da war Sorge um meine geliebte Nubierin, aber gleichzeitig Freude darüber, dass sie sich in meine Arme geflüchtet hatte – nicht in diejenigen des Legaten, der nur ein paar Schritte entfernt stand.

"Was ist dir?", flüsterte ich ihr ins Ohr.

Zaghaft hob sie den Kopf von meiner Brust und schielte zu Philomenas Leiche hinüber. Im nächsten Augenblick löste sie sich auch schon von mir und trippelte unsicher auf die Tote zu. Sie starrte auf den Leichnam, blinzelte, rieb sich die Augen.

"Es ist nichts", sagte sie matt. "Ich dachte, ich hätte etwas gesehen ... aber es war wohl bloß ein weiteres Trugbild."

"Was war es denn?", fragte Marcellus. Er trat neben sie hin und legte nun seinerseits den Arm um sie.

Sie blickte erst ihn an, dann mich, ihre Augen dunkel und groß und mit namenloser Furcht darin – was wahrlich nicht oft vorkam. "Ich dachte, ich hätte einen Dämon gesehen", flüsterte sie. "Ein dunkles Untier, das auf Philomenas Schulter kauerte und ihr Blut schlürfte. Doch jetzt ist es verschwunden. Was ist nur mit uns, Thanar?" Flehend blickte sie mich an, kniff dann die Augen zu und schüttelte den Kopf. Als könnte ihr das helfen, den schrecklichen Fluch abzuschütteln, der unsere Sinne gefangen hielt.

Ein eisiger Schauer lief mir den Rücken hinab. Ich suchte nach tröstenden Worten, mit denen ich Layla aufmuntern konnte, doch nicht eine Silbe wollte über meine Lippen kommen. Meine Kehle war rau wie die eines Verdurstenden, der durch eine Wüste irrte.

Einer nach dem anderen drängten nun die Gäste meines Hauses in den Raum – diejenigen, die noch am Leben waren. Das Geschrei meiner Sklaven hatte sie wohl allesamt alarmiert. Flamma und Morann kamen zusammen angelaufen, gefolgt von Caecilia, Severus samt seinen Legionären und schließlich den keltischen Zwillingen. Sie drängten ins Zimmer, doch das war viel zu klein, um sie alle aufzunehmen.

Flamma brauste auf, als ihm klar wurde, um wen es sich bei der Toten handelte. Seine Augen loderten vor Zorn – und wäre nicht Marcellus beherzt dazwischen gegangen, so wäre es zu einem Handgemenge gekommen. Ich konnte nicht ausmachen, auf wen Flamma eigentlich losgehen wollte. Galt sein Zorn Severus oder den Keltenkriegern?

Marcellus jedenfalls baute sich unerschrocken vor dem Hünen auf – mit all der Autorität, die einem Legaten des Imperiums gebührte. "Wage es nicht, Flamma!", rief er. "Das Gesetz liegt in meinen Händen. Ausschließlich den meinen! Die Bestie, die hier gewütet hat, wird ihrer gerechten Strafe nicht entgehen. Aber dieses Recht und diese Pflicht fallen mir zu, niemandem sonst. Haben wir uns verstanden?"

Ich bewunderte Marcellus für diesen Heldenmut. Wie furchtlos er dem ehemaligen Gladiator die Stirn bot. Doch es entging mir nicht, dass er dafür all seine Kraft aufbieten musste. Er wirkte müde, benommen, war nur ein Schatten des imposanten Feldherrn, den ich sonst kannte.

Flammas Fäuste waren noch immer geballt. Einen endlosen Augenblick lang starrte er auf Marcellus hinab, als male er sich soeben aus, wie er ihn am qualvollsten töten sollte. Doch schließlich ließ er die Hände sinken, atmete tief ein – und trat respektvoll einen Schritt zurück.

Severus und die Kelten entspannten sich daraufhin ebenfalls. Die Hand des Centurio war bereits zum Schwert an seinem Gürtel gewandert, und auch die Kelten wären zweifellos bereit gewesen, sich mit Flamma in einen Kampf auf Leben oder Tod zu stürzen.

Marcellus schickte alle zurück auf ihre Zimmer, wie ein Familienvater, der seinen störrischen Nachwuchs maßregelte. Murrend und leise fluchend, doch ansonsten widerstandslos, gehorchten die Männer. Gemeinsam mit Caecilia und Morann zogen sie ab.

Ich kehrte zurück in den Gebetsraum, zur Leiche des Medicus, und entfernte vorsichtig die Klinge aus seinem Leib. Ich besah sie mir genauer.

Es verhielt sich so, wie ich es schon beim ersten Anblick dieser Waffe befürchtet hatte. Es war einer meiner eigenen Dolche, wie ich sie in meiner Waffenkammer lagerte. Unversperrt und für jeden zugänglich. Schließlich war ich nicht auf einen Mörder in meinen eigenen vier Wänden vorbereitet gewesen.

Die Klinge würde mir nicht verraten, wer sie geführt hatte, ob Kelte, Christ oder Römer. Jeder konnte sich ihrer bedient haben. Wir hatten zwei weitere Tote zu beklagen, und waren dem Mörder doch keinen Schritt näher gekommen.

XXVII.

Ratlos angesichts der jüngsten Ereignisse beschlossen wir, unsere Verhöre fortzusetzen. Immerhin war es jetzt ein kleinerer Kreis von Verdächtigen, die noch übrigblieben, wie Marcellus grimmig anmerkte.

Zunächst jedoch befragte ich meine Sklaven und Diener, wann Thessalos und Philomena zuletzt lebend gesehen worden waren.

Ein Bursche hatte den Medicus schlafend – aber lebendig – vorgefunden, als er ihn zum Abendessen hatte holen wollen. Er entschied sich, den Arzt nicht zu wecken, sondern später noch einmal nach ihm zu sehen.

Thessalos musste also innerhalb der letzten Stunde ermordet worden sein, während meine Freunde und ich zu Abend gegessen und Spekulationen zu den Morden angestellt hatten. Ebenso verhielt es sich mit Philomena. Auch sie war kurz zuvor noch lebend gesehen worden.

Wir kehrten in das Speisezimmer zurück, das wir bereits am Nachmittag für das Gespräch mit Caecilia genutzt hatten. Marcellus schickte einen Sklaven aus, mit dem Auftrag, Severus, den Centurio, zu uns zu bringen. Ihn wollten wir als Nächstes verhören.

Während wir auf ihn warteten, nutzten wir die Zeit, die beiden jüngsten Morde zu diskutierten.

Wie nüchtern sich das anhört. Dabei weiß ich noch, dass ich vor lauter Übelkeit und Beklemmung kaum einen klaren Gedanken fassen konnte. Und was Layla und Marcellus anging, so wirkten sie in keiner besseren Verfassung als ich selbst. Dennoch gaben wir alle unser Bestes, uns zu konzentrieren. Wir *mussten* eine Lösung finden.

Unsere Gedanken kreisten um zwei mögliche Theorien. Erstens: Thessalos oder Philomena – womöglich auch beide gemeinsam, obwohl wir keinerlei Verbindung zwischen dem Arzt und Paulus´ Witwe erkennen konnten – hatte die ersten beiden Morde begangen. Dass sie nun ihrerseits ihr Leben lassen mussten, war in diesem Fall womöglich ein Racheakt gewesen. Ausgeführt von einem der Christen oder Kelten.

Oder zweitens: Die beiden waren unschuldig an den ersten beiden Freveltaten, waren dem Mörder aber aus irgendeinem Grund in die Quere gekommen.

"Ich denke, es hat sich folgendermaßen abgespielt", sagte ich. "Thessalos kam am frühen Abend zu Bewusstsein. Er erinnerte sich, dass wir ihm von zwei Todesfällen in der Nacht berichtet hatten. Er verließ sein Schlafquartier und begab sich auf direktem Wege in den Gebetsraum der Christen, um sich Paulus´ Leiche näher zu besehen. Und genau das wollte der Mörder verhindern. Thessalos hätte sicherlich herausfinden können, woran Paulus nun wirklich gestorben ist. Der Mörder lauerte dem Medicus auf und stach ihn nieder. Bestimmt war Thessalos noch sehr schwach und somit praktisch wehrlos."

"Und Philomena?", wandte Marcellus ein. "Sie muss doch vor dem Medicus gestorben sein – wenn wir annehmen, dass der Mörder beide mit dem gleichen Dolch tötete. Die Waffe hinterließ er ja dann in der Brust des Arztes."

"In welcher Reihenfolge die beiden ermordet wurden, können wir nicht wissen", wandte Layla ein. "Vielleicht besitzt der Mörder mehr als nur eine Waffe? Aber ich denke, weder Thessalos noch Philomena wurden transportiert. Sie wurden dort überfallen, wo wir ihre Leichen fanden. Beide lagen in einer Lache ihres eigenen Blutes, und es gab keine sonstigen Blutspuren. Weder in den Zimmern, noch auf dem Gang davor."

"Richtig", sagte ich. Diese Beobachtung hatte ich ebenfalls gemacht – und die gleichen Schlüsse daraus gezogen.

Marcellus ergriff erneut das Wort: "Welchen Unterschied sollte es machen, woran Paulus nun tatsächlich gestorben ist? Wir wissen doch bereits, dass er nicht erdolcht wurde. Wir waren uns so gut wie sicher, dass er durch Gift umgekommen sein muss. Wie denn auch sonst, wenn er keine sichtbaren Verletzungen hat? Und das hat sich bestimmt schon im ganzen Haus herumgesprochen. Wir haben ja kein Geheimnis daraus gemacht. Lohnte es sich also wirklich, Thessalos deswegen zu töten? Einen weiteren Mord zu riskieren, bloß um den Medicus von einer näheren Untersuchung des Leichnams abzuhalten? Das scheint mir unsinnig."

"Womöglich ist es wichtig, durch *welches* Gift Paulus starb", wandte ich ein. "Vielleicht weist es auf den Mörder hin oder könnte uns wenigstens einen entscheidenden Hinweis liefern."

"Muss wohl so sein", sagte Marcellus. "Oder diese Bestie hat einfach Spaß am Töten. Wie abscheulich!"

In diesem Augenblick betrat Severus das Zimmer. Seine Wangen waren eingefallen, seine Augen von dunklen Ringen umgeben. Wie wir alle schien er unter dem Fluch der Götter zu leiden, der über uns gekommen war. Und geschlafen hatte er wohl auch schon länger nicht mehr.

Wir begannen damit, ihn nach den Wegen und Taten des Thessalos in der gestrigen Nacht zu befragen. Schließlich hatte er mit dem Medicus das Schlafquartier geteilt. Würde er uns Auskunft geben können, wie der Arzt sich in den Peristylgarten verirrt hatte, wo er beinahe erfroren wäre?

"Thessalos riss mich aus dem Schlaf", gab Severus an. "Es muss vielleicht eine halbe Stunde vor dem Aufruhr gewesen sein, als man die Morde entdeckte. Er faselte wirres Zeug. Von irgendeinem Wesen, das ihm nicht entwischen durfte. Was war es noch? Ein Mantikor? Nein, wartet, ein Greif? Ja, genau. Mit diesen Worten rannte er aus dem Zimmer. Ich bin gleich wieder eingeschlafen, nachdem er fort war."

"Er verließ also das Zimmer, mitten in der Nacht? Nachdem er bereits geschlafen hatte?"

"Ja, er hat sich früh hingelegt. Litt unter Übelkeit. Ihm bekam der Aufenthalt hier nicht", sagte Severus, mit einem Seitenblick, der eindeutig mir galt. "Wie uns allen. Wann werden wir nach Vindobona zurückkehren, Legat? Siehst du es denn nicht selbst? Dieses Haus ist verflucht.

Voller Dämonen und böser Geister, die sich um diese Gottlosen scharen. Sie betören unsere Sinne, wollen sich unserer Seelen bemächtigen. Mit ihren dunklen Zaubern machen sie uns kampfunfähig."

"Lass gut sein, Severus", sagte der Legat matt. "Schluss mit dem Gejammer!"

Doch der Centurio ließ sich nicht beirren. Die Furcht, die ihn quälte, schien ihn den gebührlichen Respekt vor seinem Kommandanten vergessen zu lassen. "Sie werden uns der Reihe nach abschlachten", rief er inbrünstig, "wenn wir nicht von hier verschwinden! Thessalos war bloß der Erste aus unseren Reihen, den sie sich holten. Das schwächste Glied. Ohne Kampferfahrung. Auch wenn er ein tapferer Bursche war", fügte er rasch hinzu. Auf die Männer der Legion ließ er wohl nichts kommen.

Er sprach rasch, redete sich immer weiter in Rage. Schließlich starrte er Marcellus mit herausfordernder Miene an: "Sieh dich doch an, Legat! Du bist auch nur noch ein Schatten deiner selbst! Meine Männer und ich können dich nicht schützen – nicht hier an diesem verfluchten Ort. Du weißt, dass wir für dich sterben würden, im Kampf Mann gegen Mann! Aber gegen diese Mächte sind wir –"

Marcellus hob die Hand und gebot dem Redeschwall seines Centurios Einhalt. "Du vergisst dich, Severus!"

Unter normalen Umständen hätte der Legat eine solche Respektlosigkeit seines Untergebenen niemals durchgehen lassen. Doch jetzt sagte er lediglich – und das mit kraftloser Stimme: "Kommen wir auf Thessalos zurück. Berichte weiter, Severus."

Was den Zustand meines Freundes anbelangte, musste ich dem rebellischen Centurio leider recht geben. Um Marcellus' Kräfte war es nicht gut bestellt. Und wir anderen waren kaum besser dran. Das ließ sich nicht leugnen. Aber nichts und niemand würde mich dazu bringen, aus meinem eigenen Haus zu fliehen! *Wir werden diesen Mörder zur Strecke bringen, und wenn es unsere letzte Tat ist*, sagte ich mir mit grimmiger Entschlossenheit.

Der Centurio funkelte Marcellus wütend an, doch schließlich fügte er sich. "Wie du befiehlst, Legat." Er schnalzte abfällig mit der Zunge. "Also, wie ich schon sagte: Etwas riss den Medicus aus dem Schlaf, er murmelte wirres Zeug von einem Greif, dann kleidete er sich hastig an und stürmte aus dem Zimmer. Das war das Letzte, was ich von ihm sah, in dieser Nacht. In diesem Leben", korrigierte er sich.

Von dem Greif hatte Thessalos noch fantasiert, als wir ihn heute Morgen halb erfroren gefunden hatten. War ihm dieser legendäre Vogel erschienen wie mir meine verstorbene Ehefrau? So wie Layla sich den Liebesakt mit mir einbildete, und sie gemeinsam mit Marcellus den Boten des Christengottes in ihrem Schlafzimmer zu sehen glaubte?

Thessalos mochte vor dem Greif geflohen sein oder ihm nachgestellt haben. Dabei war er wohl in den Garten gelaufen, mitten hinein in den Schneesturm.

Ich war mir ziemlich sicher, dass es sich so abgespielt hatte. Doch warum hatte der Mörder Thessalos nach dem Leben getrachtet? Darauf gab es nach wie vor keine Antwort.

Ich versuchte, mich wieder auf das Verhör des Centurio zu konzentrieren. "Du warst also allein im Raum, nachdem Thessalos verschwunden war, ist das korrekt?", fragte ich ihn. "Sagen wir, eine halbe Stunde lang, bis die Morde entdeckt wurden?"

Er schien nicht zu begreifen, warum ich das wissen wollte. Doch als ich weitersprach und ihn befragte, wo und wie er den heutigen Tag zugebracht hatte, bis zu dem Zeitpunkt, als wir Thessalos′ und Philomenas Leichen gefunden hatten, da ging ihm wohl endlich ein Licht auf.

Anstatt mir Rede und Antwort zu stehen, wandte er sich erneut an Marcellus. "Stehe ich hier vor Gericht, Legat? Werde ich eines Verbrechens angeklagt, von deinem ... germanischen Freund?" Er warf mir einen abschätzigen Blick zu.

"Antworte einfach auf die Frage", befahl ihm Marcellus. "Niemand klagt dich an."

Noch nicht, fügte ich in Gedanken hinzu. Das selbstgerechte Benehmen des Centurio machte mich langsam wütend.

"Ich verbrachte heute die meiste Zeit mit meinen Männern", sagte er schließlich – an Marcellus gewandt. Ich hätte genauso gut Luft sein können. "Wir waren draußen, um zu sehen, ob wir uns einen Weg durch den Schnee bahnen könnten. Du musst nur noch den Befehl zum Aufbruch geben, Legat. Es schneit nicht mehr, und wenn wir alle zusammenarbeiten, mit den Sklaven dieses Hauses, dann sollte uns die Rückkehr ins Lager gelingen."

XXVIII.

"Was weißt du eigentlich über Severus?", wandte ich mich an den Legaten, nachdem der Centurio den Raum verlassen hatte. Der Bursche gefiel mir nicht, und das nicht bloß wegen seiner rüpelhaften Manieren und der Respektlosigkeit, die er an den Tag legte.

Marcellus dachte einen Augenblick lang nach, zuckte dann mit den Schultern und sagte: "Eigentlich ist er ein fähiger Mann. Er dient schon einige Jahre in Vindobona. Hat sich recht schnell zum Rang des Optio hochgearbeitet und wurde vor kurzem erneut befördert – zum Centurio. Seine Familie stammt aus dem Osten Pannoniens. Ehrbare Leute, soweit ich weiß. Er ist ein abergläubischer Kerl, aber das trifft ja auf die halbe Legion zu."

"Und er hat sich nie etwas zuschulden kommen lassen?", fragte ich.

Marcellus schüttelte den Kopf.

Wir setzten unser Verhör fort. Als Nächstes ließen wir Granis und Cobanix holen, doch aus den beiden Kelten war ebenso wenig Brauchbares herauszubekommen wie aus Severus.

Sie hatten nichts gesehen, nichts gehört und hatten die fraglichen Zeiten, zu denen sich die Morde ereignet hatten, jeweils gemeinsam verbracht. Was kein besonders gutes Alibi abgab, doch das schien ihnen gleichgültig zu sein. Sie empfanden es sichtlich als Beleidigung, dass man sie als Verdächtige behandelte.

Wir entließen sie kurzerhand und trugen ihnen auf, uns Morann zu schicken – wobei wir damit rechneten, dass sie gemeinsam mit der Druidin zurückkehren würden. Doch als Morann schließlich das Zimmer betrat, war ein anderer Mann an ihrer Seite: Flamma.

Die schrecklichen Ereignisse der letzten Stunden schienen die beiden noch enger zusammengeschweißt zu haben. Die Druidin und der Christ? Zwischen den beiden schien es keinerlei Probleme wegen ihrer so unterschiedlichen Kulte zu geben. Was immerhin erfreulich war, wenn auch ziemlich erstaunlich.

Flamma wirkte recht gut bei Kräften. Was auch immer in meinem Hause vor sich ging, oder sollte ich sagen: umging? – dem ehemaligen Gladiator schien es kaum etwas anhaben zu können. Er sah ein wenig müde aus, doch ansonsten schien er unbehelligt.

Morann hingegen lehnte sich an die Schulter ihres Begleiters, kaum dass die beiden Platz genommen hatten, und schien große Mühe zu haben, unseren Fragen zu folgen. Als wäre sie nicht richtig bei Sinnen, sondern wandle im Halbschlaf.

Das Verhör – in das wir Flamma gleich miteinbezogen, wenn er schon einmal hier war – gestaltete sich ebenso unbefriedigend wie schon die anderen Gespräche zuvor.

Morann gab sich ebenso blind und taub wie die beiden Keltenkrieger. Nichts gehört, nichts gesehen ... und auch im Vorfeld der Morde war ihr nichts Verdächtiges aufgefallen.

Flamma war um nichts besser. Er wiederholte zunächst, was wir bereits wussten. Er hatte die Stunden vor den ersten Morden gemeinsam mit Caecilia und Philomena im Gebetsraum zugebracht.

Den heutigen Nachmittag und den frühen Abend – also die Zeit, in der Thessalos und Philomena erdolcht worden waren – hatte er Morann Gesellschaft geleistet. Und beide hatten auch während dieser Zeit nichts Auffälliges bemerkt.

Weil sie nur Augen und Ohren für einander hatten, ging es mir durch den Kopf.

"Ich hörte keine Schreie – oder sonst irgendetwas, das auf einen Kampf hinwies", sagte Flamma.

Was vermutlich daran lag, dass kein Kampf stattgefunden hatte. Philomena war vermutlich blitzschnell überwältigt worden. An ihren Armen hatten wir keinerlei Verletzungen gefunden, die auf den Versuch, sich zu verteidigen, hingewiesen hätten. Und den Medicus hatte der Angriff wohl ebenso unvorbereitet getroffen.

Marcellus und ich blickten uns an. Vor den Verdächtigen sprachen wir das natürlich nicht offen aus, dennoch glaubte ich genau zu wissen, was in seinem Kopf vorging. Dass er das Gleiche dachte, wie ich selbst: *Was nun?*

Obwohl wir beide es bereits einmal mit einer Mordserie zu tun bekommen hatten, war keiner von uns hier in seinem Element. Marcellus mochte ein begnadeter Feldherr sein. Er war gut darin, ein mehrere tausend Mann starkes Heer zu befehligen. Und er verstand es auch, ein Legionslager wie Vindobona zu verwalten.

Ich für meinen Teil war ein erfahrener und erfolgreicher Händler - jedenfalls bildete ich mir das ein. Aber wenn es darum ging, einen heimtückischen Mörder zu überführen, so waren wir beide wahrlich nicht in unserem Element.

Konnten wir überhaupt hoffen, diese schrecklichen Bluttaten - nunmehr vier an der Zahl - aufzuklären? Hatten wir die geringste Chance gegen jene Kräfte, die hier am Werk waren?

Ich muss zugeben, dass mich zu diesem Zeitpunkt eine tiefe Hoffnungslosigkeit überfiel – gepaart mit einer bitteren Melancholie, die mir die Kehle zuschnürte.

Layla war, was die Aufklärung von Verbrechen anbelangte, ebenso unerfahren wie Marcellus und ich. Auch für sie war jene Mordserie, die Vindobona im Sommer heimgesucht hatte, das erste und einzige blutige Rätsel gewesen, mit dem sie es zu tun bekommen hatte. Doch sie schien für derartige Herausforderungen geradezu geboren zu sein. Oder jedenfalls ein besonderes Talent dafür zu besitzen. Muss ich erwähnen, dass sie es war, die Morann schließlich die richtige, die alles entscheidende Frage stellte?

"Du bist doch als Druidin auch eine Heilkundige, Morann?", begann sie. "Das heißt, du bist mit der Wirkung verschiedener Kräuter, Tränke, Salben und Pulver bestens vertraut, nicht wahr?"

Die Keltin nickte matt, schien aber nicht zu begreifen, worauf Layla mit dieser Frage hinauswollte.

"Im letzten Gespräch, das wir mit dem Medicus führen konnten, bevor er ermordet wurde, da warnte er uns vor einem Totenkopf", sagte Layla. "Und er sprach von *Kykeon*. Laut Marcellus ist Letzteres ein heiliger Zaubertrank, der bei den Mysterien von Eleusis zur Anwendung kommt. Kannst du uns vielleicht mehr darüber sagen? Könnte dieser Trank etwas mit den Morden zu tun haben? Ist dieses Kykeon giftig, wenn man eine zu hohe Dosis davon trinkt? Oder besser gesagt: verabreicht bekommt? Wir wollten Thessalos dazu befragen, sobald er wieder bei Kräften gewesen wäre ... Doch das ist ja nun nicht mehr möglich."

Die Worte brachen nur so aus ihr hervor. Als hätte Layla bereits sehnsüchtig darauf gewartet, diese Fragen stellen zu können. Jetzt wirkte sie wie ein Bluthund, der eine vielversprechende Spur verfolgte. Eine, die ihn am Ende zu dem Wild führen würde, das er gnadenlos jagte.

Mit Morann ging eine Veränderung vor. Sie saß plötzlich kerzengerade da. Alle Mattigkeit schien wie durch Zauberhand von ihr abgefallen. "Kykeon?", wiederholte sie gedehnt – als handle es sich bei diesem Wort um eine mächtige Zauberformel, die man nur mit größter Ehrfurcht aussprechen durfte. "Und Thessalos hat von einem Totenkopf gesprochen?"

Layla nickte. "Kannst du damit etwas anfangen?"

Morann blickte Flamma an. In ihren Augen lag ein Ausdruck höchster Pein. "Oh, wie blind bin ich gewesen!", rief sie unvermittelt aus. "Wie töricht! Der Fluch, die Umnachtung unserer Sinne, die uns seit Tagen quält ... Ich dachte wahrlich, dass wir diesen Gott des Paulus gegen uns aufgebracht hätten. Der ganz bestimmt kein guter Gott, sondern in Wahrheit ein böser Dämon ist. Das musst du mir glauben, Flamma!"

Der Gladiator wandte sich ab, widersprach aber nicht.

Morann fuhr wie in Trance fort: "Kykeon. Das könnte es sein! Das *muss* es sein! Dieser Trank könnte den Fluch bewirkt haben, die Visionen, die Übelkeit, einfach alles! Solch ein Gebräu vermag zu blenden und zu betören, die Sinne zu verwirren ... bis man nicht mehr unterscheiden kann, was real ist und was ein Trugbild. Bestimmt war es das, was euer Medicus euch mitteilen wollte. Ich hingegen ..."

Sie biss sich auf die Unterlippe und ballte ihre Hände zu Fäusten. "Ich Ahnungslose! Warum kam *ich* nicht zu diesem Schluss? Divicia wäre das niemals verborgen geblieben! Wenn man sie uns nur nicht auf so schändliche Weise entrissen hätte!"

XXIX.

"Sprich weiter, ich bitte dich", ereiferte sich Marcellus. "Was weißt du über dieses Kykeon?"

Morann presste die Lippen zusammen, wohl noch immer hart im Gericht mit sich selbst. Sie schien Marcellus gar nicht zu hören. "Divicia, meine geliebte Meisterin", flüsterte sie mit brüchiger Stimme.

Sie blinzelte eine Träne weg, die zwischen ihren Wimpern glänzte. Doch schließlich fasste sie sich. Sie schluckte noch einmal schwer, dann setzte sie zu einer Erklärung an: "Divicia studierte die Heilpflanzen, die Gebräue, Tränke und Zauber der verschiedensten Völker. Und einmal sprach sie zu mir über dieses Kykeon der Griechen, im Zuge der Unterweisungen, die sie mir gab. Es ist ein heiliger Trank, dem große Macht innewohnt. Es vermag uns Sterblichen die Augen zu öffnen für die Welt der Götter. In den Händen Uneingeweihter kann es aber auch eine tödliche Waffe sein. Und es ist nur ein schmaler Grat, der die göttlichen Visionen von der ewigen Verdammnis trennt. Wie es so oft der Fall ist, wenn man nach dem Höchsten strebt."

Sie blickte in Flammas dunkle Augen – der ihr die Schmähung seines Gottes längst verziehen zu haben schien und sie mit unverhohlener Bewunderung musterte.

Der Anflug eines zärtlichen Lächelns huschte über Moranns jugendliche Züge. Doch die tiefe Melancholie, die in ihrer Stimme mitschwang, vermochte es nicht zu lindern. Sie fuhr fort: "Es hängt bei solchen Zaubermitteln alles davon ab, dass man dem Rezept fehlerlos folgt und die richtige Menge zu sich nimmt. Und selbst dann kann Kykeon düstere Visionen hervorrufen, körperliche Übelkeit – ganz ähnlich unserem eigenen heiligen Trank der Weisen, den wir aus der Mistelpflanze brauen. Nach uralten und ebenso geheimen Rezepten wie die Griechen. Wenn man sich den heiligen Riten weiht, so kann man sich letztlich niemals sicher sein, ob man sich für einige Stunden zu Füßen der Unsterblichen wiederfindet. Oder ob man zu einer Reise ohne Wiederkehr aufbricht, in die Welt hinter der unsrigen. Die Welt der Toten."

Sie drückte Flammas Hand, die sie während ihres erregten Monologs in die ihre genommen hatte. Dann wandte sie den Kopf und blickte Layla, Marcellus und mir der Reihe nach in die Augen. "Ich bin mir sicher", sagte sie mit Nachdruck. "Jemand hat das heilige Kykeon entweiht und es als Waffe gegen uns eingesetzt."

"Nicht *jemand*", erwiderte Layla. "Der Mörder! So gelang es ihm also, unser aller Sinne zu verwirren, ja, uns in Angst und Schrecken zu versetzen, damit er ungestört sein blutiges Ziel verfolgen konnte."

"Dann tötete er wohl aus diesem Grund unseren Medicus?", sagte Marcellus. "Weil Thessalos erkannt hat, auf welche Weise der Mörder uns in Bann schlug. Dass er uns allesamt verhexte mit diesem Zaubertrank!"

"Und Paulus? Er starb an einer tödlichen Dosis dieses Kykeons, nicht wahr?", warf ich ein. "Dem Medicus wäre das nicht verborgen geblieben, wenn er den Leichnam eingehend untersucht hätte."

"Bestimmt nicht", brummte Marcellus.

Layla machte ein skeptisches Gesicht, sagte aber nichts. Ich vermochte nicht zu erraten, was in ihrem Kopf vorging.

"Die Rezeptur des Kykeons ist mir nicht bekannt", ergriff Morann erneut das Wort. "Wie gesagt, die Adepten von Eleusis halten sie streng geheim. Wenn ein Eingeweihter etwas verrät, so kann er mit dem Tode bestraft werden. Das erzählte Divicia mir. Sie aber glaubte, durch ihre Studien und Experimente und ihre große Erfahrung mit den Heil- und Zaubermitteln aller Völker die beiden Hauptzutaten entdeckt zu haben."

"Im Ernst?", fragte Marcellus.

Morann nickte. "Die Worte deines Medicus bestätigen es – zumindest teilweise. Hör mich an. Dazu komme ich gleich."

"Ja, ja. Nur zu", sagte Marcellus rasch.

Es tat wohl, im Blick meines Freundes endlich einen Funken Hoffnung ausmachen zu können. Ich teilte sein Empfinden. Wir waren auf dem richtigen Weg, dessen war ich mir sicher. Dank Moranns Ausführungen waren wir dem Mörder, dieser blutrünstigen Bestie, ein Stück näher gekommen.

Die Druidin verlor keine Zeit. "Divicia war sich ganz sicher, dass man den Kykeon-Trank mit Hilfe von Opium braut", verkündete sie. "Jenem Rauschmittel, das man aus dem Saft der Schlafmohnpflanze gewinnen kann. Die wichtigste Zutat aber ist der *Totenkopf*. Davon sprach doch auch Thessalos, nicht wahr? Mein Volk nennt diese Pflanze Brandkorn, und sie hat noch viele andere Namen. Es ist ein dämonischer schwarzer Pilz, der Getreide befällt. Er besitzt viel größere Macht als das Opium. Tödliche Macht, wenn man nicht damit umzugehen weiß."

Namenloses Grauen erfasste mich bei den Worten der Druidin. Mit dem Ärmel meiner Tunika wischte ich mir den kalten Schweiß aus dem Nacken.

Doch dann kam mir eine Idee. "Was, wenn Paulus nur durch ein Unglück zu viel von diesem Kykeon einnahm?", fragte ich meine Freunde. "Wer auch immer uns mit diesem dämonischen Gebräu verhexte, er muss es in Speise oder Trank gemischt haben. Da konnte er doch unmöglich vorhersehen, wer von uns wieviel davon zu sich nehmen würde! Vielleicht wollte er Paulus also gar nicht töten?"

"Paulus aß doch kaum etwas", sagte Marcellus. "Jedenfalls, soweit ich das mitbekommen habe. Er praktizierte ja neuerdings Mäßigung bei allen Freuden des Lebens."

"Das ist wahr", sagte ich.

"Mir will aber nicht in den Kopf, was die Absicht dieses Giftmischers war", fügte Marcellus hinzu. "Was trieb ihn dazu, unser aller Leben aufs Spiel zu setzen, mit diesem Totenkopf-Gift? Das ist doch Wahnsinn!"

"Außerdem wurde Divicia erdolcht", ergänzte Layla. "Ebenso wie nun Philomena und der Medicus. Was immer die ursprüngliche Absicht des Verbrechers gewesen sein mag – er wurde zum Mörder. Und das schon sehr bald. Wenn der Fluch, der uns betäubte und verwirrte, auf dieses Kykeon zurückgeht, so bekamen wir es erstmals gestern Abend verabreicht, nicht wahr? Zu diesem Zeitpunkt nahmen die Verwirrung, die Übelkeit, die Visionen ihren Anfang ... All das, was wir für eine Strafe der Götter hielten."

Der Mörder hatte uns außerdem auf hinterhältige Weise getäuscht, rief ich mir in Erinnerung. Was den Tod des Apostels anbelangte. Er hatte uns glauben gemacht, Paulus wäre ebenfalls erdolcht worden. Wie Divicia, deren Leiche man neben der seinen gefunden hatte.

Selbst mit unserem neuen Wissen über den tödlichen Zaubertrank verstand ich nicht einmal im Ansatz, was den Mörder antrieb. Brachten uns Moranns Erkenntnisse doch nicht den Durchbruch, den ich mir erhofft hatte?

"Seit gestern Abend müssen wir mehrfach dieses Gift gegessen oder getrunken haben", sagte ich zu Layla. "Denn heute setzte der Fluch sich fort. Nicht einmal jetzt fühle ich mich kräftig und bei guter Gesundheit." *Oder bei klarem Verstand,* fügte ich in Gedanken hinzu.

"Das kannst du laut sagen", knurrte Marcellus.

Im nächsten Augenblick traf mich eine neue Erkenntnis. Reflexartig schlug ich mir an die Stirn. "Das ist es!", rief ich. "Jetzt verstehe ich, warum meine Sklaven so gänzlich unbeeinträchtigt von dem Fluch wirkten! Sie essen und trinken nicht mit uns gemeinsam, und bekamen daher nichts ab vom Gift des Mörders."

"Fürwahr", sagte Marcellus, und Morann nickte ebenfalls. "Jetzt wissen wir aber wenigstens, womit wir es zu tun haben", sagte sie." Und wir können Maßnahmen ergreifen."

"Darauf kannst du dich verlassen", erwiderte ich. Nein, ich schwor es ihr feierlich. Ich legte all meine Wut in meine Worte, all meinen Hass auf diesen Mörder, der sich noch immer vor uns verbarg. Diese Bestie, die uns so übel mitgespielt hatte. "Ich werde mich sogleich darum kümmern, dass ab sofort alles, was man uns serviert, strengstens überwacht wird. Jeder Becher, jeder Teller! Schluss mit unsäglichen Giften, die uns die Sinne rauben!"

Marcellus starrte in den Weinbecher, den er schon fast zur Gänze geleert hatte. Angewidert schob er ihn von sich. "Ich denke, ich werde mich auf nichts als Wasser beschränken", sagte er. "Direkt aus dem Brunnen geschöpft. Bis wir diesen Meuchelmörder zur Strecke gebracht haben!"

In meinem Haus pflegten wir den römischen Brauch, unseren Durst mit Wein zu stillen – der stark mit Wasser verdünnt wurde. Auch in den Gästezimmern standen stets gut gefüllte Amphoren bereit. Sich in einem unbeobachteten Moment daran zu schaffen zu machen, war ein Leichtes.

"Eines jedoch verstehe ich nicht", meldete Layla sich zu Wort. "Der Bote Gottes, der zu dir sprach, Marcellus ... gestern Nacht in deinem Gemach. Er kann keine Sinnestäuschung gewesen sein, denn wir sahen ihn doch alle beide, nicht wahr? Und ich hörte die gleichen Worte wie du. Wie ist das möglich?"

Sie wiederholte die göttliche Botschaft nicht im Beisein von Morann und Flamma, doch ich hatte sie noch gut im

Gedächtnis. Marcellus sollte ein Auserwählter des Christengottes sein ...

"Das war keine Einbildung!", rief Marcellus, bevor ich etwas sagen konnte. "Dieser Bote stand so leibhaftig vor mir wie ... wie ihr alle jetzt!" Er machte eine ausladende Handbewegung, die jeden von uns einschloss. "Das schwöre ich euch, bei meinem Leben!"

"Du solltest lieber nicht auf dein Leben schwören, Marcellus", wandte ich voller Bitterkeit ein, "denn in meinem Hause scheint ein Leben nicht mehr viel wert zu sein."

Er tat meine Worte mit einer unwirschen Geste ab.

"Bedenke, was ich dir über den Kykeon-Trank erzählt habe – unter dessen Einfluss du standest, Legat. Nein, noch stehst", sagte Morann. "Es ist ein heiliger Trank, der normalerweise genau diesem Zwecke dient: unsere sterblichen Sinne zu öffnen für die Welt der Götter. Wen wundert es also, wenn dir ein Götterbote begegnet ist und zu dir sprach?"

Sie verstummte einen Augenblick, schien jedoch noch etwas anderes auf dem Herzen zu haben. Offensichtlich überlegte sie, wie sie es am besten formulieren sollte.

Schließlich sagte sie: "Ich an deiner Stelle wäre vorsichtig, Legat. Es mag dir ehrenvoll erscheinen, göttliche Botschaften zu empfangen. Und natürlich wird es niemanden verwundern, dass ein Gott sich einen Mann wie dich erwählt."

Sie senkte ehrerbietig den Kopf. "Dennoch will ich dich warnen. Dieser Gott der Christen ist nicht, wer er vorgibt zu sein. Er ist uns Menschen ganz bestimmt nicht wohlgesonnen. An dieser Überzeugung halte ich fest. Vielleicht war er es ja, der einem seiner Adepten das geheime Rezept des Kykeons eingab – und die abscheuliche Idee, uns alle damit zu vergiften."

XXX.

Kykeon. Dieses todbringende Rauschmittel sollte also der Schlüssel zu dem grässlichen Fluch sein, der auf meinem Haus lastete. Es hatte uns Dinge sehen lassen, die nicht existierten. Unsere geheimsten Träume, aber auch unsere größten Ängste waren vor unseren Augen Wirklichkeit geworden. Und womöglich hatte eine übergroße Dosis dieses Giftes Paulus das Leben gekostet.

Natürlich war es besser, es mit einem Mörder aufzunehmen, der das Geheimnis eines solchen Tranks kannte, als sich gegen einen Fluch der ewigen Götter zur Wehr setzen zu müssen. Dennoch war mir nach dem Gespräch mit Morann, als habe sich Wodan persönlich, Gott des Krieges und des Todes, als unser Feind entpuppt. Wie gelähmt saß ich da, nachdem die Druidin – und Flamma – den Raum verlassen hatten.

Laylas Augen waren geweitet, doch ob aus Angst oder vor hoffnungsvoller Erregung, weil wir endlich einen Schritt weitergekommen waren, vermochte ich nicht zu sagen. "Was denkst du, Thanar? Wer von deinen Gästen könnte Kenntnis haben von diesem Kykeon-Trank?", fragte sie.

"Divicia natürlich", erwiderte ich, "aber die starb, kurz nachdem wir erstmalig dem Rausch verfielen. Sie könnte uns anfangs vergiftet haben, doch dann würde die Wirkung nicht immer noch anhalten, nicht wahr?"

"Morann scheint auch recht gut Bescheid zu wissen", sagte Marcellus, "auch wenn sie schwören mag, die Rezeptur nicht zu kennen. Sie war immerhin Divicias liebste Schülerin."

"Sie hätte uns doch aber nicht von diesem Trank erzählt, wenn sie selbst ihn gegen uns eingesetzt hätte, oder?", wandte ich ein.

"Das könnte eine Finte sein", sagte Marcellus. "Diese Zauberinnen, Kräuterweiber, Giftmischerinnen ... sie sind schlau. Und hinterhältig."

"Die Druidinnen setzen ihre Kräfte zum Wohle der Menschen ein", protestiere Layla. "Davon sprach Divicia mehrmals zu mir, als sie noch unter uns weilte. Sie heilen anstatt zu schaden."

"Das dachte ich auch", brummte Marcellus. "Wenigstens von Divicia. Aber ihre Schülerin ... kennen wir diese Frau wirklich? Vielleicht ist es Moranns sehnlichster Wunsch, selbst zur Oberpriesterin ihres Volkes aufzusteigen. Vielleicht musste Divicia deswegen sterben? Und der Christ war nur ein zufälliges Opfer ihres dämonischen Zaubertranks?"

Layla antwortete nicht. Sie schien plötzlich in eine dunkle Grübelei versunken.

"Was ist?", fragte Marcellus irritiert.

Sie hob den Kopf. Ihre Augen hatten sich zu schmalen Schlitzen verengt, die wie zwei Kohlestücke glänzten. "Mir ist gerade etwas eingefallen", sagte sie mit seltsam veränderter Stimme. "Aber bestimmt hat es nichts zu bedeuten."

"So sprich doch", sagte Marcellus.

"Die Frau des Severus, deines Centurios ... Ich habe mich gerade daran erinnert, dass ich sie kenne. Nicht besonders gut, ich bin ihr höchstens zwei oder drei Mal begegnet. Einmal im Amphitheater, ein zweites Mal in der Therme der Zivilstadt ..."

"Ja und?", fragte Marcellus.

"Sie ist eine Hebamme, mein Legat. Eine Heilkundige, die sich mit Kräutern und Tränken auskennt, mit Zaubern, die Schmerzen und Krämpfe lindern. Aber auch mit jener Art von Giften, die es einer Frau erlauben, eine unerwünschte Leibesfrucht ins Totenreich zu befördern!"

"Was willst du damit sagen?", brauste Marcellus auf. "Dass Severus sich dieses Wissens bedient haben könnte, um diesen Todestrank zu brauen? Und dass er diesen wahl- und skrupellos gegen uns alle eingesetzt hat? Mich eingeschlossen, seinen Legaten?"

Er stockte. In seinem jäh aufgeflammten Zorn schien er nicht die rechten Worte zu finden, um seinen Centurio gegen die Anschuldigungen zu verteidigen. Oder war er am Ende nicht mehr ganz so überzeugt von der Unschuld dieses Mannes?

"Ich sagte doch, dass es bestimmt nichts zu bedeuten hat", versuchte Layla ihn zu besänftigen. "Das mit seiner Gattin fiel mir nur gerade ein."

Marcellus wollte etwas erwidern, doch ich hob meine Hand. "Warte", rief ich, dann schwieg und lauschte ich. Ich hatte ein Geräusch vernommen, draußen auf dem Flur. Schritte, die sich rasch entfernten.

Ich eilte zur Tür, riss sie auf. Am Ende des Ganges tauchte einer meiner Sklaven auf. Er war nicht im Begriff, zu verschwinden, sondern er kam auf mich zu. Außerdem lief er barfuß. Es konnten nicht seine Schritte gewesen sein, die ich vernommen hatte.

Der Bursche war mit mehreren Amphoren beladen. Anscheinend war er gerade im Begriff, mich und meine Gäste mit neuem Wein zu versorgen. Womit er uns – unwissend, aber deswegen nicht minder wirksam – aufs Neue berauschen würde und unser aller Leben in Gefahr brachte. Jede dieser Amphoren konnte eine neue Dosis Kykeon enthalten.

"Hast du jemanden gesehen? Hier vor der Tür?", fragte ich ihn unwirsch.

Er zuckte erschrocken zusammen, ließ beinahe eine der Amphoren fallen.

Ich hielte inne und mäßigte meinen Tonfall. Den armen Burschen traf keinerlei Schuld – weder an der Tatsache, dass ich einen Giftmischer unter meinem Dach beherbergte, noch daran, dass womöglich jemand an der Tür gelauscht hatte.

Ich erklärte dem Mann, dass ich Schritte vernommen hatte und dass es wohl nur seiner Ankunft zu verdanken war, dass der Lauscher sich aus dem Staub gemacht hatte.

"Es tut mir leid, Herr. Ich habe niemand gesehen", beteuerte er. Wobei er den Kopf senkte, als habe er sich einer schweren Verfehlung schuldig gemacht. "Soll eine Wache postiert werden, Herr?"

"Nein. Schon gut. Vielleicht war es ja bloß irgendeine neugierige Seele." Schon unter normalen Umständen ertappte ich immer wieder einmal einen meiner Diener oder Knechte mit seinem Ohr an einer Tür. Was ich eher leicht nahm und niemals bestrafte. Hausgesinde war nun einmal neugierig, liebte es zu spionieren. Das war schon immer so gewesen.

Ich entließ den Burschen also, nicht jedoch, bevor ich ihm neue Anweisungen betreffend die Versorgung meiner Gäste erteilt hatte. "Ab jetzt nur noch Wasser, frisch aus dem Brunnen geschöpft", trug ich ihm auf. "Und sag den anderen ebenfalls Bescheid. Außerdem sollen Wachposten am Brunnen postiert werden, bei den Vorratskammern und vor der Küche!"

Der Bursche sah alarmiert drein, schwor mir aber, dass er sich sogleich um alles kümmern werde. Damit huschte er davon.

"Wir wurden belauscht?", fragte Marcellus, als ich in den Raum zurückkehrte.

"Ich fürchte, ja. Auch wenn ich nicht zu sagen vermag, wie lange schon."

"Nun, wenn es dieser Meuchelmörder war, so soll er ruhig Bescheid wissen, dass er ab nun kein so leichtes Spiel mehr mit uns haben wird", sagte er grimmig.

Ich nickte wortlos. Ich kann nicht behaupten, dass ich Marcellus´ Optimismus teilte. "Es ist spät geworden", sagte ich matt.

"Du hast Recht, Freund. Machen wir morgen weiter", schlug Marcellus vor. "Wenn die Wirkung dieses verderbten Trankes abgeebbt ist, der einem Mann den Willen und die Sinne raubt. Wie abscheulich. Nur ein Feigling führt so einen Kampf!"

Er schlug mit der flachen Hand auf den Tisch. "Wenn ich diesen Mörder in die Finger kriege, wird er sich wünschen, von den Bestien in der Arena zerrissen zu werden. Aber diese Gnade wird er nicht erfahren!"

Er sprang auf, griff nach Laylas Hand und zog sie mit sich. "Legen wir uns schlafen, Thanar. Mit nichts als Brunnenwasser zum Nachttrunk sollten wir morgen früh wieder wir selbst sein. Und dann ..." Er ließ die Drohung gegen den Unbekannten, der uns so übel mitgespielt hatte, unvollendet im Raum stehen.

Er legte seinen Arm um Layla, stützte sich aber gleichzeitig schwer auf ihre zarten Schultern. Zwei Nächte unter dem Einfluss des widerwärtigen Rauschmittels, mit dem wir alle vergiftet worden waren, forderten ihren Tribut. Marcellus´ Kampfgeist mochte ungebrochen sein, aber er verließ den Raum mit den Schritten eines müden alten Mannes.

Layla drehte sich an der Schwelle noch einmal zu mir um. Unsere Blicke begegneten sich, aber es war unmöglich zu deuten, was in ihrem Kopf vorging. Sehnte sie sich danach, die Nacht in *meinen* Armen zu verbringen – wie es ihr der Rauschtrank des Mörders letzte Nacht vorgegaukelt hatte? Bereute sie es schon, dass sie Marcellus zu ihrem Geliebten gemacht hatte? Meine schwarze Sphinx, sie war so undurchsichtig, so geheimnisvoll. Sie betörte mich wie eine Zauberin, verwirrte meine Sinne nicht weniger als jener tückische Trank des Mörders.

Ich begleitete die beiden noch bis zu dem Zimmer, das ich Marcellus als Schlafgemach überlassen hatte. Er wünschte mir mit knappen Worten gute Nacht, dann verschwand er gemeinsam mit Layla. Die Tür fiel geräuschvoll hinter ihnen zu, und ich blieb allein auf dem Flur zurück. Allein und plötzlich sehr einsam.

Marcellus hatte es unterlassen, seine Männer zu sich zu rufen und sie für die Nachtwache einzuteilen. Baute er darauf, dass Severus sich darum kümmern würde? Oder traf das Gegenteil zu? Vertraute er nicht einmal mehr seinen eigenen Soldaten und gab daher keinen Deut auf ihren nächtlichen Wachdienst?

Ich fragte ihn nicht danach. Ich kehrte in mein eigenes Zimmer zurück und warf mich erschöpft auf meine Liege.

XXXI.

Ich wälzte mich schlaflos – aber dennoch von Alpträumen verfolgt – auf meinem Nachtlager. Die Schreckensbilder der letzten Tage zogen hinter meinen geschlossenen Augenlidern vorbei. Ein Leichnam nach dem anderen. Ich sah so viel Blut, dass ich dachte, darin ertrinken zu müssen. Ja, mir war sogar, als schmeckte ich es auf meinen eigenen Lippen.

Ich weiß nicht, wie viele Stunden ich so dagelegen hatte, als plötzlich ein neuer Sturm ums Haus zu heulen schien, lauter und furchteinflößender als alle Witterung der letzten Tage.

Schweißnass fuhr ich von meinem Lager auf. Das Heulen drang mir bis ins Knochenmark, und es schwoll noch an. Das war kein Sturm, nein, das war der schreckliche Ruf der Wölfe!

Fantasierte ich erneut? Mein wild schlagendes Herz raunte mir zu, dass jetzt das Ende gekommen war. Die Apokalypse, der endgültige Untergang.

War das wieder eine jener Visionen, ein Produkt des dämonischen Tranks, mit dem der Mörder uns vergiftet hatte?

Ich hatte meinen Durst vor dem Einschlafen mit nichts als Brunnenwasser gestillt, das meine braven Diener auftragsgemäß herbeigeschafft hatten. Das Heulen jedoch wollte nicht verstummen, es klang jetzt sogar, als dränge es aus dem Inneren meines Hauses an mein Ohr. Als hätten sich die hungrigen Bestien in meinem Atrium zusammengerottet, um sich am warmen Fleisch unserer Körper gütlich zu tun.

Es folgte ein spitzer Schrei. Der Schrei einer Frau. Ich glaubte die Stimme zu erkennen – nein, ich wusste, dass sie es war. Layla! Mit einem Mal war ich vollkommen wach.

Ich warf mir ein Gewand über den Kopf, kämpfte einen Moment lang damit, bis ich die Armöffnungen gefunden hatte, dann stürmte ich auf den Flur hinaus. Ich lief in Laylas altes Zimmer, direkt neben dem meinen gelegen. Erst als ich ihr Bett leer vorfand, erinnerte ich mich, dass Marcellus sie in sein Schlafgemach mitgenommen hatte.

Hastend durchquerte ich die dunklen Gänge meines Hauses. Nirgends traf ich auf einen Sklaven, der mir rasch eine Lampe oder Fackel hätte herbeischaffen können. Hatten sie sich alle verkrochen, diese ängstlichen, abergläubischen Burschen? Und das, obwohl ich ihnen erst am Nachmittag eingeschärft hatte, nachts mehr Wachen einzuteilen! Kein Wunder, dass der Mörder in meinem Haus tun und lassen konnte, was er wollte.

Das Heulen der Wölfe verhallte, nur um gleich darauf durch ein schreckliches Jaulen ersetzt zu werden. Außerdem war mir plötzlich, als könne ich die Klänge einer Leier vernehmen. Eine zarte, kaum hörbare Musik.

Verdammt nochmal, ich war noch immer nicht Herr meiner Sinne! Ich hastete weiter, erreichte die Tür des

Zimmers, in dem ich Marcellus und Layla wusste. Sie stand offen, ich stolperte hinein, rief nach den beiden … und kam abrupt zum Stehen, als ich beinahe mit einem Wolf zusammenstieß. Einem erbärmlich winselnden Wolf, der in wilder Panik vor etwas floh.

Er kam jedoch nicht weit, brach zusammen, kaum dass er an mir vorbeigehetzt war. Ein letztes Aufjaulen noch, dann lag das dunkle Fellbündel tot auf dem Fußboden.

Ich konnte nichts Genaues erkennen, im Zimmer brannte kein Licht. Nur durch das Fenster drang das diffuse Licht des Mondes und der Sterne, widergespiegelt durch das endlose Weiß der Schneemassen, die mein Haus eingeschlossen hatten.

Ich erkannte Marcellus auf einer der Liegen. Schützend hatte er sich vor Layla geworfen, unbewaffnet, doch scheinbar entschlossen, sie mit seinen nackten Fäusten zu verteidigen.

Doch da war noch jemand im Raum. Ich meinte die Umrisse einer Gestalt vor mir zu sehen, kaum größer als der durchschnittliche Mensch. Sie schien in ein weißes Gewand gehüllt und führte ein Schwert in ihren Händen. Damit hieb sie nach den verbliebenen Wölfen.

Drei an der Zahl konnte ich noch ausmachen, und sie wichen aufheulend zurück. Der dritte oder vierte Hieb der Gestalt streckte ein weiteres der Tiere nieder. Und gleich darauf schlug noch ein pelziger Körper zu meinen Füßen auf. Das Tier keuchte im Todeskampf, dann lag es still.

Ich vernahm noch immer die Musik. Sie schien durch die Wände zu kommen. Eine wunderschöne Melodie, wie

Musik der Götter. War es tatsächlich der Klang einer Leier? Oder bloß ein weiterer trügerischer Zauber, der meine Sinne narrte?

Die Gestalt streckte einen weiteren Wolf nieder. Den letzten, wenn ich richtig gezählt hatte. Das Jaulen jedenfalls verstummte, die Musik jedoch hielt an.

Gleich darauf sprach plötzlich eine Stimme zu uns, hallend wie eine silberne Trompete. "Höre, Marcellus! Du bist auserwählt unter den Menschen. Meine Engel wachen über dich. Lass ab von deinen falschen Idolen und folge mir nach im wahren Glauben! Dann vermögen weder Klinge noch Klaue dir etwas anzuhaben. Noch nicht einmal die dunklen Schwingen des Todes. So wahr ich der höchste, der einzige Gott bin."

XXXII.

Unvermittelte Stille legte sich über den Raum. Der Fußboden war von pelzigen Körpern übersät – den Leichnamen der niedergemetzelten Wölfe. Von der Gestalt hingegen, die die Bestien mit seinem Schwert abgewehrt hatte, fehlte jede Spur. Die göttliche Musik und die Stimme, die zu Marcellus gesprochen hatte, waren gleichermaßen verstummt.

Ich erwartete, dass sich Sklaven und Gäste in der Tür drängen würden. Sie mussten den Aufruhr doch wohl gehört haben? Doch keine Menschenseele ließ sich blicken. Anscheinend brachte niemand mehr den Mut auf, in meinem so offensichtlich verfluchten Haus nach dem Rechten zu sehen.

Ich lief aus dem Raum, den Flur entlang, bis ich in die Küche gelangte, wo rund um die Uhr ein Feuer brannte. Der Sklave, der es zu bewachen hatte, kauerte wie ein verschrecktes Kind unter einem Holzschemel und kroch erst hervor, nachdem ich ihm dreimal versichert hatte, kein Dämon zu sein. Ich verkniff mir Schelte oder Tadel und entzündete schnell selbst mehrere Lampen. Damit ausgerüstet kehrte ich zu meinen Freunden zurück.

Marcellus saß aufrecht und steif auf dem Bett. Sein Blick

haftete entrückt an der Zimmerdecke, als erwarte er jeden Moment eine göttliche Erscheinung, die zu ihm herabstieg.

Layla kauerte neben ihm. Sie hatte die Beine an die Brust gezogen, und die Arme fest um die Knie geschlungen. Die blutgierigen Wölfe, dieser böse Alptraum, der keiner gewesen war – das hatte wohl selbst ihren Mut gebrochen.

Ich konnte es ihr nicht verdenken. Ich selbst fühlte mich, als fräße sich ein riesenhafter Wurm durch meine Eingeweide. Ich erwartete jeden Moment, die Mauern meines Hauses einstürzen zu sehen. Und dass die Heerscharen des Christengottes in feurigen Wagen vom Himmel herabstürmten.

Im Schein der Lampen sah ich bloß bestätigt, was ich bereits wusste. Ich hatte mir den Angriff des Wolfsrudels nicht eingebildet. Diesmal hatten mich meine Sinne nicht getäuscht. Vier leblose Kadaver lagen innerhalb sich rasch ausbreitender Blutlachen auf dem Fußboden. Der Gestank ihrer nassen Felle und ihres Blutes stieg mir in die Nase und würgte mich.

Da endlich kam Leben in mein Haus. Flamma war der erste, der den Weg zu uns fand. Er tauchte im Türrahmen auf – mit Morann an seiner Seite.

Beim Anblick der Bestien entfuhr der Druidin ein entsetztes Stöhnen. Sie wirbelte herum, und vergrub ihr Gesicht an Flammas Brust.

Im nächsten Moment erblickte ich die hochgewachsenen Keltenkrieger, und dahinter Caecilia. Gefolgt von Severus und dessen Männern. Mit einem Mal drängten sie sich alle in der Tür des Gemachs.

Die beiden Legionäre blickten drein, als habe Severus sie nur unter Androhung der Todesstrafe aus ihrem Quartier treiben können. Der Centurio selbst stand unsicher auf seinen Beinen und blickte sich verwirrt um. Er hielt sich mit einer Hand den Kopf, und ich stellte fest, dass er verletzt war. Seine Arme waren übersät von hässlichen Einschnitten. Nach all dem Blut jedoch, das mein Haus in den letzten Tagen überschwemmt hatte, ließen mich diese Wunden seltsam kalt. Ich begriff erst nicht, was sie wohl zu bedeuten hatten.

Die Legionäre starrten auf die toten Wölfe, dann zu Marcellus hinüber, Befehle erwartend. Eine Erklärung für das Unerklärliche.

Doch der Legat war noch immer vom Anblick der aufgeschlitzten Bestien gebannt. Langsam erhob er sich von seiner Bettstatt und kniete neben dem größten der Wölfe nieder. Er besah sich die gebrochenen Augen des Tiers, betastete die erschlafften Kiefer, die mit messerscharfen Zähnen bewehrt waren.

Als er sich wieder erhob, blickte er sich nach Layla um. Dann wandte er sich mit feierlicher Stimme an die versammelte Menge: "Der Gott der Christen hat unser beider Leben gerettet", verkündete er.

Für meine Ohren ähnelten seine Worte auf unheimliche Weise jenen des ermordeten Apostels. Er sprach salbungsvoll und ehrfürchtig.

Ich schlug einen Bogen um Marcellus und die Wölfe, die die Mitte des Raumes vereinnahmten, und eilte zu Layla hinüber. Anscheinend hatte sie sich gefasst. Sie legte sich gerade ihr Wolltuch um die Schultern und kletterte aus dem Bett.

Ich atmete erleichtert auf, als ich sah, dass sie unverletzt war.

"Hast du sie auch gehört, Thanar?", fragte sie mich. "Die Stimme, die zu uns sprach?"

Ich nickte – und widerstand nur schwerlich dem Impuls, sie in meine Arme zu ziehen, wo sie Trost und Wärme gefunden hätte.

"Und unseren Retter hast du auch gesehen? Den Kämpfer, der die Wölfe abschlachtete?"

Wieder bejahte ich. Ich hatte die Umrisse einer menschenähnlichen Gestalt erkannt und eine Klinge blitzen sehen, im silbernen Licht des Mondes. Dessen war ich mir sicher. Der Retter war ebenso wenig ein Trugbild gewesen wie die Wölfe.

Keiner der Anwesenden sagte ein Wort. Morann schmiegte sich noch enger an Flamma. Doch selbst er – der ruhmreiche Gladiator, der dem Tod so oft ins Auge geblickt hatte – wirkte kleiner und schmächtiger als sonst, im flackernden Schein der Lampen.

Dann endlich drängte sich die Frage in meinen Kopf, die ich mir, wäre ich bei klarem Verstand gewesen, schon viel früher gestellt hätte: Wie um alles in der Welt waren die Bestien in mein Haus eingedrungen? Hatte ein böser Dämon sie herbeigezaubert? Sie konnten doch nicht einfach auf ihren haarigen Pfoten mitten durch mein Atrium marschiert sein? Das war schlicht unmöglich. Meine Türen waren aus bestem Eichenholz. Mit Eisen beschlagen. Und um das Schlafzimmer meiner Freunde zu erreichen, musste man erst den vorderen Teil des Hauses durchqueren. Vorbei an den Sklaven, die unweit des Haupttors schliefen. Obwohl man nach den Ereignissen der letzten Nächte wohl nicht mehr auf deren Mut und Wachsamkeit zählen konnte. Bestimmt hatten sie sich vor Angst verkrochen wie jener Bursche in der Küche. Sich in einem der Räume zusammengerottet und die Köpfe eingezogen, als sie das Wolfsgeheul vernommen hatten. Oder der Mörder hatte einen Weg gefunden, mein Gesinde nun ebenfalls zu verhexen. Mit seinem Rauschtrank – oder auf noch dämonischere Weise?

Severus löste sich von der Wand, an der er sich abgestützt hatte, und humpelte auf Marcellus zu. Noch immer hielt er sich den Kopf, als litte er große Schmerzen. Ich betrachtete mir die Wunden an seinen Armen näher.

Als wäre er gebissen worden, ging es mir durch den Kopf. Von Bestien mit scharfen Zähnen. Bestien, wie sie tot zu unseren Füßen lagen. Warum war mir das nicht schon eher aufgefallen?

"Was ist dir zugestoßen?", fragte Marcellus, der auch eben erst den angeschlagenen Zustand seines Centurios zu bemerken schien. Er blickte Severus zwar an, doch seine Gedanken weilten eindeutig anderswo. Noch bei jener himmlischen Erscheinung, die soeben sein Leben gerettet hatte? Und bei der Stimme, die ihm erneut verkündet hatte, dass er auserwählt war?

Das Erlebnis schien einen tiefen Eindruck auf meinen Freund gemacht zu haben. Marcellus war ein ehrgeiziger Mann, Eitelkeit seine Achillesferse. Dass der Gott der Christen ihn auserwählt haben sollte, erfüllte ihn mit

Stolz. Fast hatte man den Eindruck, er sonnte sich im Glanz dieser neuen Herrlichkeit.

Severus jedoch holte ihn auf den Boden der Tatsachen zurück. "Ich wurde überfallen, Legat", rief er anklagend. "Jemand schlich sich in mein Zimmer und schlug mir halb den Schädel ein." Wie zum Beweis nahm er die Hand von seiner Schläfe und zeigte uns die hässliche Platzwunde, die dort klaffte.

"Niedergeschlagen, sagst du? Haben nicht eher die Wölfe dich angefallen?", fragte ich scharf. Dabei deutete ich auf die Wunden, die seine Arme übersäten. Von einer Keule rührten die bestimmt nicht her.

Severus schüttelte unwillig den Kopf. "Ich hörte die Viecher heulen", sagte er. "Sie haben mich aus dem Schlaf gerissen. Doch gerade, als ich zu mir kam und aus dem Bett springen wollte, da zog mir jemand eins über. Ich verlor das Bewusstsein. Das war kein Wolf, ganz sicher nicht!"

"Konntest du ihn denn erkennen, deinen Angreifer?", fragte Marcellus.

Der Centurio schüttelte den Kopf – und presste im nächsten Augenblick erneut die Hände gegen die Schläfen. Er stöhnte und stieß einen Fluch aus.

Ich schickte einen Sklaven los, warmes Wasser und saubere Tücher zu beschaffen. Die Wunden des Centurio waren nicht lebensbedrohend, aber sie mussten dennoch versorgt werden.

XXXIII.

Ich ließ den Tumult hinter mir. Marcellus würde sich um Severus kümmern. Und die toten Wölfe konnten keinen Schaden mehr anrichten.

Ich musste wissen, wie die Bestien in mein Haus gelangt waren. Denn da, wo sie herkamen, aus den zu Eis gefrorenen Wäldern, lauerten noch weit mehr von ihnen.

Ich trommelte meine Dienerschar zusammen, ließ sie Fackeln entzünden und schickte sie los, Türen, Fenster und Mauern meines Hauses zu kontrollieren. Ich selbst schnappte mir zwei Burschen und nahm den direkten Weg in Richtung Haupttor.

Bereits im Atrium stieß ich auf die Spur der Bestien. Ihre Pfoten hatten nasse Flecken hinterlassen – doch da war noch mehr. Da wo die Wölfe entlanggelaufen waren, zog sich auch eine deutliche Blutspur hin. War eines der Tiere verletzt gewesen, schon bevor sie in mein Haus eingedrungen waren?

Das kam mir seltsam vor. Ein verwundeter Wolf schleppte sich doch nicht mit seinem Rudel auf die Jagd. Er wäre nichts als eine Last für die anderen Bestien seines Klans. Und damit eine Gefahr für ihr Überleben. Nein, so verhielt sich kein Tier. Schon gar kein Wolf.

Als ich das Haupttor erreichte, fand ich es verschlossen vor. Der schwere Riegel, der es zusätzlich von innen sicherte, war allerdings zur Seite geschoben worden. Was zu dieser Stunde nicht hätte sein dürfen – aber dafür konnte man wohl kaum einen Wolf verantwortlich machen.

Der Boden war auch hier mit Wasser und Blut verschmiert, und der Gestank von nassem Wolfspelz hing in der Luft. Ich konnte förmlich vor mir sehen, wie die Bestien hier hereingelaufen waren. Auf der Suche nach Beute? Oder was hatte sie in mein Haus gelockt?

Die Frage blieb, wie sie eingedrungen waren. Ich hatte erwartet, eines der Tore meines Hauses aufgebrochen oder auf andere Weise beschädigt vorzufinden. Eingedrückt von den Schneemassen womöglich, obwohl mir das kaum vorstellbar schien.

Keiner der Sklaven jedoch, die ich ausgesandt hatte, um nach dem Rechten zu sehen, kehrte mit einer diesbezüglichen Meldung zu mir zurück. Woraus ich schloss, dass keiner von ihnen einen Einbruch bemerkt hatte.

"Jemand muss die Wölfe ins Haus gelassen haben", sagte eine vertraute Stimme in meinem Rücken.

Layla.

Sie war mir wohl gefolgt, ohne dass ich es mitbekommen hatte. Ihre Angst schien überwunden, sie trat neben mich hin und besah sich den besudelten Fußboden. "Wolfspfoten, nicht wahr?", sagte sie.

Sie bückte sich und hob ohne Abscheu einen kleinen Klumpen auf, der nach geronnenem Blut aussah. Bei näherer Betrachtung entpuppte er sich jedoch als Rest eines

Fleischstückes, das von scharfen Zähnen in Fetzen gerissen worden war.

"Jemand hat die Tiere angelockt", sagte Layla. "Der Geruch von frischem Fleisch war es, der sie in dein Haus einfallen ließ." Sie erhob sich und deutete mit der Hand auf die entriegelte Tür. "Sehen wir draußen nach!"

Ich öffnete das Tor, bevor Layla es tun konnte. Die Kälte biss in meine nackten Arme und Waden. Ich trug nichts als die Tunika, die ich mir in meinem Schlafzimmer hastig übergezogen hatte. Layla senkte den Kopf und stemmte sich gegen den Wind, der uns entgegenblies.

Wir brauchten nicht lang zu suchen. Vor dem Haus hatten meine Sklaven – oder Severus und seine Legionäre? – tagsüber den Kampf gegen die Schneemassen aufgenommen. Ein schmaler Pfad führte, ähnlicher einer Schlucht, durch den Schnee. Soweit ich sehen konnte, erstreckte er sich bis zu den Stallungen und Wirtschaftsgebäuden.

Unmittelbar vor dem Haustor war eine quadratische Fläche so gut es ging freigeräumt worden. Hier ließen sich unschwer die Spuren zahlreicher Pfoten erkennen. Sie verloren sich rasch in der Dunkelheit, führten vermutlich über die mannshohen Schneeverwehungen bis hinein in den Wald.

Der Schnee war kein Hindernis für die leichtgewichtigen, vierpfötigen Bestien gewesen. Sie waren darüber hinweggelaufen, ohne besonders tief einzusinken. Und ich wusste auch, was sie angelockt hatte. Layla sollte wieder einmal recht behalten. Denn inmitten des Gewirrs aus Pfotenabdrücken fanden sich auch die Fußspuren eines Menschen. Und Reste von Blut. Leuchtend rot zeichnete es sich im Schnee ab.

Diesmal war ich es, der sich bückte und einige Fleischbrocken aufsammelte. Jemand hatte sich mitten in der Nacht aus dem Haus geschlichen und den Wölfen ein königliches Mahl bereitet. Erst hier draußen, um sie aus dem Wald zu locken. Dann, als sie Blut geleckt hatten, wartete drinnen noch mehr auf sie.

Der Mörder – denn ich war mir sicher, dass er hinter dieser neuen Abscheulichkeit steckte – hatte den Bestien das Tor geöffnet und sie mit einem Pfad weiterer ausgestreuter Fleischstücke durchs Haus gelotst. Die Blutspur, der ich nun gemeinsam mit Layla folgte, verlief vom Haupttor ins Atrium, und von dort geradewegs weiter bis zu Marcellus′ Zimmer – durch einen schmalen Gang, der ansonsten wenig benutzt wurde. Speziell zu nachtschlafender Stunde.

Jetzt, wo ich wusste, wonach ich suchte, waren die kleinen Fleischreste und die Blutspuren nicht zu übersehen, selbst im flackernden Licht der Fackeln. Der Mörder hatte es darauf angelegt, möglichst niemandem zu begegnen, aber er hatte keinen Hehl aus seiner jüngsten Abscheulichkeit gemacht. *Wölfe als Mordwaffe*. Nachdem er bereits erdolcht und vergiftet hatte ... Was kam wohl als Nächstes?

Neuer Hass auf diese Bestie in Menschengestalt ergriff von mir Besitz. Auf diesen Dämon, neben dem sich selbst die Wölfe wie unschuldige Welpen ausnahmen. Er musste wahrlich mit den dunkelsten Mächten im Bunde sein, die man sich nur ausmalen konnte.

Ihre Gier nach rohem, blutigem Fleisch hatte die Wölfe

genau dorthin geführt, wo der Mörder sie haben wollte. Am Ende der Köderspur angelangt, war ihr Hunger noch lange nicht gestillt gewesen. In Marcellus' Schlafzimmer hätten sie sich die zwei schlafenden Menschen vorgenommen – lange bevor der Legat die Chance gehabt hätte, an sein Schwert zu gelangen und sich zur Wehr zu setzen.

Wenn dieser Retter, angeblich vom Gott der Christen gesandt, nicht so beherzt eingegriffen hätte, wären Marcellus und Layla unweigerlich verloren gewesen.

"Denkst du wirklich, dein Legat könnte ... auserwählt sein?", wandte ich mich an Layla.

Sie zog eine Augenbraue hoch. Kaute einen Augenblick lang an ihrer Unterlippe. "Ich weiß es nicht", sagte sie dann. "Wer vermag schon den Willen der Götter zu ergründen?"

Sie stand eine ganze Weile reglos da und schien über die Frage nachzudenken. "Marcellus ist ein großer Mann, nicht wahr?", sagte sie schließlich. "Und diesen Retter haben wir uns nicht eingebildet. Er war kein Trugbild. Wir alle sahen und hörten ihn."

Doch warum hatte der Mörder sich Marcellus als sein jüngstes Opfer auserkoren? Fürchtete er, dass der Legat ihn entlarven und zur Rechenschaft ziehen könnte? Oder galt der Anschlag am Ende gar Layla?

XXXIV.

Just in diesem Augenblick hatte ich eine Eingebung. Eine plötzliche Klarheit stellte sich in meinem Kopf ein. Mir war, als könne ich mich endlich dem berauschenden Einfluss des Kykeon-Tranks entziehen.

"Severus!", entfuhr es mir unvermittelt.

Layla sah mich fragend an.

"Ich musste nur gerade an die Geschichte denken, die Severus uns aufgetischt hat. Findest du sie nicht auch reichlich unglaubwürdig? Dass er im Schlaf überfallen, betäubt und dann auf diese seltsame Art verletzt wurde? Ist es nicht viel wahrscheinlicher, dass die Wunden an seinen Armen von den Wölfen stammen – aber nicht, weil er ihnen in die Quere kam! Sondern weil *er* sie ins Haus ließ! Die Fleischstücke, mit denen er sie köderte, verfehlten sichtlich ihre Wirkung nicht. Doch was, wenn die Bestien auch ihren Gönner für eine schmackhafte Mahlzeit hielten, die sie zumindest kosten wollten? Was, wenn sie im wahrsten Sinne des Wortes die Hand bissen, die sie fütterte?"

Ich blickte Layla erwartungsvoll an, sie jedoch erwiderte nichts. "Auch wenn ich nicht begreife, welches Motiv Severus antreiben könnte", sprach ich weiter. "Ich meine, er ist ein überaus abergläubischer Bursche und wenig tolerant. Er hasst die Christen und die Druiden gleichermaßen, denke ich. Vielleicht wollte er deswegen ihren Tod? Aber Marcellus? Warum sollte er seinen Legaten ermorden wollen? Nein, warte ... Ja, natürlich. Das muss es sein! Der Christengott scheint sich Marcellus zu seinem neuen Favoriten erwählt zu haben, und der Legat genießt diese Auszeichnung, nicht wahr? Für einen Mann wie Severus muss das einem unverzeihlichen Verrat an den Göttern gleichkommen. Vielleicht hetzte er deswegen die Wölfe auf Marcellus? Ja, ich denke, genau so muss es sich abgespielt haben! Findest du nicht auch?"

Ich rang nach Atem und war für den Moment sehr zufrieden mit mir.

Layla aber blieb stumm. Erst nach einer langen Weile erhielt ich eine Antwort – die ich ziemlich unpassend fand. "Wir müssen herausfinden, warum Philomena sterben musste", sagte sie. "Ich denke, der Mord an ihr ist der Schlüssel."

"Der Schlüssel?", wiederholte ich verständnislos. "Philomena?"

"Der Schlüssel, der uns die anderen Verbrechen erklären kann. Die gesamte Mordserie. Wenn wir verstehen, warum Philomena getötet wurde, kommen wir dem Mörder auf die Spur, da bin ich mir sicher!"

"Warum denn ausgerechnet Philomena?", fragte ich.

"Weil mir kein Grund einfallen will, warum sie sterben musste. Paulus und Divicia waren angesehene Anführer ihrer Kulte – die Feinde hatten. Thessalos war ein Medicus, mit Fachwissen über Gifte, Wunden, den Tod. Vielleicht wurde er damit dem Mörder auf die eine oder andere Weise gefährlich. Aber Philomena? Sie war nichts weiter als die Gemahlin des Paulus. Ich muss gestehen, dass ich sie zuerst als Mörderin in Verdacht hatte. Bevor sie selbst erdolcht wurde. Sie hatte als eine der wenigen die Gelegenheit, ihren Mann und Divicia zu töten. Sie konnte Paulus beim Abendmahl mit Speise oder Trank vergiften. Und dann Divicia zu jenem Zeitpunkt umbringen, als sie die beiden angeblich bereits tot vorfand. Ich hatte mir sogar schon ein Motiv zurechtgelegt, warum sie ihren Mann loswerden wollte. Sie schien mir bei weitem nicht so eine glühende Christin zu sein wie er. Ich denke, sie war viel lieber die Gemahlin des Argentarius als des Apostels, der von allen belächelt oder gar gehasst wurde. Sie war eine willensstarke Frau und eine konservative Matrone, die viel Wert auf ihren guten Ruf legte. Und auf ein bequemes Leben."

"Das klingt alles plausibel", sagte ich, "dumm nur, dass sie dann selbst getötet wurde. Oder willst du sagen, jemand erdolchte sie, weil er wusste, dass sie die Mörderin war? Aus Rache? Aber wozu dann noch die Wölfe auf Marcellus hetzen? Das ergibt doch alles keinen Sinn."

Konnte Layla mir anhören, wie frustriert ich zu diesem Zeitpunkt bereits war? Statt dem ursprünglichen Rätsel auf die Spur zu kommen – warum Paulus und Divicia ermordet worden waren – verstrickten wir uns mit jeder Stunde, die verstrich, nur immer tiefer in neue Ungereimtheiten.

Für eine Frage, auf die wir eine halbwegs plausible Antwort fanden, stellten sich uns sogleich drei weitere, noch unmöglichere. Es war zum aus der Haut fahren. Beinahe sehnte ich mich schon danach, mir einen ganzen Becher dieses Kykeons einzuverleiben und dem unerträglichen Chaos ein Ende zu setzen.

Ich erhielt keine Antwort von Layla. Hinter ihrer dunklen Stirn arbeitete es ohne Unterlass, das konnte man nicht übersehen. Und ich kannte ihren Gesichtsausdruck, wenn sie dabei war, ein scheinbar unlösbares Rätsel zu knacken.

Genauso blickte sie jetzt drein. Ich kam mir wie ein rechter Narr neben ihr vor – ließ mir das aber natürlich nicht anmerken.

Ich wünschte, sie hätte mich eingeweiht in ihre Grübelei, doch das würde sie erste tun, wenn sie zu einem befriedigenden Ergebnis gekommen war. So gut kannte ich meine schwarze Sphinx.

Doch diesmal ergab ihre Theorie keinen Sinn, fand ich. Die Ermordung Philomenas sollte der Schlüssel sein? Bestimmt hatte sie sich da in etwas verrannt.

Sanft berührte ich ihren Arm, um ihre Aufmerksamkeit zurückzugewinnen. "Hör mal, Layla, du sagtest vorhin, Philomena hätte als eine der wenigen die Gelegenheit gehabt, Paulus und Divicia zu ermorden. Damit hast du Recht, die meisten anderen konnten uns ihr Alibi belegen. Nur einer nicht. Severus! Er war angeblich allein auf seinem Zimmer, während Thessalos dem imaginären Greif hinterherjagte. Und jetzt hat er plötzlich Wunden an seinen Armen, von einem angeblichen Überfall. Das waren die Wölfe, darauf könnte ich schwören! Ich setze auf ihn, Layla! Er ist unser Mörder."

Wieder erhielt ich keine Antwort. Doch davon ließ ich

mich nun nicht mehr beirren. "Ich werde mit Marcellus sprechen", sagte ich, und machte mich sogleich daran, dieses Vorhaben in die Tat umzusetzen.

***

Ich nahm den Legaten – und Layla – mit auf mein eigenes Zimmer, wo wir ungestört reden konnten. Wie die Bettler labten wir uns mit nichts als Wasser, während ich Marcellus meinen Verdacht auseinandersetzte. Ich zählte alles auf, was gegen Severus sprach, und er lauschte meinen Ausführungen, ohne mich ein einziges Mal zu unterbrechen. Layla schwieg ebenso – ob aus Respekt oder weil ich sie nun doch überzeugt hatte, vermochte ich nicht zu sagen.

Als ich geendet hatte, starrte Marcellus eine Weile lang wortlos in seinen längst geleerten Becher. Dann schob er ihn von sich und sprang abrupt auf. "Ich werde mit Severus reden", sagte er. "Allein."

XXXV.

Ich wollte nicht untätig herumsitzen, während Marcellus meinen Hauptverdächtigen ins Kreuzverhör nahm. Außerdem war es *die* Gelegenheit, sich einmal unauffällig im Zimmer des Centurios umzusehen, ohne befürchten zu müssen, dass er mich dabei ertappte.

Layla ließ es sich natürlich nicht nehmen, mich zu begleiten, und so waren wir wenige Minuten später bereits damit beschäftigt, Severus´ Habseligkeiten zu durchwühlen. Wie Diebe in der Nacht.

***

Er hatte es gut versteckt, aber nicht gut genug. Am Ende entdeckte ich es doch: ein kleines Glasfläschchen, in dem sich nur noch wenige Tropfen einer blassgoldenen Flüssigkeit befanden. Severus hatte es in der Kleidertruhe zwischen den Falten einer Tunica verborgen. So geschickt war das kleine Gefäß in das Gewand eingeschlagen, dass es bei einer oberflächlichen Untersuchung wohl unentdeckt geblieben wäre.

Triumphierend hielt ich es hoch und zeigte es Layla. "Wie harmlos es aussieht, findest du nicht? Eher wie ein Liebestrank als ein todbringendes Rauschmittel. Aber ich würde mein bestes Pferd im Stall verwetten, dass dies unser dämonischer Trank ist. Kykeon! Wenn das Fläschchen etwas Harmloses enthielte, hätte Severus es bestimmt nicht so gut versteckt."

"Oh, ich bin mir sicher, dass es sich bei der Flüssigkeit um Kykeon handelt", sagte Layla. Ihr Tonfall mutete seltsam an.

Erneut gewann ich den Eindruck, dass sie mir einen Teil ihrer Gedanken vorenthielt. Den wesentlichen Teil. Sie zog mir das Fläschchen aus der Hand und drehte es zwischen ihren Fingern. Sie studierte es mit kritischem Blick.

Sie musste wohl einsehen, dass ich auf der richtigen Spur war. Dass der Centurio mehr als nur verdächtig war. "Lass uns zu Marcellus zurückkehren", sagte ich und nahm das kleine Gefäß wieder an mich. "Ich finde, er sollte das sehen. Ich bin sehr gespannt, wie Severus sich nun noch herausreden will."

Kurz bevor ich das Zimmer des Legaten erreichte, kam ein Sklave auf mich zugelaufen. "Gut, dass ich dich finde, Herr!", rief er atemlos. "Wir haben inzwischen das ganze Haus abgesucht, wie du es befohlen hast. Es ist alles sicher, Herr. Von außen ist niemand eingebrochen. Die Wölfe können nur durchs Haupttor eingedrungen sein. Jemand muss es unbefugt geöffnet haben."

"Danke, das habe ich mir schon gedacht."

"Im Keller allerdings fanden wir eine der Vorratskammern geplündert", fuhr der Sklave fort. "Jemand hat sich an den Fleischvorräten vergriffen, Herr."

Ich horchte auf. Das ergab nur allzu guten Sinn. Der Mörder – Severus, wie ich mir inzwischen sicher war –

musste sich dort bedient haben, um die Wölfe ins Haus zu locken. Was genau er damit bezweckt hatte, verstand ich zwar noch immer nicht. Hatte er wirklich seinen Legaten auf so hinterhältige Weise töten wollen?

Nun, wir würden ihm die Wahrheit schon entlocken. Und Marcellus würde keine Gnade walten lassen. Vier Morde waren ein tödlicher Frevel – aber dann noch den Legaten persönlich zu attackieren? Darauf stand die schlimmste aller Strafen. Der Centurio würde mit einem qualvollen Tod bezahlen, so viel wusste ich jetzt schon.

Ich dankte meinem Sklaven, sandte ihn fort und legte eilig die letzten paar Schritte zu Marcellus′ Zimmer zurück. Layla folgte mir lautlos wie ein Schatten.

Durch die geschlossene Tür des Raums drang zorniges Stimmengewirr.

Was ging hier vor? Das waren nicht Marcellus und Severus, die hier ein Streitgespräch führten. Die befehlsgewohnte Stimme des Legaten war deutlich zu vernehmen, doch es war eine Frau, mit der er sich stritt.

XXXVI.

Rasch öffnete ich die Tür und betrat zusammen mit Layla das Zimmer. Ich fand es angefüllt mit einer Anzahl von Menschen, für die der Platz kaum ausreichte.

Es war Morann, die mit Marcellus stritt. Wie eine Rachegöttin hatte sie sich vor meinem Freund aufgebaut. Kleinwüchsig, wie sie war, hätte sie im Angesicht von Marcellus wie ein Kind wirken müssen, doch das war nicht der Fall. Sie war in Rage, und der Legat schien von ihrem Ausbruch ziemlich überfordert.

Rechts und links von ihr standen ihre beiden Leibwächter, Granis und Cobanix. Sie hatten die Arme vor der Brust verschränkt. Ihre Schwerter hingen, für alle gut sichtbar, an ihren Gürteln.

Hinter Marcellus hingegen hatte Severus Position bezogen. Seine rechte Hand ruhte am Knauf seiner Klinge. In seinem wettergegerbten Gesicht lag ein Ausdruck größter Abscheu.

Was hatte sich hier zugetragen? Hatte Marcellus nicht vorgehabt, seinen Centurio als Hauptverdächtigen in die Mangel zu nehmen? In einem Vier-Augen-Gespräch? Nun, daraus war anscheinend nichts geworden. Die Kelten mussten wohl während dieser geplanten Aussprache ins Zimmer geplatzt sein – und sie machten keine

Anstalten, dass sie bald wieder gehen wollten.

"Thanar", rief Marcellus, als er mich erblickte. Er wirkte sehr erleichtert, mich zu sehen.

Ich trat neben ihn hin, um zu unterstreichen, wessen Seite ich einnehmen würde, sollte es im nächsten Moment zu einem Kampf kommen. Alles sah danach aus. Ich blickte in angespannte, verhärtete Gesichter. Insbesondere Morann, die gerade so hitzköpfig das Wort geführt hatte, erweckte den Anschein, als würde sie sich im nächsten Moment mit Klauen und Zähnen auf den Legaten stürzen wollen.

"Ich wiederhole es zum letzten Mal", fauchte sie. "Wir werden keine Nacht länger unter diesem Dach zubringen. Und niemand wird uns daran hindern, zu gehen!"

Marcellus warf mir einen entnervten Seitenblick zu. "Morann wurde eine Offenbarung ihrer Götter zuteil", erklärte er mir – und vollführte dabei eine Handbewegung, die nur allzu deutlich machte, was er von dieser Vision hielt. Nicht besonders viel.

Morann erläuterte mir sogleich, was sie geschaut hatte. "Es ist der Gott dieser Christen, der hinter den Morden steckt", verkündete sie im Tonfall einer Hohepriesterin. "Ich vermutete es schon, versuchte ja bereits, euch zu warnen. Doch nun schenkten die Götter mir Gewissheit. Ihr verblendeten Narren! Derjenige, den die Christen ihren Herrn und Vater nennen, vor dem sie sich in den Staub werfen wie die Sklaven – er will euch glauben machen, dass er der höchste, nein, der einzige Gott sei. Doch in Wahrheit ist er ein dunkler Dämon! Und die Pforte zum Totenreich, die er aufstieß, steht noch offen. Noch mehr aus unserer Mitte werden sterben, wenn wir diesem verfluchten Ort nicht entfliehen. So schnell uns unsere Füße tragen."

In diesem Augenblick wurde die Tür aufgestoßen. Flamma und Caecilia drängten ins Zimmer. Der Streit, den Morann vom Zaun gebrochen hatte, war bestimmt im halben Haus zu hören.

Die Worte von Moranns Offenbarung hatte Flamma aber anscheinend nicht vernommen. Kaum hatte er das Zimmer betreten, lief er auf die Druidin zu, drängte sich zwischen die beiden Kelten und schlang seine Arme um sie.

Caecilia schien das nicht länger hinnehmen zu wollen. "Halt ein, Flamma!", rief sie ihrem Glaubensbruder zu. "Lass ab von dieser Hexe! Siehst du nicht, wie sie dich betört hat, dieser dunkle Succubus? Sie dient den Kräften der Finsternis!"

Die beiden Keltenkrieger sprangen vor, bereit das Schwert zu führen – und sei ihre Gegnerin auch eine unbewaffnete, schwache Frau.

Morann jedoch hob die Hand und gebot ihnen Einhalt.

Flamma stand unbeweglich neben ihr. Steif und reglos wie eine Bronzestatue. In seinem Gesicht jedoch waren Bände zu lesen. Ein Kampf tobte in seinem Inneren – zwischen der Zuneigung, die er so offensichtlich für Morann empfand, und seinem christlichen Glauben, den die Druidin aufs Übelste verdammte.

"Wir müssen diesen Ort verlassen", wiederholte Morann unbeirrt. Ihre Stimme donnerte förmlich durch den Raum, was man einer so zarten kleinen Person niemals zugetraut hätte. "Wir alle, versteht ihr?" Sie starrte erst Flamma an, dann Marcellus. Fixierte, nein, durchbohrte sie mit ihren Blicken.

Marcellus stöhnte, war aber nicht bereit, einzulenken. "Niemand verlässt dieses Haus, bevor der Mörder nicht entlarvt ist", sagte er. Er sprach in beherrschtem Tonfall, doch mit nicht minder großer Autorität wie die Druidin.

"Wir sollten Moranns Warnung ernst nehmen!", warf Flamma ein. Seine Worte hallten durch den kleinen Raum, als schwinge er einen eisernen Hammer. "Ich werde nicht dulden, dass noch jemand zu Tode kommt!" Er zog Morann fester an sich, was weder den Keltenkriegern noch Caecilia gefiel.

Es war höchste Zeit, dass ich mich einmischte. Die Anwesenden mussten erfahren, was ich herausgefunden hatte. "Du bist im Irrtum, Morann", ergriff ich das Wort. "Nicht der Christengott ist es, der meinen Gästen den Tod brachte. Der mein Haus in ein Mausoleum verwandelt hat. Nein, der Mörder, den wir suchen, ist ein Mensch. Und er weilt hier unter uns!"

Ich hatte eigentlich vorgehabt, Marcellus mein Beweisstück – das Fläschchen aus Severus' Truhe – unter vier Augen zu präsentieren. Aber die Gelegenheit würde ich wohl nicht mehr bekommen, wenn ich jetzt nicht handelte. Jeden Moment konnten sich meine Gäste gegenseitig die Köpfe einschlagen, wenn ich nicht dazwischen ging.

Ich trat also vor und zog das Beweisstück aus der Tasche. "Ich fand das hier – gut versteckt zwischen den Habseligkeiten deines Centurio", sagte ich, während ich

Marcellus das Fläschchen überreichte. "Ich denke, darin bewahrte er das Gift auf, mit dem er uns alle berauschte. Und mit dem er Paulus ermordete."

Ein Raunen ging durch die Menge. Jedermann scharte sich um Marcellus, um einen Blick auf das Beweisstück zu ergattern.

"*Er* also!", riefen die keltischen Brüder wie aus einem Munde – während Flamma nur ein wütendes Grunzen ausstieß. Am liebsten wäre er dem Centurio wohl sogleich an die Kehle gesprungen. Die Gemüter waren mittlerweile so erhitzt, dass der kleinste Funke genügte, ein Inferno zu entfachen. Die Männer waren bereit, sich auf jeden zu stürzen, den man ihnen als Schuldigen präsentierte, und ihn an Ort und Stelle in Stücke zu zerreißen. Mit der Untersuchung der Beweise oder gar einem ordentlichen Gerichtsverfahren würden sie sich nicht aufhalten.

Severus wich reflexartig einen Schritt zurück, suchte Schutz hinter dem Rücken seines Legaten. Dass er es nicht mit diesen drei Männern zusammen aufnehmen konnte, war jedem von uns klar. "Das ist eine Verleumdung", rief er erzürnt. "Ich bin unschuldig!"

Marcellus brachte ihn mit einer gebieterischen Handbewegung zum Schweigen. Den anderen Männern warf er einen Blick zu, der nur eines bedeuten konnte: *Wenn ihr ihn wollt, müsst ihr erst mich töten. Ich bin es, der hier über Recht und Unrecht entscheidet.*

Das kühlte die Gemüter ein wenig. Doch nur fürs Erste, dessen war ich gewiss.

Marcellus besah sich das Fläschchen, das ich ihm

überreicht hatte. "Woher willst du wissen, dass es Kykeon enthält, Thanar?", fragte er.

"Was sollte es denn sonst enthalten, dass Severus es so hinterhältig zu verbergen suchte?", erwiderte ich.

Jemand zupfte mich am Ärmel. Ich erschrak, fuhr herum – und blickte in die besorgten Augen von Layla. "Ich denke, du machst einen Fehler, Herr", flüsterte sie mir zu.

Ich sollte nicht erfahren, was sie damit sagen wollte, denn Flamma drängte sich in diesem Augenblick in den Vordergrund. "Der Germane hat recht, Legat!", rief er. "Überlass Severus mir! Diesen Schurken. Diesen Mörder! Ich prügle die Wahrheit schon aus ihm heraus." Der ehemalige Gladiator war nicht wiederzuerkennen. Wo waren seine christlichen Werte abgeblieben? Friedfertigkeit, Nächstenliebe? Für Severus schien er nichts davon übrig zu haben.

"Ich führte eine Unterredung mit Severus", ergriff Marcellus erneut das Wort. "Eben vorhin, bevor wir ... unterbrochen wurden." Er bedachte Morann und ihre Krieger mit einem finsteren Blick. "Severus hat mir bei seiner Ehre geschworen, dass er mit den Morden nichts zu tun hat. Er wurde nicht von den Wölfen angegriffen, sondern im Schlaf überfallen. Ich –"

Weiter kam er nicht. In diesem Augenblick explodierte Flamma – und steckte mit seinem wilden Zorn auch gleich die Keltenkrieger an. Alle früheren Feindseligkeiten zwischen den drei Männern schienen plötzlich vergessen. Wie alte Kampfgenossen stürzten sie gemeinsam auf Severus zu, wobei sie Marcellus unsanft zur Seite rempelten. Der Legat – den dieser Angriff unvorbereitet traf – strauchelte, verlor das Gleichgewicht und ging zu Boden.

Severus jedoch reagierte schnell wie ein Wiesel. Er duckte sich unter Flammas Faust hinweg, die mitten in sein Gesicht zielte. Granis rammte er den Ellenbogen in die Brust, dass dieser nach Luft keuchte. Dann ging Severus zu Boden, doch nicht, weil er getroffen war. Er robbte eine kurze Strecke auf allen Vieren – und das alles in solch rasendem Tempo, das ich erst begriff, was geschah, als er bereits die Tür erreicht hatte. Mit diesem Manöver verschaffte er sich den winzigen Vorsprung, den er brauchte, um seinen Häschern zu entkommen. Wie von den drei Furien gejagt stürzte er aus dem Zimmer.

Wir anderen standen uns in dem engen Raum gegenseitig im Wege. Ich wurde unsanft von einem der Keltenkrieger beiseite gedrückt, dann drängten die beiden auch schon aus dem Raum. Flamma folgte ihnen nach. Zu dritt nahmen sie die Verfolgung des Centurios auf.

Marcellus und ich konnten ihnen nur noch hinterherlaufen wie zwei verlorene Streuner.

XXXVII.

Auf dem Flur konnten Marcellus und ich den Abstand zu Flamma und den Kelten auf wenige Schritte verringern. Mit wildem Kampfgeschrei verfolgten sie den flüchtenden Centurio durch die Gänge meines Hauses. Severus selbst bekam ich nicht ins Blickfeld, doch er konnte keinen allzu großen Vorsprung auf seine Häscher haben.

Draußen brach langsam die Morgendämmerung herein. Ihr trübes Licht warf lange Schatten durch die Fensterscheiben und in die Arkaden des Innenhofes, den wir durchquerten.

Ich hatte angenommen, dass Severus den Weg durchs Atrium einschlagen würde, um dann durchs Haupttor zu entkommen. Doch der Centurio wählte eine andere Route.

Er schien sich gut auszukennen in meinem Haus. Was bestimmt nicht bloß daran lag, dass er pflichtschuldig seinem Wachdienst nachgekommen war. Wenn er der Mörder war – worauf ich inzwischen meine rechte Hand verwettet hätte – so musste er jeden Winkel, jeden noch so schmalen Gang in meinem Haus erforscht haben, um unbeobachtet seiner Wege zu gehen und seine Untaten vollbringen zu können.

Severus´ Flucht endete in einem der Speisezimmer, das

an der Südmauer meines Anwesens lag. Dieses Triclinium grenzte an eine Terrasse, von der man in den Sommermonaten einen herrlichen Blick über den Danubius genoss. Jetzt waren die Terrassentüren natürlich gegen Schnee und Kälte verriegelt. Doch Severus machte sich bereits daran zu schaffen, als wir seine Häscher einholten und gemeinsam in den Raum drängten.

Der Centurio stürmte ins Freie, hinaus in die brusthohen Schneeverwehungen, die sich auf der Terrasse auftürmten.

Die Kälte schlug uns wie ein Fausthieb entgegen. Sie brachte uns alle für einen Augenblick zum Stehen.

Rasch drehte ich mich um, um nach Layla zu sehen. Bestimmt war sie uns ebenfalls gefolgt. Wäre sie eine typische Frau gewesen, so hätte ich natürlich niemals angenommen, dass sie sich an der Mörderjagd beteiligen würde. Doch Layla war eben alles bloß das nicht.

Ich konnte keine Spur von ihr entdecken. Doch mir blieb keine Zeit, darüber nachzudenken, wo sie abgeblieben war. Severus′ Häscher hatten bereits den Raum durchquert und stürzten sich mit neuem Kampfgebrüll hinaus auf die Terrasse.

Ich sah den Centurio, der sich wie ein vierbeiniges Raubtier über die Schneemassen hinweg kämpfte, wobei er immer wieder einbrach.

Im nächsten Moment hatte er die Brüstung der Terrasse erreicht, die jetzt nichts weiter war als eine Aufwölbung im ungebrochenen Weiß des Schnees. Ich hörte Severus keuchen, sah, wie er nur einen winzigen Moment zögerte. Im nächsten stemmte er sich beherzt über dieses

Hindernis, das kaum eines war, hinweg – und ließ sich in die Tiefe fallen.

Seine Verfolger erklommen die Brüstung und starrten ihm hinterher. Marcellus und ich taten es ihnen gleich.

Unterhalb meiner Terrasse fällt das Gelände steil ab, gute hundert Fuß tief, bis es das Ufer des Danubius erreicht. Ein solcher Sprung, wie Severus ihn vollführt hatte, wäre im Sommer tödlich ausgegangen. Jetzt jedoch bremste der Schnee seinen Fall.

Wir sahen, wie Severus in einer wirbelnden weißen Wolke den Hang hinab glitt. Er rutschte, schlitterte, überschlug sich mehrmals, doch kam unten an der Uferstraße sichtlich unverletzt wieder auf die Beine. Die Straße bildet einen schmalen ebenen Streifen, der den Fluss säumt. Doch auch hier türmte sich jetzt der Schnee.

Flamma und die Kelten zögerten nur einen Augenblick. Dann taten sie es dem Centurio gleich und ließen sich ebenfalls in die Tiefe fallen. Sie würden nicht zulassen, dass Severus ihnen durch sein beherztes Manöver entkam. Schnee stob hoch, dann glitten die Männer wie schon der Gejagte zuvor in weißen Wolken den Hang hinab.

"Hinterher", rief Marcellus, und bevor ich wusste, was ich tat, überwanden wir beide ebenfalls die Brüstung.

Atemlos vom Kälteschock, Mund und Nase voller Schnee, doch ansonsten unverletzt, landete ich hinter den anderen auf der Uferstraße.

Wo wollte der Centurio nun hin? Eine Flucht bei dieser Witterung, ohne Mantel oder Stiefel, mit fünf Verfolgern an den Fersen? Er musste doch wissen, wie aussichtslos das war. Es konnte nur letzte Verzweiflung sein, die Severus noch antrieb. Das sichere Wissen, dass der Tod auf ihn wartete, wenn er nicht wenigstens versuchte, zu entkommen.

Einen Augenblick lang verharrte er da, wo er gelandet war. Reglos an Ort und Stelle. Nur sein Kopf ruckte erst nach links, dann nach rechts. Wie ein Raubtier, das wir in die Enge getrieben hatten, und das nun verzweifelt nach einem Fluchtweg Ausschau hielt.

Ich hätte mit allem gerechnet, nur nicht mit jener Route, für die sich Severus letztendlich entschied. Statt sich entlang der Uferstraße durch den Schnee zu kämpfen, lief er geradewegs auf den Fluss zu.

Es war eine Verzweiflungstat – dennoch begriff ich im nächsten Augenblick, dass dem Centurio gar keine andere Wahl geblieben war. Der Danubius war von einer Eisschicht überzogen, die sich vermutlich erst heute Nacht gebildet hatte. Nur selten herrschten in Vindobona so eisige Temperaturen, dass der mächtige Strom zufror. Seine Wasser wälzten sich normalerweise mit solcher Wucht durch das Flussbett, dass sich kein Eis bilden konnte. Jetzt jedoch war es geschehen – und da die Eisschicht erst wenige Stunden alt war, lag sie nicht unter den enormen Schneemassen der letzten Tage begraben. Ganz im Gegensatz zur Uferstraße.

Als Severus sich die ersten Schritte aufs Eis hinauswagte, versank er kaum knöcheltief im Schnee.

Flamma und die Kelten verharrten auf der Uferstraße, halb versunken in der aufgewühlten Schneewehe, in der sie gelandet waren. Sie waren nicht lebensmüde genug, dem Fliehenden auf den Fluss hinaus zu folgen.

"Los, Männer, er darf uns nicht entkommen!" Furchtlos sprang Marcellus in die Bresche, die Severus geschlagen hatte, um die gefrorenen Wasser zu erreichen.

"Halte ein, Legat!", rief ich ihm hinterher, "du läufst in deinen Tod!"

Marcellus hatte bereits die ersten Schritte auf dem Eis getan – das ihn scheinbar sicher trug, genauso wie es auch Severus freies Geleit versprach.

"Marcellus!" Ich schrie so laut ich konnte. Die eisige Luft brannte wie ein Feuertrank in meiner Kehle.

Der Legat kam zum Stehen. Er wandte sich ruckartig um. "Was ist mit euch? Wollt ihr ihn entkommen lassen? Wenn er das Legionslager erreicht, so wird sich seine Centurie um ihn scharen. Alles Männer, die ihm treu ergeben sind. Er wird sich absetzen, mit ihrer Hilfe. Oder gar eine Revolte im Lager anzetteln!"

Ich zweifelte nicht an den Worten meines Freundes. Ich begriff, warum er Severus um jeden Preis einholen wollte. Doch Marcellus war erst seit kurzer Zeit in Vindobona stationiert. Er hatte noch nicht erfahren, wie launisch der Flussgott des Danubius war. Er konnte nicht wissen, dass die spiegelglatte Eisfläche, die bei Sonnenschein so einladend glitzerte und die Menschen zum winterlichen Spiel einlud, in Wahrheit eine tödliche Falle war.

Das Eis mochte festgefroren aussehen, doch der Schein trog. Unter der vermeintlich harten Decke kamen die tieferen Wasser des Flusses niemals zur Ruhe. Sie zogen und zerrten an der Eisfläche, fügten ihr winzige Risse zu, kaum sichtbar für das menschliche Auge. Und wenn ein

Unvorsichtiger sich dann hinaus aufs Eis wagte, so brach es leicht unter seinen Schritten. Auf diese Weise hatte der hinterhältige Flussgott schon zahlreiche Todesopfer gefordert.

Severus musste das wissen, er diente seit vielen Jahren in Vindobona. Er hatte den Weg hinaus aufs Eis trotzdem gewählt, doch bestimmt nur, weil er darin seine einzige Hoffnung sah. Mochte sie auch noch so gering sein.

Marcellus jedoch lief nichtsahnend seinem Untergang entgegen. Bestimmt ließ er sich täuschen von der scheinbar stabilen Eisfläche, die durch die Schneedecke noch dicker wirken mochte. Severus hatte schon das erste Drittel des Stromes überquert, und der Legat nahm nun erneut die Verfolgung auf. Dass keiner von uns anderen Männern ihm folgte, schien ihn nicht zu kümmern.

Ich rief ihm vom Ufer aus noch mehrmals hinterher, beschwor ihn, umzudrehen, schrie mir die Lungen aus dem Leib, doch er konnte – oder wollte? – mich nicht hören.

Schließlich wusste ich mir nicht mehr zu helfen. Kurz wägte ich ab, was nun zu tun sei. *Lass ihn ziehen,* flüsterte eine dunkle Stimme in meinem Hinterkopf. *Dann wäre Layla wieder dein. Für immer.*

Ich ignorierte diesen heimtückischen Impuls. Marcellus war mein Freund! Ich hätte alles gegeben, um Layla zurückzugewinnen, aber ich würde ihretwegen nicht zum Mörder werden.

Ich nahm all meinen Mut zusammen und wagte mich selbst hinaus aufs Eis. Erst setzte ich zaghaft einen Fuß vor den anderen, doch so kam ich nicht voran. Marcellus entfernte sich immer schneller von mir.

Schließlich ließ ich alle Vorsicht fahren und hetzte meinem Freund hinterher, so schnell mich meine Füße trugen. "Marcellus", rief ich keuchend, "so hör mich doch an! Der Fluss wird dich verschlingen. Du läufst in deinen Tod. Das ist es nicht wert, halt ein!"

Er kam abrupt zum Stehen, genau in der Mitte des Flusses. Mit Zornesröte im Gesicht wandte er sich zu mir um. "Verdammt noch mal, Thanar!", rief er, "er wird uns entkommen!"

"Er ist dem Tod geweiht!", rief ich. "Und wir ebenso, wenn wir nicht endlich umkehren!"

Ich schloss zu Marcellus auf, packte ihn fest an der Hand, und zog ihn mit mir fort, zurück in Richtung Ufer. Auf die sichere Böschung zu, weg von Severus.

Er fluchte, leistete aber zum Glück keinen Widerstand mehr.

Der göttliche Danubius verschonte unser beider Leben. Das Eis hielt. Wir erreichten die Uferstraße, wo Flamma und die Kelten auf uns warteten. Sie waren nicht bereit gewesen, die Verfolgung des Mörders mit dem eigenen Leben zu bezahlen. Vernünftige Männer! Niemand würde ihnen einen Vorwurf machen.

Ich hörte Flamma ein Stoßgebet zu seinem Gott flüstern. "Herr, ich danke dir, dass du sie gerettet hast."

Oben auf der Terrasse brach plötzlich Geschrei und Jubel aus. Ich hob meinen Blick – und sah, dass sich ein halbes Dutzend meiner Sklaven an der Terrassenbrüstung drängten. Sie wirkten sichtlich erleichtert, dass Marcellus und ich unversehrt waren. Zwei von ihnen hatten dicke Seile herbeigeschafft, die sie nun zu uns herabließen.

Kräftige Burschen standen bereit, uns nach oben zu hieven, zurück in die schützende Wärme meines Hauses. Die beiden römischen Legionäre hatten ebenfalls Position an der Brüstung bezogen. Sie jedoch jubelten nicht. Ihre Blicke waren auf den Fluss hinaus gerichtet, wo ihr Centurio seine Flucht fortsetzte.

Marcellus und ich eilten noch nicht zu den Seilen. Stattdessen wandten wir uns um und starrten dem fliehenden Mörder hinterher.

Severus lief gewandt über das Eis. Drei Viertel der Strecke zum rettenden Südufer lagen bereits hinter ihm. Sollte ich mich geirrt haben? Würde er es unversehrt ans Ufer schaffen? War der launische Flussgott diesem Mörder wohlgesonnen?

Marcellus würde mir das niemals verzeihen. In Gedanken konnte ich ihn bereits hören, wie er mich einen erbärmlichen Feigling schimpfte und mir die Freundschaft kündigte. Am Ende würde er mich noch zur Rechenschaft ziehen – was auch immer der Centurio vorhaben mochte, sobald er Vindobona erreichte.

Meine Grübelei fand ein jähes Ende. Als Severus seinen Lauf noch einmal beschleunigte, um die letzten Schritte in Richtung Ufer hinter sich zu bringen, da geschah es.

Ich hörte das Eis brechen, noch bevor ich es sah. Doch dann ging alles ganz schnell. Severus schrie auf und stürzte zu Boden. Das Eis knirschte, ächzte, und im nächsten Augenblick versank der entsetzte Centurio in einer aufschäumenden Wolke aus Wasser, Schnee und Eis.

Kurz versuchte er noch, sich zu retten. Er ruderte mit

den Armen, schrie um Hilfe, schluckte Wasser, röchelte. Mit der Kraft der Verzweiflung kämpfte er an gegen sein Schicksal, das doch längst besiegelt war. Die Fluten des Danubius umfingen ihn in eiskalter Umarmung und zogen ihn hinab in den sicheren Tod.

XXXVIII.

Es war zu Ende.

Jedenfalls dachte ich das, ich ahnungsloser Narr. Wir, die wir Severus gejagt hatten, standen am Ufer, in Schweigen vereint. Wie ein Mann starrten wir auf den Fluss hinaus, der das Urteil über den flüchtigen Mörder gefällt hatte.

Lasst uns ins Haus zurückkehren, wollte ich sagen. Hier konnten wir nichts mehr tun.

Doch bevor ich ein Wort herausbrachte, drang Musik an mein Ohr. Die zarten Laute der Leier, die mir bereits vertraut schienen, weil ich sie nicht zum ersten Mal hörte. Jetzt klangen sie nicht ganz so überirdisch wie beim letzten Mal, aber es war bestimmt die gleiche Melodie.

Während ich noch zu orten versuchte, woher die Töne kamen, erhob sich die Stimme. Sie hallte über unsere Köpfe hinweg, über den Fluss, wie der Klang einer Posaune. Und sie war voller Verheißung. "Sehet meine Macht, ich habe den Mörder gerichtet! Kniet nieder vor mir, ihr Sterblichen!"

Oben an meinem Haus sprang eine Tür auf. Sie gehörte zu einem jener Ausgänge, durch die man auf die Terrasse hinausgelangte, an der Südseite meines Anwesens. Sie lag ein gutes Stück weiter links als jene, durch die Severus die Flucht ergriffen hatte. Ich war mir sicher, dass sie eben zuvor ganz bestimmt noch nicht offen gestanden hatte.

"Der Gott der Christen, habt ihr ihn gehört?", rief Marcellus voller Ehrfurcht, als die Stimme verklungen war. Er leistete dem göttlichen Befehl sogleich Folge und sank mitten im Schnee auf die Knie.

Im nächsten Moment tauchte eine weißgewandete Gestalt auf der Terrasse auf. Sie erklomm die Schneewehe, unter der das Geländer begraben lag, verschaffte sich einen sicheren Stand auf dieser Anhöhe, dann breitete sie in einer feierlichen Geste die Arme aus.

Ich kniff die Augen zusammen. Einen Moment lang dachte ich, wieder eine der Visionen zu schauen, die mich in den letzten Tagen und Nächten fast um den Verstand gebracht hatten. Doch ich stand jetzt nicht mehr unter dem trügerischen Einfluss des Kykeons. Ich fror bis aufs Knochenmark, doch mein Kopf war klar, meine Sinne geschärft.

Da oben, auf der Terrasse meines Hauses stand Paulus. Unversehrt. Lebendig.

"Ich bin der Bote des Herrn", hob die Stimme wieder an, noch lauter und eindringlicher jetzt. "Ich gebiete über den Tod und das Leben. Wer mir nachfolgt, dem kann keine Macht auf Erden etwas anhaben. Sehet das Wunder, das ich an meinem Apostel gewirkt habe!"

Wie um diese Worte zu unterstreichen, hob Paulus seine Arme über den Kopf und streckte sie in einer Geste der Anbetung dem Himmel, seinem Gott, entgegen.

Ohne, dass ich es wollte, gaben meine Knie unter mir

nach. Hilflos sank ich neben Marcellus in den Schnee. Und konnte doch nicht glauben, was ich da vor mir sah. *Es ist unmöglich*, schrie alles in mir. Meine Sinne, mein Verstand, selbst mein kühnstes Vorstellungsvermögen begehrten auf gegen das Unfassbare. Paulus stand im hellen Licht des Tages vor mir. Der Mann, dessen Leichnam ich mit eigenen Augen gesehen hatte.

Flamma warf sich förmlich zu Boden, dann beugten auch die Keltenkrieger ihre Köpfe und knieten schließlich ebenso nieder. Vor dem Wunder, dessen Zeuge wir wurden. Vor Paulus, den sein Gott von den Toten auferweckt hatte. Er stand dort oben an der Brüstung, jubelnd, triumphierend, wie ein Sinnbild des blühenden Lebens. Keine Vision, sondern eine Gestalt aus Fleisch und Blut.

"Sehet, ich –" setzte die Stimme erneut an, doch im nächsten Moment war ein dumpfer Aufprall zu hören – dann machte sich eine unheilvolle Stille breit.

Paulus zuckte zusammen, wandte sich um, schien einen Augenblick lang etwas anzustarren, das hinter ihm lag, unseren Blicken entzogen. In jenem Raum, zu dem diese Terrasse gehörte.

Doch im nächsten Moment sprach die Stimme aufs Neue zu uns. "Sehet, ich will euch allen eine weitere Demonstration meiner Macht geben. Indem ich über die Elemente gebiete!"

Bildete ich mir das nur ein, oder klang die Stimme verändert? Laut und dröhnend drang sie zu uns herab, wie zuvor, doch sie war tiefer jetzt, dunkler ... und ich hätte schwören können, dass ich sie kannte. Als ob sie schon hundert Mal zu mir gesprochen hätte. Gleichzeitig klang sie fremd und lockend, als wären die Stimmbänder des göttlichen Boten aus purem Himmelssilber.

Ich presste meine Handballen gegen die Schläfen. Was geschah mit mir? War es die Nähe dieses Christengottes, die mich so verwirrte?

"Ich bin der Herr über Wind und Schnee, Kälte und Feuer, Wasser und Eis", fuhr die Stimme fort. "Paulus, mein getreuer Apostel wird da wandeln, wo der Heide keinen Weg fand. Wie einst mein Sohn über die Wasser des Sees von Genezareth – so soll nun Paulus hinwegschreiten über die gefrorenen Wasser des Danubius. Ihr sollt Zeuge dieses Wunders werden und meinen Namen preisen. Ihr sollt meine Gesetze befolgen und die frohe Botschaft verkünden, dass ich meinen eingeborenen Sohn hingab – für eure Sünden! Preiset Gott, euren Herrn, und ich verheiße euch das Ewige Leben!"

Ich hielt den Atem an. Erst dann bemerkte ich, dass ich immer noch in den eisigen Schneemassen auf der Uferstraße kniete. Ich rappelte mich hoch, reckte den Hals um besser sehen zu können.

Aus dem Augenwinkel bemerkte ich, dass die anderen Männer meinem Beispiel folgten. Marcellus, Flamma und die beiden Kelten erhoben sich ebenfalls – ohne den wiedergeborenen Apostel auch nur einen Moment aus den Augen zu lassen. Auch die Legionäre und mein Hausgesinde, das sich auf der ersteren Terrasse versammelt hatte, starrte wie gebannt zu Paulus hinüber – an dem Gott ein weiteres Wunder wirken wollte. Als genüge es nicht schon, dass er ihn aus dem Totenreich zurückgeholt hatte. Von wo doch niemals jemand wiederkehrte!

Paulus selbst jedoch schien zu Tode erschrocken angesichts des neuen Vorhabens seines Gottes. Er wirkte keineswegs begierig, die sichere Terrasse zu verlassen.

Ich konnte sein Verhalten nicht begreifen. Wie konnte er nur so kleingläubig sein? War er nicht der glühendste Apostel des Christengottes, und hatte sein Herr ihn nicht soeben von den Toten auferweckt? Was konnte er da noch fürchten? Sollte er nicht das Vertrauen haben, selbst über die glühenden Kohlen in der Höllenschmiede des Hephaistos zu laufen, wenn sein Gott es ihm befahl?

"Er ist noch schwach, wo er doch eben erst ins Leben zurückgekehrt ist", sagte eine Stimme neben mir. Marcellus. In seinem Gesicht lag ein andächtiger, nein, ein völlig entrückter Ausdruck. "Nun komm schon, Paulus", rief er voller Inbrunst. "Ich werde dir beistehen! Lass uns gemeinsam über den Fluss wandeln und im Triumphzug in Vindobona einziehen! Ich werde deinem Gott den erhabensten Tempel bauen lassen, das schwöre ich bei meinen Leben!" Er schlug mit dem Daumen das Kreuzzeichen über sein Antlitz, in der Art, wie es die Christen taten.

XXXIX.

Flamma stimmte in die Zurufe mit ein. Auch er schwor Paulus seinen Beistand, gelobte ihm, dass er ihn mit seinem Leben schützen würde, bis ans Ende aller Tage.

"Paulus, du Zauderer! Willst du dich meinem Willen widersetzen, wo ich das Wunder der Auferstehung an dir gewirkt habe?", ließ sich die Stimme des Götterboten vernehmen. Ein deutlicher Anflug von Zorn schwang jetzt in den Worten mit.

Paulus setzte sich in Bewegung. Zögerlich zunächst, doch schließlich wagte er den Sprung in die Tiefe. In einer Wolke aus feinstem Pulverschnee glitt er zu uns herab – genau auf die gleiche Weise, wie wir selbst die Uferstraße erreicht hatten.

Flamma war als Erster zur Stelle, ihm auf die Beine zu helfen und ihn zu umarmen. "Du bist es wirklich", sagte er. Seine Stimme klang belegt vor Rührung und Ehrfurcht.

Marcellus ließ es sich nicht nehmen, den auferweckten Apostel ebenfalls in seine Arme zu schließen, und selbst die beiden Keltenkrieger starrten ihn – aus sicherer Entfernung – mit einer Mischung aus Staunen und Demut an.

Paulus zitterte am ganzen Leib, als er auf die Beine kam.

"Fürchte dich nicht, mein Sohn", meldete sich die Stimme des göttlichen Boten zurück. Voller Erhabenheit hallte sie über unsere Köpfe hinweg.

Der Apostel blickte noch einmal zurück zu meinem Haus, dann riss er sich los von den Männern, die ihn stützten und wankte auf das Flussufer zu. Steif und ängstlich machte er die ersten Schritte über das Eis. Er blieb stehen, zögerte, und schlug dann eine Route ein, die weiter stromaufwärts als jener Weg verlief, der den Centurio ins Verderben geführt hatte.

Marcellus machte Anstalten, ihn zu begleiten. Flamma folgte dicht hinter ihm.

"Bleibt zurück!", ertönte da der göttliche Befehl. "Nur an ihm will ich mein Wunder wirken. Ihr, meine Söhne, müsst euch erst würdig erweisen, wie er es getan hat. Sehet zu und erstarret in Ehrfurcht!"

Marcellus kam abrupt zum Stehen. Tiefe Enttäuschung sprach aus seinen Augen, als er sich zu mir umblickte. Er stand einen Augenblick unschlüssig da, doch schließlich kehrte er zum Ufer zurück.

Paulus jedoch schien jetzt unverzagter. Beinahe im Laufschritt setzte er einen Fuß vor den anderen, zog eine Spur über die dünne Schneeschicht, die das Eis bedeckte. Gebannt folgten wir jedem seiner Schritte.

Er erreichte unversehrt die Mitte des Flusses. Für einen Augenblick bremste er seinen Lauf, beugte sich vornüber und schien nach Atem zu ringen. Er warf uns einen Blick zu, der mir seltsam leer und kalt erschien. Dann setzte er seinen Weg fort.

Schließlich hatte er drei Viertel des Weges hinter sich

gebracht.

Die Stimme des Götterboten war verstummt. Nur das Heulen des Windes war jetzt zu vernehmen. Paulus lief nahezu lautlos durch den Schnee. Einmal glitt er aus, stolperte, konnte sich jedoch mit den Armen abfangen und kam wieder auf die Beine.

Schließlich trennten ihn nur noch wenige Schritte vom sicheren Ufer.

Dann hatte er es erreicht. Marcellus und Flamma jubelten, stimmten ein Loblied zu Ehren Gottes an, während Paulus sich erschöpft – aber bestimmt auch erleichtert – in den Schnee sinken ließ.

Doch dann geschah es. Zweige knackten, Schnee fiel von den Büschen und Bäumen, die am Flussufer wuchsen. Plötzlich sprang ein dunkler Schatten zwischen den Ästen eines Gehölzes hervor – und stürzte sich auf den Apostel.

Ein Dämon, war mein erster Gedanke. Doch auf den zweiten Blick erkannte ich, dass es sich bei dem Angreifer um einen Braunbären handelte. Eine jener furchterregenden Bestien, die so zahlreich in den Wäldern um Vindobona hausten. Mit markerschütterndem Gebrüll griff das Tier an. Zweifellos war es ebenso ausgehungert wie die Wölfe, die in mein Haus eingefallen waren.

Paulus stieß einen Hilfeschrei aus, kam strauchelnd auf die Beine, floh vor der Bestie. Doch die Schneemassen auf der Uferstraße ließen ihn kaum vom Fleck kommen. Der Bär auf seinen mächtigen Pranken war ihm in jeder Hinsicht überlegen.

Das gierige Brüllen des Untiers ließ mir das Blut in den

Adern gefrieren. Ich blickte zum Himmel auf, erwartete jeden Moment, dass ein Blitz herabführe und die Bestie niederstreckte. Bestimmt würde der Christengott, der seine schützende Hand über Paulus hielt, ihn erneut vor dem Tod bewahren.

Doch nichts geschah.

"Wir müssen ihn retten", schrie eine Männerstimme direkt neben mir. Marcellus. Er lief los, sprang erneut auf das Eis des Danubius hinab, riss sein Schwert aus der Scheide und stürmte über den Fluss.

"Halt ein, Legat!", rief die Stimme des Götterboten, die mit einem Mal wieder über den Fluss hallte.

Doch diesmal schenkte mein Freund ihr keine Beachtung. All sein Denken und Streben galt wohl nur noch Paulus. Marcellus war einer der mutigsten Kämpfer, die ich kannte. Und ein Mann, der bereit war, sein Leben zu riskieren, zum Schutze eines Freundes. Ich hatte ihn schon einmal gegen einen Bären kämpfen sehen – ein Duell auf Leben und Tod, bei dem die Bestie am Ende den Kürzeren gezogen hatte. Doch würde er Paulus rechtzeitig erreichen, bevor das Untier den wehrlosen Mann zerfleischte? Zuvor aber quälte mich noch eine andere Frage: Würde das Eis Marcellus tragen, wie es den Apostel getragen hatte?

"Marcellus!", rief die Stimme erneut. Doch sie war nicht mehr dieselbe. Etwas hatte sich verändert. Sie klang noch lauter als zuvor, hörte sich an, als ob eine Frau aus voller Kehle schrie.

Ja, das war es, eine Frau! Aber nicht irgendeine Frau. Diese Stimme gehörte eindeutig Layla! Ihr hallender

Klang war mit einem Mal verschwunden.

Ich fuhr herum, starrte hinauf zu der Terrasse – und dort stand sie. Layla. Sie kniete auf der schneebedeckten Brüstung. "Marcellus!", rief sie aus voller Kehle. "Hör mich an! Kehre um. Du kannst ihn nicht retten!"

Auch der Legat schien jetzt die Veränderung bemerkt zu haben. Dass der Bote des Herrn plötzlich mit Laylas Stimme zu uns sprach. Er kam schlitternd zum Stehen, sah sich um, erkannte Layla zweifellos, denn er hatte die scharfen Augen der Jugend.

Just in diesem Moment stieß Paulus seinen letzten Schrei aus. Der Bär hatte ihn eingeholt. Wild brüllend bäumte sich das riesenhafte Tier über seinem Opfer auf. Es fletschte die Zähne – dann schlug es zu. Nichts oder niemand konnte den Apostel jetzt noch retten.

"Marcellus!", rief Layla erneut. "Komm zurück, ich kann dir alles erklären!"

Marcellus zögerte. Bestimmt verstand er ebenso wenig wie ich, wie der Bote des Herren plötzlich zu Layla geworden war. Doch er musste einsehen, dass er Paulus nicht mehr helfen konnte.

Mir schwindelte. Keuchend ging ich in die Knie, schloss die Augen und kämpfte die Übelkeit nieder, die sich meiner Eingeweide bemächtigte.

Als ich wieder aufblickte, hatte Marcellus den Rückweg angetreten. Unsicheren Schrittes lief er mir entgegen, quer über den Fluss, der ihn noch immer verschlingen konnte.

Bitte lass das Eis ihn tragen, flehte ich – ohne zu wissen, an welchen Gott ich mein Sehnen nun noch richten sollte.

Am Südufer des Danubius hatte der Schnee sich blutrot verfärbt – während der Bär sich an seiner Beute satt fraß.

XL.

Die Kräftigsten unter meinen Sklaven halfen uns, den Weg zurück ins Haus zu finden. Mit Hilfe der Seile, die sie herbeigeschafft hatten, hievten sie uns zur Terrasse hinauf. Ohne diese Unterstützung hätten wir die Uferböschung niemals erklimmen können – auch wenn der Weg herab leicht gewesen war.

Natürlich hätte es andere Rückwege gegeben. Doch dies war der unmittelbarste und schnellste. Um zu den anderen Eingängen meines Hauses zu gelangen, hätten wir uns erst mühsam einen Weg durch die Schneemassen bahnen müssen, die alles unter sich begruben.

Ich hatte erwartet, Layla unter den Männern zu finden, die uns auf der Terrasse in Empfang nahmen. Ich konnte es nicht erwarten, ihre Erklärung zu hören, für das Unbegreifliche, dessen Zeuge ich soeben geworden war. Doch sie war nirgends zu sehen.

Ich machte mir den Weg frei, stieß unsanft jene wohlmeinenden Seelen beiseite, die mich in wärmende Decken hüllen wollten. Ich würde ihnen später meinen Dank ausdrücken. Hastig durchquerte ich das Zimmer, das hinter der Terrasse lag. Ich rannte den Flur entlang, auf direktem Wege zu jenem Gemach, auf dessen Terrasse der wiedererweckte Apostel aufgetaucht war. Dort hatte ich Layla zuletzt gesehen – als sie sich Marcellus zu erkennen gegeben hatte.

Der Legat folgte mir nach. Die anderen Männer ebenso, wenn ich nach der Vielzahl der Schritte urteilte, die in meinem Rücken widerhallten.

Als ich die Tür des fraglichen Gemachs erreichte, stieß ich sie auf, ohne auch nur einen Moment innezuhalten.

Und da war sie. Layla.

Sie stand direkt vor mir, in der Mitte des Zimmers. In der einen Hand hielt sie eine silberne Amphore, wie ich sie zum Ausschank meiner besten Weine benutzte, in der anderen ... einen Dolch? Und Layla war nicht allein im Raum. In einer Ecke, rechts der Terrassentüren kauerte eine Frau. Sie wirkte benommen und völlig verängstigt.

Caecilia.

Ich verstand gar nichts mehr.

Marcellus schien es nicht besser zu ergehen. Er stürzte auf Layla zu, hielt jedoch abrupt inne, als er sah, wie seltsam sie bewaffnet war.

"Bei Jupiter", entfuhr es ihm, "was geht hier vor?"

Layla wirkte unendlich erleichtert, uns zu sehen. Unvermittelt drückte sie mir Dolch und Amphore in die Hände, während alle Anspannung aus ihrem Körper zu weichen schien. Mit einem tiefen Atemseufzer ließ sie sich auf eines der beiden Sofas fallen, die zur Ausstattung des Zimmers gehörten. "Ich danke den Göttern, dass sie euch unversehrt zu mir zurückgebracht haben", flüsterte sie und schloss für einen Moment die Augen.

Ich dachte schon, sie würde in eine Ohnmacht sinken – aber nicht Layla.

Einige Sklaven tauchten in der Tür auf. Als Layla die Burschen erblickte, huschte ein dankbares Lächeln über ihre Lippen. Sie sah Marcellus an, dann mich. Sorge um unser Wohlergehen lag in ihren dunklen Augen. "Ich kann euch alles erklären", sagte sie. Dabei warf sie einen vielsagenden Seitenblick auf Caecilia, die sich wimmernd gegen die Wand drückte. "Doch zuerst solltet ihr trockene Kleider anziehen und euch etwas aufwärmen. Ihr müsst ja halb erfroren sein!"

Meine Diener warteten nicht erst meine Anweisungen ab. Laylas Wort schien ihnen ebenso viel zu gelten. Einer hinter dem anderen huschte aus dem Raum, um gleich darauf mit frischen Kleidern und den bereits angebotenen warmen Decken wiederzukehren.

Ein weiterer Bursche schaffte ein kleines Kohlebecken herbei, um den Raum rasch aufzuheizen. Ein dritter brachte zwei Amphoren Wein und ein Tablett voller Trinkbecher. Die Gefäße waren noch versiegelt. So hegte ich keine Sorge, dass wir uns erneut mit irgendeinem Zaubertrank vergiften würden. Bereitwillig ließ ich mir einen Becher füllen. Ich trank den Wein unverdünnt, wie es eigentlich nur Barbaren zu tun pflegten, doch das war mir in diesem Augenblick egal. Das starke Gebräu brannte angenehm meine Kehle hinab und weckte meine Lebensgeister.

Caecilia indes fand ihre Sprache wieder. Sie rappelte sich hoch, drückte sich dann aber erneut gegen die Wand in ihrem Rücken. Als könne ihr das feste Mauerwerk Schutz gewähren. "Diese Wahnsinnige wollte mich umbringen!", rief sie und wies mit anklagendem Zeigefinger auf Layla.

Sie jedoch schien das kalt zu lassen. Sie würdigte die Christin nicht einmal eines Blickes.

Ich hielt die Anspannung nicht mehr aus. "Erzähl uns, was geschehen ist, Liebes", rief ich – bevor mir bewusst wurde, dass ich sie in Anwesenheit von Marcellus nicht mit diesem Kosewort benennen sollte.

"Severus war kein Mörder", begann Layla unvermittelt. Sie verstand es, nicht lange um den heißen Brei zu reden, sondern ihre Zuhörer gleich mit ihren ersten Worten zu verblüffen. Das musste man ihr lassen.

"Kein Mörder?", sagte Marcellus. Er hatte sich auf dem Sofa direkt neben Layla niedergelassen, während ich einen Platz auf der gegenüberliegenden Bank eingenommen hatte. Flamma saß neben mir, die beiden Kelten lehnten an der Wand hinter uns. Allesamt wurden wir von meinen Sklaven umlagert, die ebenso begierig auf Antworten sein mussten wie ich selbst. Ich hatte kein Herz, sie wegzuschicken.

Würde Layla alles aufklären können, was wir in den letzten Stunden erlebt hatten? War das überhaupt möglich? Nichts ergab mehr einen Sinn für mich.

Sie jedoch, die sich ebenfalls in eine wärmende Decke gehüllt hatte, sprach jetzt ruhig und überlegt, als wolle sie jedes ihrer Worte genau abwägen. "Dein Centurio wurde verleumdet", sagte sie zu Marcellus. "Er starb ohne Schuld."

Mit einem Mal erinnerte ich mich an die Worte, die Layla mir zugeraunt hatte. Zuvor, in Marcellus´ Zimmer, als wir den Centurio in die Mangel genommen hatten.

Kurz bevor er geflohen war. *Ich denke, du machst einen Fehler, Herr.*

Doch ich hatte nicht auf sie gehört. So begierig war ich gewesen, den Mörder endlich zur Strecke zu bringen, dass ich ihrem leisen Protest keinerlei Beachtung geschenkt hatte.

Ein unbestimmtes Gefühl der Reue machte sich in meinem Herzen breit. Sprach Layla die Wahrheit? War Severus wirklich unschuldig gewesen?

"Ihr alle habt Severus verfolgt", fuhr Layla fort, "doch wir Frauen blieben zurück. Wie es sich fürs Weibsvolk gehört, nicht wahr?" Sie warf Caecilia einen flüchtigen Blick zu. "Ich gab vor, mich in mein Zimmer zurückziehen zu wollen, um mich ein wenig von dem schrecklichen Aufruhr zu erholen. Doch in Wahrheit tat ich nichts dergleichen. Ich nutzte vielmehr die Gelegenheit, Caecilia wie ein stiller Schatten zu folgen. Ich wollte sehen, wohin ihre Wege sie führen würden. Und was musste ich feststellen? Sie verschwand im Gebetsraum der Christen und blieb dort eine ganze Weile. Wollte sie sich bloß einer Andacht hingeben? Nein. Es lohnte sich, dass ich mich auf die Lauer legte. Denn bald darauf verließ sie den Raum wieder – in Gesellschaft jenes Mannes, der dort als Toter aufgebahrt gelegen hatte. Paulus!"

"Sein Gott hat ihn von den Toten auferweckt", sagte Marcellus – obwohl er nach allem, was geschehen war, seinen eigenen Worten nicht mehr ganz zu trauen schien. Eine tiefe Falte hatte sich auf seiner jugendlichen Stirn eingegraben. Er sprach nicht mehr im Brustton der Überzeugung, den er sonst so gern an den Tag legte, sondern eher zaghaft.

"Nein, Legat", widersprach ihm Layla. "Sein Gott konnte ihn gar nicht von den Toten auferwecken. Denn Paulus war niemals tot!"

XLI.

Es war, als hätte Layla uns Jupiters göttliche Blitze um die Ohren geschleudert. "*Niemals tot*?", wiederholte ich verständnislos. Hatte sie den Verstand verloren?

"Also hör mal", protestierte auch Marcellus. "Er mag zwar nicht erdolcht worden sein, wie wir anfangs annahmen, aber er wurde zweifellos ermordet. Mit Gift, diesem Kykeon, nicht wahr? Wir haben doch alle seine Leiche gesehen."

"Gesehen ja", sagte Layla. "Aber eingehend untersucht haben wir sie nicht. Das wollten wir dem Medicus überlassen – doch der kam nicht mehr dazu."

Sie machte eine Pause. Dann sagte sie: "Genau aus diesem Grund musste Thessalos sterben. Weil er bei der geplanten Untersuchung sicherlich bemerkt hätte, dass Paulus noch am Leben war."

Sie heftete ihre dunklen Augen auf mich. "Als wir Paulus gestern Morgen vergiftet vorfanden, du und ich, Thanar, da muss er dem Tode nahe gewesen sein. Sein Leben mag nur noch an einem dünnen Faden gehangen haben. Denn er wurde tatsächlich vergiftet. Die Dosis aber war falsch bemessen, von der Attentäterin, die seinen Tod wollte. Die Menge reichte nicht aus, ihn zu ermorden. Sie ließ ihn bloß in einen totenähnlichen Schlaf versinken."

"Das hätten wir doch aber bemerken müssen", protestierte ich.

Layla bedachte mich mit einem nachdenklichen Blick. "Wirklich? Wie gesagt, wir haben nicht genau nachgesehen. Schlicht und einfach, weil wir fest davon ausgingen, dass Paulus tot war. Wir prüften nicht nach, ob sein Herz noch schlug, und selbst wenn, hätten wir es vielleicht nicht bemerkt. Geschieht es nicht sehr oft, dass Menschen lebendig begraben werden? Es ist nicht leicht, den Tod ganz sicher zu erkennen. So manch ein angeblich Dahingeschiedener hat sich schon lebendig in seinem Grabmal wiedergefunden."

"Eine Attentäter*in*, sagtest du?", mischte Marcellus sich ein. "Eine *Frau*?" Mein Freund klang ebenso ratlos wie ich selbst.

"Vielleicht sollte ich am Anfang beginnen", sagte Layla. "Ich werde versuchen, euch meine Grübeleien der letzten Tage zu schildern. Und wie sie mich am Ende zur Wahrheit führten."

"Hervorragende Idee", brummte Marcellus. "Ich möchte endlich wissen, wer hier nun wen ermordet hat. Und vor allem warum! Sonst verliere ich noch den Verstand!"

Ein Vorschlag, den ich nur bekräftigen konnte. Immerhin war ich nicht der Einzige, der anscheinend völlig im Dunkeln tappte. Ein schwacher Trost!

Einen Moment lang spielte ein schelmisches Lächeln um Laylas Lippen. Sie schien sich ihrer Sache völlig sicher zu sein. Und sie genoss sichtlich den Triumph, den Mordfall als Einzige gelöst zu haben.

Im nächsten Augenblick sprach sie wieder in der ihr

eigenen bescheidenen und ruhigen Weise zu uns. Als gäbe sie uns bloß einen rein sachlichen Bericht – nicht ein erneutes Zeugnis ihrer verblüffenden Fähigkeit, der Wahrheit auf die Spur zu kommen. Unmögliche Rätsel zu lösen. Mörder zur Strecke zu bringen, die sich für schlauer als alle anderen hielten.

"Es ist gar nicht leicht, den Anfang zu finden, in dieser schrecklich verwickelten Sache", sinnierte sie. "Wir waren so geblendet von all den Tagträumen, Visionen, Trugbildern, die uns bei jedem Schritt verfolgten. Jeder von uns sah etwas anders. Dinge, die wir begehrten, Wesen, die wir fürchteten, Menschen die wir verloren haben ... Nur bei zwei Gelegenheiten sahen und hörten mehrere von uns das Gleiche. Das kann also kein Trugbild unserer Sinne gewesen sein, dachte ich mir. Beide Male war es die Stimme, die zu Marcellus sprach."

"Der göttliche Bote", bestätigte der Legat mit einem Kopfnicken.

Layla zog eine Augenbraue hoch. Was ihrer höflichen Art entsprach, Marcellus wissen zu lassen, dass er im Irrtum war. Ohne ihm vor allen Versammelten allzu direkt zu widersprechen. "Anfangs hielt ich diese Erscheinung tatsächlich für einen Gesandten des Christengottes", sagte sie. "Und es ergab Sinn für mich, dass dieser Allmächtige dich zu seinem neuen Adepten auserkor. Schließlich bist du nicht nur in Vindobona sehr einflussreich. Du entstammst einer angesehenen Familie, bist ein hervorragender Feldherr und Anführer und wirst es im Imperium bestimmt noch weit bringen."

Layla bedachte den Legaten mit einem Blick voll

zärtlichem Stolz. "Marcellus könnte etwas bewirken, für diesen Gott der Christen", fuhr sie fort, an uns andere gewandt. "Er könnte ihm zu Anerkennung, ja vielleicht sogar zu Ansehen verhelfen. In unserer Provinz und darüber hinaus. Doch was ich nicht verstand: Warum schickte dieser Gott einen himmlischen Retter, um Marcellus vor den Wölfen zu bewahren – während er Paulus nicht vor dem Bären retten konnte? Oder wollte?"

Das war eine berechtigte Frage. Warum hatte ich selbst sie mir nicht gestellt?

"Wenn ich etwas nicht begreifen kann", fuhr Layla fort, "wenn eine Erklärung mir unsinnig erscheint, so versuche ich, alle nur erdenklichen Möglichkeiten durchzugehen. Was diesen vorgeblichen Götterboten anbelangte, der Marcellus schützte, Paulus jedoch sterben ließ, so gab es nur zwei andere Möglichkeiten: Erstens, er – und damit auch der Gott, der ihn aussandte – waren in Wahrheit dämonische Wesen. Dunkle Geschöpfe, denen es gleichgültig ist, ob ein Mensch lebt oder stirbt. Doch warum hätte solch ein Dämon Marcellus vorgaukeln sollen, der Christengott zu sein? Marcellus hegte – wenigstens zu Beginn – keinerlei Vorliebe für das Christentum. Wäre es für einen Dämon nicht einfacher gewesen, sich als Jupiter, Apollo oder sonst einen der bekannten Götter auszugeben, wenn er Marcellus für sich gewinnen wollte?"

"Ich denke doch", pflichtete ich ihr bei, auch wenn ich noch nicht verstand, worauf sie hinauswollte.

"Möglichkeit zwei: Wenn der vorgebliche Christengott, der Marcellus so zugetan war, weder Götter- noch Dämonennatur besaß, so konnte er nur ein Mensch sein. Einer, der bloß *vortäuschte*, ein göttlicher Gesandter zu sein. Diese Möglichkeit schien mir die Wahrscheinlichste, auch wenn der Stimme, die zu uns sprach, ein himmlischer Klang anhaftete. Genaugenommen mussten wir es sogar mit *zwei* Menschen zu tun haben. Denn jene Gestalt, die mit ihrem Schwert die Wölfe tötete, war nicht die gleiche, die zu uns sprach. Die scheinbar engelhafte Stimme schien durch die Wände des Raumes zu kommen. Sie ging nicht von dem Retter aus, der das Schwert schwang."

Nun war es Marcellus, der skeptisch die Augenbrauen hochzog.

Layla indes sprach unbeirrt weiter: "Wer aber sollte ein Interesse daran haben, Marcellus etwas vorzumachen, um ihn für den Gott der Christen einzunehmen, fragte ich mich. Doch nur ein Christ, nicht wahr?"

"Paulus", sagte ich, ohne zu zögern. "Er wollte das Christentum verbreiten, und Marcellus wäre ihm dabei sehr nützlich gewesen, mit seiner Macht und seinem Einfluss. Wie du es gerade geschildert hast. Aber Paulus war doch tot." Ich begriff noch immer nicht, wie der Apostel plötzlich quicklebendig auf der Terrasse aufgetaucht war. Würde Layla uns dieses Wunder erklären können?

XLII.

Marcellus war anzusehen, dass ihm Laylas Enthüllungen nicht behagten. Ich wusste, dass er die Offenbarungen des vermeintlichen Engels für bare Münze genommen hatte. Er hatte sich in seiner Eitelkeit gesonnt, der Auserwählte eines Gottes zu sein. "Es war keine menschliche Stimme, die da zu uns sprach, Layla", wandte er ein. "Du hast sie doch selbst gehört."

Layla stand vom Sofa auf und lief zu der silbernen Amphore hinüber, die sie vorhin in der Hand gehalten hatte. Jetzt stand das Gefäß nahe der Tür auf dem Fußboden. Layla hob es hoch, bis dicht unter ihre Lippen. Sie sprach mit lauter und feierlicher Stimme in das Gefäß hinein: "Es gibt viele Wege und Möglichkeiten, seine Stimme zu verzerren, Marcellus", verkündete sie – und klang dabei plötzlich verdammt ähnlich wie der Götterbote. Das Metall der Amphore verlieh ihrer Stimme jenen überirdischen Hall, der uns so beeindruckt hatte.

Der Legat stieß erschrocken den Atem aus. "Verflucht noch mal", entfuhr es ihm. "Wie konnte ich nur darauf hereinfallen?"

"Wärst du Herr deiner Sinne gewesen, so wäre das kaum möglich gewesen", sagte Layla. "Das Kykeon, das uns alle berauschte, machte es uns unmöglich, Trugbild von

Wirklichkeit zu unterscheiden. Genau aus diesem Grund wurde es uns verabreicht, denke ich. Um unsere Sinne für die wahren Geschehnisse in diesem Haus blind zu machen, während wir gleichzeitig anfälliger wurden für jene Dinge, die man uns glauben machen wollte. Wie eben diesen Götterboten."

Marcellus warf mir einen peinlich berührten Blick zu. Ich wusste genau, was in ihm vorging. Auch ich kam mir vor wie der größte Narr.

"Ich hatte also den Verdacht, dass es zwei Verschwörer geben müsse", sagte Layla. "Die dem christlichen Lager angehörten. Paulus war tot, jedenfalls glaubte ich das. Also kamen nur Flamma, Caecilia und Philomena in Frage. Ich tippte zunächst auf Philomena. Wer ihr Gehilfe sein konnte, wusste ich noch nicht zu sagen. Vielleicht steckten sie ja sogar alle drei unter einer Decke? Doch dann wurde Philomena selbst erdolcht, zur gleichen Zeit wie der Medicus. Was keinerlei Sinn ergab. Weiter kam ich nicht mit meinen Überlegungen, solange wir alle unter dem Einfluss des Kykeons standen. Wäre ich nicht so betört und verwirrt gewesen, hätte ich Severus vielleicht retten können."

Ihre Stimme erstarb zu einem Flüstern. "Wir haben ihn in den Tod getrieben, obwohl er doch gänzlich unschuldig war. Er floh bloß vor uns, weil er fürchten musste, im nächsten Augenblick in Stücke gerissen zu werden. Er hatte keine Chance, sich zu verteidigen."

Layla ließ ihren Blick durch die Runde wandern. Zu Flamma, zu den Kelten. Keiner der Männer sagte ein Wort.

Sie fuhr fort: "Als ihr Severus nachjagtet, nutzte ich die Gelegenheit, Caecilia hinterherzuschleichen. Wie ich es schon berichtet habe. Sie war die einzige der Christen, die nun noch im Haus war. Sie und Flamma waren die einzigen beiden, die noch lebten. Ich hatte sie also stark im Verdacht, hinter den vorgeblichen Botschaften Gottes und damit auch hinter den Morden zu stecken. Doch ich konnte nichts beweisen. Dann jedoch, als sie den Gebetsraum mit Paulus verließ, der lebendig und unversehrt war, da wurde mir alles klar. Er war es, der die Morde begangen hatte, und sie war seine Gehilfin gewesen!"

Layla blickte noch einmal in die Runde. Vielleicht erwartete sie, Widerspruch zu ernten. Doch niemand wusste etwas zu sagen.

Sie fuhr mit ihrer Anschuldigung fort: "Paulus ließ die Wölfe ins Haus – und er schlüpfte auch in die Rolle des göttlichen Retters, der Marcellus und mich vor den Bestien rettete. Während Caecilia dazu eine kleine Melodie spielte, die wir in unserem Rausch für himmlische Klänge hielten. Sie benutzte dafür eine Leier. Seht ihr, das Instrument liegt dort drüben in der Ecke. Außerdem sprach sie mit erhobener Stimme in die Silberamphore. Und wir ließen uns alle davon täuschen."

Sie machte eine Pause, schien sich in Gedanken zu verlieren.

"Sprich weiter", drängte Marcellus. "Was geschah dann?" Er blickte missmutig drein, wirkte gleichzeitig aber auch höchst ungeduldig, endlich die ganze Wahrheit zu erfahren.

Layla nickte mit dem Kopf und tat wie ihr geheißen.

"Ich schlich hinter den beiden her, nachdem sie den Gebetsraum verlassen hatten, und folgte ihnen bis hierher in dieses Zimmer. Es war zum Glück noch dunkel im Haus, sodass ich es unbemerkt bis hinter das Sofa schaffte und mich verbergen konnte. Caecilia ging noch einmal fort und kehrte dann mit der Amphore und der Leier zurück. Dann blockierte sie die Zimmertür von innen, mit dem kleinen Holzkeil dort, seht ihr? Während Paulus die Terrassentür einen winzigen Spalt weit öffnete und hinaus spähte. Eine ganze Weile verharrte er auf diesem Beobachtungsposten. Ich nahm an, dass er verfolgte, wie ihr Severus jagtet. Dann jedoch gab er plötzlich Caecilia, die dicht hinter ihm stand, ein Handzeichen. Sie griff zu der Leier, spielte eine kleine Weise. Als Nächstes schnappte sie sich die Amphore, während Paulus die Terrassentüren nun zur Gänze aufstieß. Er trat hinaus, und sie begann im Namen Gottes zu sprechen – verstärkt durch den Metallkörper der Amphore. Da wurde mir eines klar: Wenn die Stimme des Götterboten ein fauler Zauber war, konnte dann die Auferweckung des Paulus von den Toten wahrhaftig sein? Auf gar keinen Fall! Es blieb also nur der Schluss, dass er niemals tot gewesen war."

An dieser Stelle begriff ich, was sich als Nächstes zugetragen haben musste. "Die Stimme verstummte ganz plötzlich", sagte ich zu Layla. "Gleich darauf hörten wir eine Art Aufprall. Ein dumpfes Geräusch, als ob etwas Schweres zu Boden gefallen wäre. Und danach klangen die göttlichen Worte plötzlich verändert. Die Stimme kam mir mit einem Mal seltsam vertraut vor. Oh, ich alter Narr. Du warst es, Layla, nicht wahr? Du hast Caecilia niedergeschlagen und ihren Platz eingenommen! Was hast du getan, dass sie zu Boden ging? Dich von hinten an sie herangeschlichen, ihr die Amphore entrissen und sie ihr dann über den Schädel gezogen?"

Layla lächelte verlegen. "So hat es sich wohl abgespielt, Herr. Ich hatte keine Wahl. Ich hatte mich zwar mit einem Dolch bewaffnet, doch die beiden waren zu zweit. Ich hätte erst loslaufen müssen, um ein paar Sklaven oder die Legionäre zusammenzutrommeln, aber dann hätten die beiden Verschwörer mich womöglich bemerkt. Danach hätten sie sich bestimmt kein zweites Mal auf frischer Tat bei ihrem hübschen kleinen Theater erwischen lassen. Und wer hätte mir dann noch geglaubt, dass es nicht der Christengott höchstselbst war, der Paulus wiedererweckt hatte und seinen Boten zu uns sprechen ließ? Ich war also auf mich allein gestellt. Ich setzte Caecilia außer Gefecht und nahm ihre Rolle ein. Dann musste ich mir ganz schnell etwas einfallen lassen."

"Das göttliche Wunder für Paulus", sagte ich. "Dass er übers Wasser gehen sollte und heil ans andere Ufer gelangen würde, während Severus untergegangen war." Niemals wäre ich in so kurzer Zeit auf so eine Idee gekommen.

Layla nickte. "Paulus bemerkte natürlich, dass es nicht mehr Caecilia war, die zu euch sprach. Er wandte sich zu mir um. *Du bist ein Mörder*, flüsterte ich ihm zu. Ich hatte keine Zeit für lange Erläuterungen, Drohungen oder gar für eine Beweisführung. Ich zeigte ihm meinen Dolch – und er traute mir offensichtlich zu, dass ich davon Gebrauch machen würde, wenn er mich angriff. *Lassen wir die Götter entscheiden, ob du leben oder sterben sollst,* sagte ich zu ihm – dann sprach ich weiter zu euch und zwang ihn dazu, die Flucht nach vorn anzutreten. Er hatte eine reale Chance, es lebendig über den Fluss zu schaffen und danach irgendwo unterzutauchen. Auch wenn es eine kleine Chance war."

"Paulus hat sie ergriffen", sagte ich.

"Ja. Er hat wohl eingesehen, dass er keine Alternative hatte. Nach einem kurzen Augenblick des Zauderns gehorchte er dem scheinbar göttlichen Befehl. Vielleicht dachte er noch immer, dass sein Gott ihn retten würde. Vermutlich glaubte er ja auch, dass er im göttlichen Auftrag handelte, als er zum Mörder wurde. Als er beschloss, dass Divicia sterben musste. Die Heidin, die in seinen Augen Dämonen anbetete. Und die nun das Imperium für ihren Kult einnehmen wollte, mit dem Zaubermittel gegen die Pest. Die ein größeres Wunder versprach, als er oder jeder andere christliche Apostel je mit Hilfe seines Gottes gewirkt hatte. Das durfte nicht passieren! Vielmehr wollte Paulus die Welt für seinen Glauben gewinnen."

"Deswegen entsann er die Idee mit der Auferstehung?", warf ich ein. "Das größte aller Wunder."

"Ich denke, ja", sagte Layla. "Er entschied, Divicia zu töten und gleichzeitig die Macht des Christengottes über Leben und Tod zu demonstrieren. Deswegen machte er sich selbst ebenfalls zum Mordopfer – natürlich nur scheinbar. Die Auferstehung war von Anfang an Teil seines Plans. Genau wie die Schliche mit der göttlichen Stimme, die er ersann, um noch zusätzlich Marcellus als

Fürsprecher, nein, als neuen Gläubigen, zu gewinnen."

"Doch letztlich ließ sein Gott ihn wohl im Stich", sagte ich. "Statt ihn zu erretten, sandte er ihm einen Bären."

Layla nickte wortlos.

XLIII.

"Wie Paulus seine eigene Ermordung vortäuschte – das musst du mir erklären", verlangte Marcellus. "Er soll also Divicia getötet haben. Gut, das kann ich mir vorstellen. Er wollte verhindern, dass sie mit ihrem Pestmittel Erfolg hatte und womöglich die Gunst des Imperators gewann, während die Christen für ihren Glauben im besten Fall Gelächter ernten. Im schlechtesten Fall Hass, Verfolgung und Tod. Ich nehme an, er erdolchte Divicia, nachdem sie ihn mit in ihr Zimmer zu einem freundlichen Gespräch genommen hatte?"

"So muss es gewesen sein", sagte Layla. "Er tat so, als habe er seine anfängliche Feindseligkeit gegen sie überwunden, und schmeichelte sich stattdessen den ganzen Tag lang bei ihr ein. Damit er die Gelegenheit bekam, mit ihr allein zu sein, ohne Argwohn zu erregen."

Layla wandte sich mir zu: "Erinnerst du dich noch, Thanar, was einer deiner Sklaven behauptete? Er schwor, dass er den ganzen Abend über den Flur vor Divicias Gemach im Auge gehabt hätte. Und dass kein Mensch das Zimmer betreten habe."

Womit er recht gehabt hatte, musste ich mir jetzt eingestehen. Auch wenn der abergläubische Bursche den falschen Schluss aus seiner Beobachtung gezogen hatte.

Kein übersinnliches Wesen war ungesehen in das Gemach geschlichen und dort zum Mörder geworden. Paulus, der die ganze Zeit über im Raum gewesen war, hatte die Bluttat begangen.

"Vermutlich brachte Paulus die Druidin erst noch dazu, ihm das Pestmedikament zu zeigen", sagte Layla. "Dann tötete er sie und zerstörte es. Er besudelte sein eigenes Gewand mit ihrem Blut und fügte sich mit dem Dolch ein paar Schnittwunden an den Armen zu. Auch Divicia muss er diese vorgeblichen Verteidigungswunden beigebracht haben, als sie bereits im Sterben lag. Es gab keinen langen Kampf zwischen den beiden, sonst hätte Divicia doch sicherlich um Hilfe geschrien. Er fügte ihr – und sich selbst – diese Wunden zu, um die Kampfszene bildhafter zu machen. Damit jeder sofort sehen konnte, dass hier zwei Menschen erdolcht worden waren."

"Und weiter?", fragte Marcellus.

"Philomena muss eingeweiht gewesen sein, genau wie Caecilia. Nur Flamma war ahnungslos, denke ich."

"Vollkommen ahnungslos!", beschwor der ehemalige Gladiator. "Ich kann nicht glauben, dass hinter meinem Rücken eine solche Intrige –" Er brach abrupt ab und schüttelte unwillig den Kopf. Als er zu Caecilia hinüberblickte, starrte diese bloß stur vor sich auf den Fußboden. Als ginge sie die Anklage überhaupt nichts an.

Layla fuhr fort: "Ich denke, dass es bei dem Streit zwischen den dreien im Vorfeld der Morde genau darum ging. Paulus unterbreitete den beiden Frauen seinen mörderischen Plan. Er beschwor sie, ihn dabei zu unterstützen – wogegen sie anfangs heftig aufbegehrten.

Verständlicherweise. Doch schließlich überzeugte er sie doch. Vielleicht mit dem Argument, Gott persönlich habe ihm die Mordtat und die Inszenierung des Auferstehungswunders befohlen? Ich weiß es nicht, aber es spielt auch keine Rolle. Jedenfalls vereinbarte Paulus mit seinen beiden Gehilfinnen, dass sie ihn bei Divicia finden sollten. Scheinbar ebenfalls erdolcht. Das Zimmer lag im Halbdunkel, als Philomena Alarm schlug und wir alle zusammenliefen. Sie und Caecilia scharten sich weinend um den vermeintlich ermordeten Apostel – was uns gar nicht erst auf die Idee kommen ließ, die Leiche gleich an Ort und Stelle einer eingehenden Untersuchung zu unterziehen. Niemand wollte so taktlos sein und die Angehörigen in ihrer Trauer stören."

"Was aber wurde aus dem Dolch, mit dem Paulus die Bluttat beging?", fragte ich. "Wir fanden ihn doch nirgends im Raum."

"Ich vermute, dass er ihn unter seinem eigenen Körper versteckte", sagte Layla. "Wo natürlich niemand danach suchte."

Ich bewunderte sie, wie sie auf jeden Einwand, jede Frage sogleich eine Antwort parat hatte. Sie musste das mörderische Rätsel – und dessen Auflösung – bis ins allerkleinste Detail durchdacht haben. Und das in so kurzer Zeit.

Marcellus stellte ihr bereits die nächste Frage: "Wie kam es dann aber, dass wir Paulus am nächsten Morgen vergiftet fanden? Das hat er doch nicht ebenfalls vorgetäuscht, oder? Du hast von einer Attentäterin gesprochen. Und dass er nur knapp dem Tode entkam."

Layla nickte bedächtig. "Eine seiner Verbündeten hatte ihre eigenen Pläne mit ihm. Sie erkannte, dass ihr das Schauspiel, das Paulus rund um seine scheinbare Ermordung inszenierte, eine einmalige Gelegenheit bot. Paulus wollte auferstehen, um der Welt ein Wunder seines Gottes zu demonstrieren, sie jedoch plante, sich ihres Ehemannes zu entledigen – der nicht mehr derjenige war, den sie einst geheiratet hatte."

"Du meinst ... Philomena?", fragte ich ungläubig.

"Oh ja, und sie benutzte dafür sein eigenes Gift. Das Kykeon, mit dem er uns alle halb um den Verstand brachte. Sie verabreichte ihm eine starke Dosis davon. In der Nacht, als er sich totstellte und scheinbar aufgebahrt im Gebetsraum lag. Sie vergiftete ihn, als sie ihn mit frischem Trinkwasser versorgte, nehme ich an. Sie beging jedoch den Fehler, das Gift zu gering zu bemessen. Als Caecilia frühmorgens nach Paulus sah, hielt sie ihn für tot. Genau wie wir. Doch er wandelte bloß am Ufer des Totenflusses."

Layla hielt einen Augenblick inne, dann fragte sie mich: "Erinnerst du dich noch an den Krug, den Caecilia fallen ließ, Thanar? Dessen Inhalt dich mit seinem Geruch an eine Latrine denken ließ? Ich lag falsch, als ich dachte, sie wäre damit in den Raum gekommen, um irgendein christliches Ritual auszuführen. Sie wollte den Krug aus dem Raum *entfernen*. Um ihn unauffällig zu leeren."

Ich verstand nicht gleich, worauf Layla hinauswollte – doch im nächsten Moment fiel es mir wie Schuppen von den Augen. "Der Krug enthielt genau das, was man normalerweise in einer Latrine riecht, nicht wahr?", rief ich.

"Urin! Paulus spielte den Toten, sagst du. Er verbarg sich im Gebetsraum unter dem Leichentuch. Das war sozusagen sein Versteck, wo er ein paar Tage ausgeharrt hätte, um dann auf wundersame Weise von den Toten aufzuerstehen. Auf Nahrung konnte er für diese Zeit verzichten. Aber nicht auf Wasser – und somit auch nicht darauf, gelegentlich seine Blase zu entleeren. Es war die Aufgabe seiner beiden Helferinnen, sich um diese Bedürfnisse zu kümmern. Philomena übernahm die Nachtwache und brachte ihm Wasser, als wir alle schliefen. Caecilia wollte frühmorgens die verräterische Amphore verschwinden lassen, die Paulus als Nachtgeschirr benutzt hatte. Dabei fand sie ihn scheinbar tot. Sie schloss sofort, dass Philomena ihn vergiftet haben musste, denn nur sie als Mitverschwörerin hatte gewusst, dass Paulus noch am Leben war. Und sie hatte in der Nacht die Gelegenheit gehabt, ihren Ehemann zu vergiften. Der sie mit seinem neuen Glauben zum Gespött der Leute machte und ihr ein Leben aufzwang, das sie verabscheute."

Die Worte sprudelten nur so aus meinem Mund. Mein Geist schien plötzlich rege. Jetzt, wo ich Laylas Erläuterungen lauschen konnte, kamen mir die schrecklichen Ereignisse plötzlich gar nicht mehr so unerklärlich vor.

Sie nickte mir anerkennend zu und übernahm wieder das Wort. "Als wir Caecilia kurz darauf verhörten, lenkte sie unseren Verdacht auf Philomena. Erinnerst du dich? Sie tat es auf sehr subtile Weise. Einerseits teilte sie uns mit, dass Paulus′ Gattin ihm stets Trank und Speise zubereitete. Und dass sie das Leben als Frau des Argentarius wohl ihrer neuen Existenz als Christin vorgezogen hatte.

Gleichzeitig betonte Caecilia aber mehrfach, dass Philomena ihrem Gatten doch niemals etwas antun würde. Sie beschuldigte sie also nicht direkt, brachte uns aber dennoch dazu, dass wir Philomena verdächtigten. Wirklich sehr schlau."

Layla blickte zu Caecilia hinüber, doch diese zeigte noch immer keine Reaktion. Sie schien sich in ein inneres Gebet geflüchtet zu haben. Ihre Lippen bewegten sich kaum merklich, ihre Augen schienen in eine andere Welt zu blicken, die weit jenseits der unsrigen lag.

"Paulus muss ebenso erkannt haben, wer ihn vergiften wollte", spann ich Laylas Ausführungen fort. "Nachdem er den Anschlag überlebt hatte und wieder zu sich kam. Als wir ihn gestern Morgen verließen, war er dem Tode nah, doch in den Stunden danach muss er wieder zu Kräften gekommen sein. Und da begriff er, was geschehen war. Dass seine eigene Frau, die ihn nachts mit Wasser versorgte, ihm Gift in den Krug gemischt hatte. Voll des Zornes beschloss er, dass sie den Tod verdient hatte. Diese heimtückische Verräterin! Er nahm den Dolch, der noch immer in seinem Besitz war, und schlich sich in Philomenas Zimmer, das direkt neben dem Gebetsraum lag. Das Risiko, bei diesem Ausflug gesehen zu werden, war also gering. Nach begangener Tat kehrte er unter sein Leichentuch zurück und spielte erneut den Toten."

"So muss es gewesen sein", bestätigte Layla.

"Und Thessalos?", fuhr ich fort. "Er entschied sich wohl in den frühen Abendstunden, als er wieder halbwegs bei Kräften war, nach den Toten zu sehen. Nicht wahr? Er wollte die Leichen einer näheren Untersuchung unterziehen, wie es für einen Medicus selbstverständlich war. Ich stelle mir vor, dass er in den Gebetsraum ging, wo Paulus aufgebahrt hätte liegen sollen - und ihn gar nicht tot vorfand? War Paulus gerade vom Mord an seiner Gattin zurückgekehrt? Oder lag er unter seinem Leichentuch - wohlwissend, dass er sich unter dem kritischen Blick des Medicus nicht würde totstellen können? Jedenfalls musste Thessalos ebenfalls sterben."

"Und was ist mit mir?", ergriff Marcellus das Wort. "Warum hetzte er die Wölfe auf mich?"

"Er wollte dich nicht töten, Legat", sagte Layla. "Bis zu diesem Zeitpunkt hatte er Gift und Klingen benutzt, wozu jetzt also plötzlich auf Wölfe setzen? Das ist doch eine extrem umständliche und unsichere Art, jemanden zu töten. Nein, die Wölfe dienten nur einem einzigen Zweck. Er wollte dich Zeuge eines Wunders werden lassen. Er gaukelte dir vor, dass der Christengott einen himmlischen Krieger zu deiner Rettung sandte. Diese Rolle spielte er selbst, während Caecilia die göttliche Stimme übernahm. Wie schon gesagt: Paulus wollte dich als mächtigen Fürsprecher für das Christentum gewinnen."

"Außerdem war der Angriff der Wölfe eine Gelegenheit, den Verdacht auf Severus zu lenken", sagte ich. "Dein Centurio sollte für die Morde bezahlen. Vermutlich hat Caecilia uns dabei belauscht, als wir ihn als Hauptverdächtigen diskutierten. Sie berichtete Paulus davon und die beiden befanden, dass er einen ausgezeichneten Schuldigen abgab. Er neigte zum Jähzorn und er hasste sowohl die Christen wie auch die Kelten. Also schummelten sie das Kykeonfläschchen in sein Zimmer, damit wir es dort finden würden."

"Sie versteckten es gut genug, dass es nicht untergeschoben wirkte, aber doch schlecht genug, dass wir es finden würden", sagte Layla. "Und Severus sprach die Wahrheit, als er behauptete, in seinem Schlafzimmer überfallen worden zu sein. Paulus schlug ihn nieder, vermutlich kurz bevor er die Wölfe ins Haus ließ. Er brachte ihm die Wunden an den Armen bei, die wie Bisse oder Kratzspuren aussehen sollten –"

"Und wir gingen ihm prompt in die Falle", schloss ich voller Bitterkeit. "Severus bezahlte unsere Blindheit mit seinem Leben!"

XLIV.

Marcellus warf mir einen düsteren Blick zu. Vermutlich hasste er sich gerade ebenso sehr wie ich mich.

"Du", wandte er sich mit schroffer Stimme Caecilia zu, die noch immer auf dem Boden kauerte, "steh auf und komm her. Ich habe Fragen an dich!"

Die Christin erhob sich wie eine Frau, die um dreißig Jahre gealtert war. Mit krummem Rücken und schlurfenden Schritten trat sie vor den Legaten hin. Sie wagte es nicht, ihm in die Augen zu blicken.

"Sag mir, Weib, bekennst du dich schuldig?", fragte Marcellus in schneidendem Tonfall. Dabei fixierte er Caecilia mit seinen dunklen Augen, als schlüge er sie bereits ans Kreuz. Wie es für Mörder eine beliebte Strafe war. "Hast du die Freveltaten, die Layla uns geschildert hat, gemeinsam mit Paulus begangen? Hat es sich so abgespielt, wie wir gehört haben?"

"Ja, Herr", erwiderte Caecilia. Ihre Stimme war nicht mehr als ein trockenes Flüstern.

"Welches Gift habt ihr uns verabreicht, um uns zu betören? Uns Wunder und Dämonen sehen zu lassen und uns empfänglich zu machen für eure listigen Täuschungen? War es Kykeon?"

Die Christin nickte kaum merklich.

"Antworte mir, wenn ich eine Frage an dich richte", donnerte Marcellus.

Caecilia riss erschrocken die Augen auf. "Ja, Herr, Kykeon. Paulus mischte eine geringe Menge davon in die Weinamphoren und unter einige der Speisen. Wir selbst tranken nur Wasser seit dem Abend, als ... alles begann."

"Und du warst der sogenannte Götterbote, der zu uns sprach?"

"Auch das ist wahr, Herr. Aber siehst du denn nicht, dass Paulus damit nur euer aller Augen öffnen wollte?", fügte sie hinzu. Ihre Stimme gewann an Kraft. "Die Menschen unseres verderbten Zeitalters sind mit Blindheit und Taubheit geschlagen. Sie beten falsche Idole und Dämonen an. Sie hören Gottes Stimme nicht, verkennen seine Zeichen! Wir haben nur etwas nachgeholfen, um dich zum Herrn zu führen. Ich habe Gott als Sprachrohr gedient. Aber ich tat und sagte nur, was er mir auftrug. Denkt ihr wahrlich, ihr könntet den Anblick eines wahren Himmelsboten ertragen? Die Engel Gottes sind von solcher Herrlichkeit, dass wir bei ihrem Anblick erblinden würden. Oder Schlimmeres!"

Caecilia hob jetzt ihren Kopf. Von ihrem Glauben zu sprechen, schien ihr neuen Mut zu verleihen. "Es war Gott selbst, der Paulus das Geheimnis des Kykeons enthüllte", erklärte sie. "Auf seinen Reisen, als er noch der Argentarius war, stieß er auf einen Adepten der Eleusinischen Mysterien – der ihm das Geheimnis des Gebräus und seiner Zutaten verriet. Paulus trank davon, doch im Heiligen Rausch sah er nicht die falschen Götter der Griechen! Er begegnete Christus, unserem Herrn. Die Heiden missbrauchen die Heiligen Pflanzen für ihre verderbten Orgien. Jene aber, die reinen Herzens sind, finden mit Hilfe dieser Kräuter den Weg zum wahren, zum einzigen Gott. Paulus hat viele Wunder mit Hilfe des Tranks gewirkt. Er heilte Menschen damit. Er trieb Dämonen aus. Und Gott sprach zu ihm und trug ihm auf, die frohe Botschaft zu verkünden. Überall im Imperium, wohin er auch ging. Jesus Christus war mit ihm, zu jeder Zeit."

"Dann führte dieser Gott wohl auch Paulus´ Hand, als dieser zum Mörder wurde?", fuhr Marcellus dazwischen. "Ist dir nicht klar, was für einen Unsinn du redest, Weib?"

Doch Caecilia ließ sich nicht beirren. "Wir alle sind verdammt, wenn Gott uns nicht rettet", rief sie voller Inbrunst. "Paulus wollte den Menschen den rechten Weg zeigen. Dafür ist jedes Opfer recht. Es war Gottes Wille, dass wir hier in Thanars Haus auf diese Hexe stießen. Die dich, Marcellus, mit ihrem dunklen Zauber verführen wollte. Dem konnten wir doch nicht tatenlos zusehen! Das Imperium muss zum wahren Glauben finden – statt sich von einer druidischen Hexe vereinnahmen zu lassen. Wir zerstörten ihr dämonisches Zauberpulver und brachten sie für immer zum Schweigen!"

Caecilia hatte jetzt die Arme vor der Brust verschränkt. Aufrecht, geradezu trotzig stand sie vor Marcellus und bot ihm die Stirn.

Mein Freund sah sich nach seinen beiden Legionären um. "Schafft sie mir aus den Augen", befahl er. "Legt sie in Fesseln. Wenn wir zurück im Lager sind, werde ich über ihr Schicksal entscheiden. Aber rechne nicht mit meiner Gnade, Weib", wandte er sich wieder an Caecilia.

"Nur Gott kann mich richten", erwiderte sie – und spuckte Marcellus vor die Füße. Dann jedoch ließ sie sich widerstandslos von den beiden Soldaten aus dem Raum führen.

XLV.

Marcellus hielt es keinen Tag länger unter meinem Dach. Was ich ihm nicht verübeln konnte. Schon am nächsten Morgen brach er mit seinen Legionären auf – und ich stellte ihnen meine kräftigsten Sklaven zur Seite. Mit nahezu übermenschlicher Anstrengung gelang es ihnen, sich durch den mannshohen Schnee zu schlagen, den ganzen Weg von meinem Haus bis zur Brücke, die über den Danubius führt. Am Südufer angekommen, wurden sie von Spähern der Legion entdeckt. Die nördliche Mauer des Lagers grenzt direkt an den Fluss, und die Wachttürme, die sie sichern, sind zu jeder Tages- und Nachtstunde mit Soldaten besetzt. Man erkannte Marcellus und schickte ihm einen kräftigen Stoßtrupp entgegen, der sich ihm durch den Schnee entgegenarbeitete.

Die Kelten baten mich darum, noch so lange unter meinem Dach verweilen zu dürfen, bis sie ebenfalls zu ihrer Heimstatt zurückkehren konnten. Ich stimmte ihrer Bitte zu.

Flamma blieb ebenfalls. Er hatte sich entschieden, nicht nach Vindobona zurückzukehren, sondern Morann zu begleiten. Ja, er sprach sogar davon, sich mit ihr vermählen zu wollen. Die zarte Liebe, die ausgerechnet in den finstersten Tagen zwischen den beiden erblüht war, schien stärker zu sein als jeder Glaube, jedes Gottesbekenntnis.

Weder Morann noch Marcellus kamen mehr auf das Zaubermittel gegen die Pest zu sprechen, das Divicia ursprünglich nach Vindobona geführt hatte.

Ich war mir jedoch sicher, dass mein Freund irgendwann darauf zurückkommen würde. Er war wohl zuversichtlich, Morann in ihrem geheimen Tempel aufspüren zu können, wenn das Leben wieder in seinen geregelten Bahnen verlief. Fürs Erste jedoch hatte er genug von fremden Göttern und deren Zaubern, denke ich.

Ich konnte es ihm nachfühlen. Und ich war dankbar, in nächster Zeit nicht in eine pestverseuchte Region reisen zu müssen.

Was Caecilia anbelangte, so traf Marcellus eine Entscheidung, die ich für sehr weise hielt. Er stellte sie nicht vor Gericht, ließ sie nicht vor aller Augen in der Arena einen qualvollen, aufsehenerregenden Tod erleiden. "Ich kann keine christliche Märtyrerin in Vindobona gebrauchen", erklärte er mir. Stattdessen machte er sie einem Sklavenhändler aus dem Norden zum Geschenk. Er warnte den Mann, sie nicht mit Giften oder Kräutern in Berührung kommen zu lassen und ihr niemals seinen Rücken zuzuwenden.

Ich hörte nie wieder von ihrem Schicksal. Fand sie einen frühen Tod? Oder verbrachte sie ein langes, einsames Leben mit harter Arbeit in den kalten Landen des Nordens? Kam sie je dazu, Reue zu empfinden, für das, was sie getan hatte?

Layla verweilte noch einige Tage in meinem Haus – was

Marcellus nicht erzürnte. Niemals hätte er ihr abverlangt, sich mit ihm und seinen Männern durch Eis und Schnee zu kämpfen.

Am Ende eines langen Tages, an dem endlich wieder die Sonne herausgekommen war, saß ich mit meiner geliebten Sphinx in der Bibliothek zusammen. "Layla, ich muss dich etwas fragen", begann ich. "Erinnerst du dich an die Nacht, als du dachtest ich wäre bei dir gewesen? Dass wir uns geliebt hätten, hier in der Bibliothek?"

"Ja?"

"Hat es dir gefallen?"

Eine ganze Weile blickte Layla mich schweigend an, dann sagte sie: "Ich kann noch immer nicht glauben, dass es nicht real war."

"Das ist aber keine Antwort, oder?"

Wieder verfiel sie in Schweigen. "Es war anders als früher", sagte sie schließlich.

"Anders? Inwiefern denn?"

"Ich gab mich dir freiwillig hin ..."

"Also hör mal", brauste ich auf. "Nun tust du mir aber Unrecht. Ich habe dich nie zu irgendetwas gezwungen."

"Das ist wohl wahr. Aber du warst mein Herr, ich deine Sklavin. Wie oft hätte ich dich denn abweisen können, bevor du mich weggeschickt hättest? Hätte ich nicht fürchten müssen, dass du mich weiterverkaufst? An einen anderen Mann, der wohl kaum so gut zu mir gewesen wäre wie du?"

Es war schmerzhaft, diese Worte aus ihrem Munde zu hören. Auch wenn ich sie verstehen konnte.

Anstatt ihr Vorwürfe zu machen, sagte ich: "Auch ich

hatte eine Vision in jener Nacht, weißt du. Verschuldet durch das Kykeon. Mir erging es ähnlich wie dir. Auch ich sah etwas ... das uns beide betraf."

Layla blickte mich erstaunt an.

Ich entschied mich, ihr die ganze Wahrheit zu sagen und erzählte ihr von Iduna, die am Fußende meines Bettes aufgetaucht war. Ich gab ihr die genauen Worte wieder, mit denen meine verstorbene Ehefrau mich ermahnt hatte: "*Setze alles daran, Laylas Herz zurückzuerobern. Warte nicht, bis es zu spät ist*."

Ich sah Layla fest in die Augen. "Das hat Iduna zu mir gesagt, so klar und deutlich wie du jetzt zu mir sprichst. Sie sagte außerdem, dass du zu mir gehörst. Dass du mich liebst, wie einst sie mich liebte, auch wenn dir das vielleicht noch nicht so richtig bewusst geworden ist. Denkst du, daran könnte etwas Wahres sein?"

Layla erwiderte nichts. Sie schien tief in Gedanken versunken. Schließlich hob sie den Kopf und musterte mich aus ihren großen schwarzen Augen. "Ja, ich liebe dich, Thanar. Das weiß ich jetzt. Und ich werde nie damit aufhören. Aber Marcellus ... auch ihm gehört mein Herz. Ich möchte ihn nicht missen. Oh, ich wünschte, ich könnte so lieben wie die Druidinnen!", rief sie, von plötzlicher Leidenschaft erfasst.

"Die Druidinnen?", wiederholte ich verständnislos.

Layla nickte heftig. "Divicia hat es mir erzählt. Sie vermählen sich nicht, wie es bei uns üblich ist, mit einem Mann. Sie bleiben ihr Leben lang unabhängig, und schenken ihr Herz und ihren Körper demjenigen, den sie sich aus freien Stücken erwählen. Einem, zweien, mehreren, die Entscheidung liegt nur bei den Frauen. Sie können lieben, wen sie wollen, so lange sie wollen, und müssen sich keinem Manne unterwerfen. Ich wünschte, ich wäre eine von ihnen – dann könnte ich euch beide lieben. Dich und Marcellus."

Muss ich erwähnen, dass es mir die Sprache verschlug? Die Vorstellung, dass Layla sich, diesem bizarren Ritus der Druidinnen folgend, je nach Lust und Laune mit Marcellus oder mir abgab, war mir unerträglich. Dennoch hätte ich wohl jeden noch so befremdlichen Brauch begrüßt, wenn er Layla zurück in meine Arme führte.

"Iduna, deine Ehefrau – du hast sie an die Pest verloren, nicht wahr, Thanar?", fragte sie.

Ich nickte. Ich hatte es nur einmal ihr gegenüber erwähnt. Ich sprach ansonsten nie über diesen Verlust, der immer noch an meinem Herz zehrte. Als hätte ich ihn erst gestern erlitten.

"Auch ich war einmal verheiratet", sagte Layla plötzlich. "Ich wurde in sehr jungen Jahren vermählt, wie es bei meinem Volk Brauch ist. Aber ich liebte meinen Mann, konnte es gar nicht erwarten, seine Braut zu werden."

Es war das erste Mal, dass sie mir von einer Ehe erzählte. "Was ist aus deinem Mann geworden?", fragte ich vorsichtig. Ich machte mich auf das Schlimmste gefasst.

"Ich sah ihn sterben. So wie du deine Iduna. Kamani wurde getötet, als die Sklavenjäger uns überfielen. So verlor ich meine Freiheit – am gleichen Tag, als ich zur Witwe wurde."

Ich wartete ab, dachte, dass sie mir noch mehr erzählen würde. Doch sie hatte nichts hinzuzufügen. Vermutlich erging es ihr wie mir. So wie ich nie über meine Frau sprach, um mich nicht mit der Erinnerung an ihren Tod zu quälen, hatte Layla mir nie etwas über ihre Vergangenheit erzählt. Und ich hatte sie nie dazu gedrängt.

"Möchtest du einmal eine Reise unternehmen, ins Land deiner Vorväter?", fragte ich sie, nachdem wir eine ganze Weile nur still und reglos nebeneinander gesessen hatten.

Das geheimnisvolle Königreich Nubien, aus dem Layla stammte, lag südlich von Aegypten. Noch keine meiner Handelsreisen hatte mich in diesen Teil der Welt verschlagen, sodass ich kaum etwas über dieses Land wusste.

Layla schüttelte den Kopf. "Ich will nicht zurück. Nubien ist meine Vergangenheit. Das Land meiner Liebe zu Kamani, den ich unwiederbringlich verloren habe."

Sie legte ihre Hand auf meinen Arm. Ihre Haut war weich und wunderbar warm. "Aber ich würde so gern einmal eine größere Reise mit dir unternehmen, Thanar. Ich kenne kaum etwas von der Welt. Es würde mich sehr glücklich machen, wenn du mir ein wenig davon zeigen wolltest."

Dramatis personae

Thanar: germanischer Händler mit einer Schwäche für Lebensart & Kultur der Römer.
Layla: Thanars freigelassene Sklavin und ehemalige Geliebte, aus dem sagenumwobenen Königreich Nubien. Leidenschaftliche Spürnase & Rätsellöserin.

Titus Granius **Marcellus**: Legat des Legionslagers von Vindobona.
Severus: ein Centurio der römischen Legion.
Thessalos: Medicus im Legionslager, Grieche.

Divicia: Druidin.
Morann: ihre Schülerin.
Granis & Cobanix: keltische Krieger.

Iulius **Paulus**: christlicher Apostel, ehemals Argentarius.
Philomena: seine Gemahlin.
Caecilia: Freigelassene des Paulus.
Flamma: ehemaliger Gladiator.

Hat es Ihnen gefallen?

Unterstützen Sie die Autorin und helfen Sie mit, dass auch andere LeserInnen von diesem Buch erfahren, indem Sie eine kurze Rezension auf **amazon.de** hinterlassen.

Herzlichen Dank!

Mehr von Alex Wagner?

SPANNUNG

Antike Morde:
Die Toten von Vindobona
Apostelmord

Penny Küfer ermittelt:
Mord im Okzident Express
Tod einer Schnüfflerin
20.000 Morde unter dem Meer
Arsen und Spitzenhöschen (ab Januar 2020)

Clara Annerson ermittelt:
Das doppelte Spiel des Jaguars
Die edle Kunst des Mordens
Das süße Lied des Todes

Tödliche Freuden

ROMANTIK

Die Bibliothek der Liebe
Die dunklen Wellen der Liebe

SACHBUCH

L(i)eben wie im Roman – Wie du dir Romantik, Magie und Leidenschaft der schönsten Liebesromane ins wahre Leben holst

Schmuck – Dein (Ver)Führer in die Welt der Diamanten, Perlen und Farbedelsteine
mit Bernhard Weninger (ab Dezember 2019)

Printed in Poland
by Amazon Fulfillment
Poland Sp. z o.o., Wrocław

76481568R00162